聽洪素手彈琴

人間出版社
中國作家協會

著——東君

古雅之聲與諷諭之調——讀東君《聽洪素手彈琴》

石曉楓（臺灣師範大學國文系教授）

東君（鄭曉泉）在中國當代作家系譜裡誼屬七〇後創作者，作品開始發表迄今約有十六年，著有小說集《恍兮惚兮》、《東甌小史》，以及長篇小說《樹巢》、《浮世三記》等。此次正體字版《聽洪素手彈琴》，乃是作者「從各個時期，擷取了幾篇代表性作品」（見本書後記）所輯，大抵以東甌為小說場景，寫溫州一帶的歷史掌故或當代人物。

初讀東君作品，必然驚詫於其廣博的涉獵與借鑒，他的小說形式、風度不拘一格，例如選集裡的〈長生〉便頗有沈從文《邊城》色彩，只是多了些時代、現實的滄桑感；〈夜宴雜談〉則座中知識分子之言談笑貌，略有幾分錢鍾書《圍城》的影子。然而，東君同時也展現了帶有野史、民間文獻的風格之作，〈如果下雨天你騎馬去拜客〉便是民俗氣質濃厚的小說，〈拳師之死〉也有鄉野傳奇的況味，收尾尤興難以言宣的神祕感。更令人驚豔的，則是他還將對古典文學與宗教的熱愛，融入其筆下創作，〈黑白業〉寫竹清寺的和尚子洗耳，當中扮演「智慧老者」角色的掛單和尚，言語每多機鋒；而〈風月談〉裡陰錯陽差的連番際遇，分明仿「才子佳人」小說，唯落難書生白大生並未得遇痴情之妓女，素女一朝得道，便匆匆拂袖進宮。這類小說帶點古典豔情風味，但東君還有更多類近六朝志怪、明清筆記體的小說，〈某年某月某先生〉、〈異人小傳〉是箇中佳作，那些隔牆無人卻有聲的囈語、左右手彼此水火不容的奇事，乃至於刀鞘在靜夜發出淒厲哭聲的怪譚，其用字之省淨與意旨之蘊藉，很難不讓人聯想及《搜神記》、《子不語》、《閱微草堂筆記》之類的文言小說。

奇妙的是，在東君筆下，深山古剎、荒郊野村裡行居的人物，也能融入現代生活：小和尚自在掏出名片，往來間有黑道、有安利直銷員；行止出塵不問世事的古琴演奏者，也在博客上化名「素衣白領」、「東甌拙手」，彼此論樂交流，可見小說固然有中國式的古典意蘊，但亦非脫離現實的仿古之作。尤有甚者，在看似典雅的文字裡，東君行文間其實諷意頗濃，例如〈拳師之死〉一文屎尿、便盆盡出；〈聽洪素手彈琴〉裡的唐書記，出恭而得野譜、終逝於便祕之疾，凡此諷刺似雅實俗之輩者，其筆端鋒利，絲毫不留餘地。再如〈風月談〉裡對讀書人自命清高的種種偽道德之舉、〈黑白業〉裡對於僧眾世俗化行止的描述等，行文間亦有微諷，初讀每有被螫傷的痛感，繼而始能莞爾以對。

東君自言「每隔四五年，我的小說總會有些許變化」，選集中大約二〇一〇年前後的作品，在前述的嘲諷筆調之外，似乎更多了些誠懇的自省與世故的喟嘆，〈蘇靜安教授晚年談話錄〉寫蘇教授山門散步是倒著行走，因為「前面就是死亡，我只好背過來看我的前半生」，「回看前半生」同時也是敘事兼旁觀者「我」的困惑，此篇小說寫一幫學究生活的虛假無趣，其實也在映照自我的無聊與迷茫，「我是誰」的提問頗有現代主義色彩。在此階段中，東君更著力者，還在於形式上的創新，〈蘇靜安教授晚年談話錄〉（二〇一〇）一文以類回憶錄手法出之；〈聽洪素手彈琴〉（二〇一一）結構則採用「A面」、「B面」如古琴般磁帶的設計，以區別今昔；〈范老師，還帶我們去看火車嗎？〉（二〇一一）採春、夏、秋、冬的分節方式，演繹一樁懸疑情殺事件及人內在情欲的湧動；〈異人小傳〉（二〇一四）各小節則有閒說野事的況味，顯然仿筆記小說體。

行至二〇一五年前後所選之作，則更展現了明朗的現實性，〈長生〉（二〇一五）從鬥地主、分田，胡醒石因而遭殃，寫到文革來了，瘋者瘋、下放者下放，再到文革結束後，諸般人事的變與不變，全由長生之口述帶出。〈如果下雨天你騎馬去拜客〉（二〇一五）裡，寂然深山被海歸子弟加以開發的過程，雖寫得雲裡霧裡，卻無不指涉當代社會現狀。其實早在前此的〈異人小傳〉中，「吃石頭的人」便將場景置於一九五八飢荒之年，針砭當世之意明確；「番僧」則藉鄉計生委主任之口，講述東甌人口繁衍由來，看似故做正經卻諷意猶存；更有「老木匠鄭祥福」一節，直指文革期間對黑五類、搞破鞋者的懲治，看似淡筆神異，實則亦有控訴意味。

從發表創作迄今十餘年，東君自謂各時期的創作「屢變者體貌，不變者精神。這『精神』具體何指，我也說不上。只是覺得，它跟我的心性應該是對應的」（見本書後記）。明眼讀者披覽其作品，當能立即感受此精神為何、心性為何，乃是古典浸淫下所散發出的淡雅氣質。東君善用清冷而悠遠的筆調敘事，〈長生〉小說裡，主角一輩子行船於小鎮長河，「人與船，分享著流水的寂寞。」（頁二四三）他看盡世事，但繁華落盡皆不沾身，自有種與世無爭的淡然，其實「長生」的名字自有隱喻：唯在散漫中消受生活、深體自然之道，方得長生。大抵東君多以從容的敘事筆調、緩慢的文字節奏，經營出相對沖淡高遠的意境，其作品皆有思古之幽情，〈異人小傳〉甚至連各節篇名，亦頗有散淡之風。

而作為本書題名的〈聽洪素手彈琴〉一文，則尤是東君甚受文壇矚目之作。音最難摹，尤以古琴「難學易忘不中聽」，但東君狀摹洪素手聽聞父將不久於人世時的撫琴之聲曰：

> 她撫琴時，臉上竟沒有一絲悲色。在她手中，琴就像是冬日的暖具，讓冰涼的雙手一點點溫熱起來。手指間攏著的一團暖氣，久久不散，那裡面似藏著一種被人們稱為親情的東西。（頁十七）

再寫徐三白與洪素手多年重逢後，得知其丈夫墜樓失事，久未碰琴的洪素手彈了一曲〈憶故人〉，「彈著彈著，似乎就來感覺了……她的手上有一層淚光似的柔和的東西，竟至透明了。」（頁三十五）以觸覺、視覺摹寫抽象的聲音，這是由徐三白觀點進行的陳述。洪素手畢生知音者幾希，唯三白、小瞿（後為洪之丈夫）三兩人，她以琴聲寄託深情，難以容忍金錢的利誘與俗輩之差遣，小說展示了素手拂琴的困境，這是藝術創作者難容於當世的艱難處境，也是東君在競奇逐速的社會氛圍裡，對於自我風格的永恆堅持。

文字散淡放逸、意蘊餘味無窮，東君樂於「與古為徒」，此亦為其最典型的創作路數，然而我想提醒讀者的是，在淡遠出塵的意境裡，東君文字更不易為人所覺察之處，還在於一種日常的恐怖感。〈拳師之死〉中，最終與拳師妻通姦的小胳膊男人「拔出了一個人形的何首烏塊根。它咧開嘴，似乎有話要說」（頁二九五），這鄉野奇譚式的結局恐怖之處，並非影影綽綽存在的神怪魅影，而在於「似乎有話要說」裡暗示的人性黑暗面。〈風月談〉、〈如果下雨天你騎馬去拜客〉等篇中的恐怖感，則來自於鄉民之無知無感，在小說營造的平和氣息裡，隱隱不安地流動著。至於〈異人小傳．寂寞的理髮師〉則明示了一種蒼涼的恐怖，「孤獨」與舊日戀人的影子，較之血淋淋的頭皮、魚子醬般的腦漿更讓人生畏，它是長存於心的腐爛肉核。

行文至此，不免令人懷疑東君小說裡的溫柔之鄉、平和之境，其內在本質究竟為何？〈異人小傳．一直躺在床上的人〉裡「夫榮妻貴，肉食者食肉而終」（頁二一〇）的結局，分明是行屍走肉之隱喻；〈范老師，還帶我們去看火車嗎？〉中，范老師的桃花源，原來是不足為外人道的猥瑣溫柔鄉、是沈從文《邊城》的崩壞版。然則〈某年某月某先生〉裡，東先生在山中不算豔遇的奇遇，或竟亦是虛構的烏有鄉？東君小說的張力由此展現，託形於古，實寫今世，古雅、散淡的氣質裡，存在著日常的恐怖感與諷諭的聲調，這是小說裡頑固的低音、壓抑的和聲，是蓄勢待發的張力，也正是東君找到的、屬於自己真實的聲音。

二〇一六年十月三十一日

目錄

聽洪素手彈琴

A面

夏日的某個禮拜六，徐三白奉師命飛赴上海，看望師妹洪素手。徐三白的老師顧樵先生還特意讓他帶去了一張古琴。徐三白從飛機下來後，抬頭望了一眼天上的白雲，如墮夢裡。腳已經落地，頭還在雲端懸著，有些恍惚。徐三白知道，自己一定是在飛機上睡醉了。有人多喝幾杯酒會醉，有人多喝幾盅茶也會醉，但徐三白跟別人不同，他醉了，是因為睡多了。睡多了，正如失眠，白天容易犯睏，有一種醉意迷離的感覺。從北京飛到上海，也不過兩小時，徐三白卻感覺自己睡了兩天兩夜。因此，徐三白見到師妹洪素手時形同夢遊。還說夢話，不知所云的夢話。洪素手問，顧先生可好？答，北京下了一場大雨。又問，什麼時候到上海的？答，明晚。迷迷糊糊中，他住進了一家跟洪素手家相隔不遠的賓館。在那裡，他睡了一天一夜，方始清醒過來。洪素手的電話也恰在此時打進來，說是請他一起吃飯。他望著窗外灰濛濛的天空問，是早餐還是晚餐？洪素手說，就算是晚上吃早餐吧。

吃過甜得發膩的上海菜，徐三白要請洪素手去對面一家「星巴克」喝咖啡。洪素手說自己不喜歡咖啡的味道，感覺有鐵鏽味。徐三白說，顧先生以前常說，彈古琴的人一定要學會喝咖啡。顧先生為什麼要說那樣的話？洪素手一直弄不明白。她對徐三白說，我來上海這麼久，還沒學會喝咖啡，所以，上海對我來說依舊是陌生的。徐三白見她沒有這個雅興，就送她回到公寓。那裡是離地鐵不遠的一個小區，房子舊兮兮的，很容易讓人想起黑白照片裡的上海老民居。房間內陳設簡樸，讓徐三白感覺奇怪的是，牆壁上竟掛滿了各式各樣的蜘蛛俠玩具和圖片。洪素手為什麼會崇拜蜘蛛俠？他不明白。當他看到她那串鑰匙的掛件也繪有蜘蛛俠圖案時，他就明白了，她生活的世界也許是沒有安全感的，蜘蛛俠掛件之於她，便等同於一種護身符了。

屋子小，顯得有些悶熱。洪素手建議徐三白到陽台上吹吹風。他們並肩站著，彈琴似的撫弄著欄杆，沉默了許久。對面是一幢銀行大樓，大約有二十多層，高大的陰影鋪得很大，有一種撲過來的氣勢。這個炎熱的夜晚，小陽台上竟沒有一絲風，好像風跟錢一樣，也都存進銀行大樓裡面了。小陽台呈半圓形，鐵鑄的欄杆環護。他們從悶熱的房間裡走出來，僅僅是想透口氣。似乎也沒有興致去關注今晚的月亮是圓還是缺。

徐三白說，自從你走了之後，顧先生常常坐在你坐過的那個琴房裡，一言不發。有一回，我們給先生做七十大壽，先生望著滿堂弟子，忽然說了一句，好久沒聽洪素手彈琴了。

洪素手說，時間過去這麼久了，我也不再抱怨先生了，他老人家近來身體可好？

徐三白說，除了血壓有點高，先生的身體一直很好。先生的琴館擴張了之後，前陣子又招收了一批學生。先生盼著你回去，當他的助教呢。

洪素手沉默不語。她的手指還在欄杆上無意識地彈著。

徐三白問，回到南方後，還有沒有彈琴？

洪素手說，帶了一張琴，但一直沒彈。北方天氣乾燥，到了南方，琴聲就有些發悶，所以，也就沒有心思彈琴了。我現在是一家公司的打字員，同事們都誇我不僅打字速度快，手勢也很好看，我沒敢告訴他們我是學過琴的，怕汙了先生的名聲。

徐三白說，顧先生一直很惦念你，這一次，他特地讓我帶來了一張古琴。

洪素手說，我現在成天都在觸摸鍵盤，連琴弦都沒碰過了，重新拾弦，怕是手生了。

徐三白說，這張古代琴是有來頭的，先生說它有三百多年的歷史了，是民間野斫，但銘文模糊不清，也不曉得出自哪位斫琴師傅之手。先生說，這樣的琴純用手工，大約要花兩年多時間才能做成。先生花了很長時間才把它修補了一遍。

洪素手的雙手突然不動了，月光下，彷彿柔軟的枝條。她久久地凝視著自己的手指，不說話。

B面

因為手指纖長，洪素手十六歲時，父親送她去顧樵先生的亦樵山館學琴。洪素手打小就患有孤癖症，不愛說話，但喜歡撫琴。琴人當中流行這麼一種說法：古琴難學易忘不中聽。可洪素手喜歡的恰恰就這些特性。因為不中聽，所以無人聽，這樣不是更合心意麼？一個人靜靜地彈著，就像是自言自語。有一天，洪素手彈完一曲，顧樵先生忽然流下了淚水。顧樵先生對別的弟子說，我已經找到了傳人，可以死了。顧樵先生當然沒死，而且活得很好。洪素手在顧先生家學琴，只在顧先生家彈琴，挪個地方，她就彈不了。而且，換了一張別些斫琴手做的琴，她也不能彈。洪素手彈琴，只給先生或自己聽。外邊有人來了，她立馬警覺，又不彈了。顧先生說她彈琴跟蠶吐絲一般，聽到人聲就會中斷。

顧樵先生常常嘆息：我彈琴的技藝已經有了傳人，但斫琴的手藝卻找不到一個合適的傳人。顧先生不但會彈琴，還會斫琴。他幹這門手藝活比學琴還早，向來是一絲不苟的。是敬業，也是敬己。其實也不是敬己，是敬那位傳授製琴手藝的師傅。顧先生常說，我把師傅的手藝活學到家了，師傅的臉上就有光；徒弟當中，有誰把我手藝活學到家了，我的臉上同樣有光。

有一天，大木師傅老徐和他的兒子拉來了一卡車廢棄的木頭。這些木頭都是剛剛從一座古廟拆卸下來的。木頭老了舊了，不堪大用，但老徐知道，斫琴的顧先生恰恰喜歡這類木頭。老徐讓小徐把木頭搬下來，放在亦樵山館門前的院子裡。請顧樵先生挑選。斫琴的木頭與臘梅、黃酒一樣，都是越老越好。顧樵先生挑了一塊老木頭，在木板上劃拉了一下，說，不好，都見粉末了，太老了。又換了一根，敲了敲，說，這是木梢的那一截吧，也不好，用它做琴聲音容易飄。顧樵先生看年輪、看硬度，挑了許久，才挑出兩塊香椿木。老徐又抽出幾塊木板說，這幾塊梓木是從墳裡刨出來的，吸足了陰氣，正適合做琴底。顧先生摸了摸說，不錯，不錯，可惜的是返陽的時間還不夠，要再放幾年。老徐說，你不買的話我就給別人。顧先生怕夜長夢多，就說，我先買下了。老徐跟顧先生談價錢的時候，小徐猛然聽到了屋子裡傳來幽細的琴聲。他繞過一條走廊，在一個窗口坐了下來。

老徐跟顧先生結了帳，回頭找小徐，發現他竟坐在窗口發痴，就笑呵呵地對顧先生說，我兒子聽醉了，你現在拉他也不走。

顧先生問，你兒子叫什麼名字？

老徐說，叫徐三白。老徐喊了幾聲「三白」。徐三白也沒應聲。

顧先生說，他既然不想走，你就讓他留下，我收他為徒。

老徐聽了，面露喜色，從口袋裡掏出錢來，說，既然這樣，我就不收你買木頭的錢了。

從此，老徐每當碰到老房子拆遷，或是古墓被盜棺材棄置荒野，就會興沖沖地跑過去看。那些木頭也不管小大精粗，遠近久暫，都送過來給顧先生挑選，價錢要比市場上便宜得多。

顧先生先教徐三白的，不是彈琴，而是斫琴。一開始，顧先生也沒有正式教他斫琴的原理，只是讓他每天去山裡聽流水潺潺的聲音。徐三白枕著石頭，聽細水長流，不覺間又醉了。徐三白從山上下來，顧先生對他說，琴和水在本質是一樣的。一張好的琴放在那裡，你感覺它是流動的。琴有九德，跟水有很大的關係。你把水的道理琢磨透了，才可以斫琴。

顧先生還說，他的師傅聽了一夜的簷雨，第二天就動手斫琴。他手中彈的這張百衲琴就是師傅親手所斫的。言語之間，顧先生很敬重他的師傅。

徐三白跟隨父親學過幾年大木，知道哪些木頭鬆透，可做琴材。所以，在如何辨材、用材上他大可以不必花太多時間，而是直接跟隨師傅學斫琴的手藝。刀斧之類，原本就被他馴服得妥貼了，顧先生讓他打下手，他往往能應心得手。斫琴是細工慢活，會把急性子磨成慢性子。慢下來了，技藝就精進了。一年後，他在師傅的精心指點下，給洪素手做了一張琴，琴聲不散不浮，也能入木。顧先生說他果然沒看走眼，這斫琴傳人像是平白撿得的。

一天中午，洪素手留在顧先生家吃飯。吃著吃著她就哭了，大滴大滴的淚珠落進碗裡。徐三白半開玩笑半認真地問她，你為什麼哭了？是不是嫌菜不夠鹹還要加點鹽水？洪素手顯然沒有興致聽他打趣，擱下了飯碗，來到琴房，彈了一曲。徐三白也隨後過去了，看她手勢，就知道她在彈什麼曲子。聽完，徐三白壓低聲音問，好像是誰過世了吧？洪素手說，剛剛有人從醫院打來電話，說我爸爸快要死了。徐三白問，既然你父親快要走了，為什麼還不急著趕回去見上最後一面？洪素手說，爸爸不希望我在他臨終前陪伴身邊，他說自己生這種病，死相一定是很難看的。他怕嚇著了我，又會像上一回母親去世後那樣，讓我做了很長時間的惡夢。可是，真正到了臨終之時，爸爸又對身邊那些替他安排後事的工友說，他其實很想見我最後一面，但他最後還是很決絕地說，不見，不見，等他死後，入殮師給他化好了妝，再讓我們父女倆見上最後一面。

日頭西斜的時候，洪素手呆呆地望著西邊的天空，彷彿有什麼壞消息會從那個方向傳來。果然，醫院裡打來了一個電話，說她父親已經走了。她放下電話後臉上沒有一點表情，目光似看非看。她在房間來回走動著，然後就在琴桌前坐下。一個人，慢慢將氣息調勻了。弦動，琴體也隨之振動，身體裡的那根弦彷彿也在靜靜地應和著。對她來說，父親之死其實是母親之死的延續，也是記憶中不能抹去的一種悲傷的延續。此時，唯有琴聲能給她帶來慰藉。讓徐三白奇怪的是，她撫琴時，臉上竟沒有一絲悲色。在她手中，琴就像是冬日的暖具，讓冰涼的雙手一點點溫熱起來。手指間攏著的一團暖氣，久久不散，那裡面似藏著一種被人們稱為親情的東西。徐三白就那樣看著她的手，彷彿眼睛不是用來看的，而是用來傾聽的。慢慢地，他就出現了醉意。「醒」來時，他已是淚流滿面了。

那時，顧先生也立在門外，久久不能平靜。顧先生事後對徐三白說，這才是古琴的正味啊，她會彈的曲子沒有我多，但彈這個曲子的技藝已經在我之上了。顧先生又說，洪素手之所以彈出這麼好的曲子來，是因為她沒有失去自己的本心。徐三白問顧先生，什麼叫本心？顧先生說，譬如一張好的古琴，不是靠手斫出來的，而是本心所授。這話又把剛剛清醒過來的徐三白說糊塗了。

父親去世後，洪素手試著去找一份能養活自己的工作。她在人才網上找了一家合意的公司，下載了一份簡歷，其中一欄要填寫特長，洪素手順手填上：彈古琴。簡歷投過去後，那家公司的人力資源部經理很快就作了如是回覆：我們公司現在需要的是一名會打字的文員，而不是會彈古琴的人。洪素手又繼續在網上找了幾家，但結果都是一樣：高不成，低不就。顧先生知道她的境況後，就讓她搬過來居住。他膝下無子，因此就把她當女兒一般看待。自此，洪素手就安心在山館練琴。她很少出門，身上幾乎沒有一點塵土氣息。

顧先生跟洪素手不同，他常常抱琴外出獻藝。最常去的地方是唐書記家。唐書記是退休多年的老書記了，喜歡聽琴。每隔三天，他就請顧先生過來彈琴。一個小時兩百元。因此，顧先生就像是唐書記家的清客。唐書記耳朵有些背，顧先生就在琴上換上了一種鋼絲，這樣彈出來的音色更亮。唐書記每回都要聽滿一個小時。到時間了，即便是一曲未了，他也要舉起手來，說一聲：好。唐書記說好，不是琴彈得好，好，就是時間到了。唐書記聽完琴，就請顧先生喝一杯茶，聊會兒天。但喝茶聊天是不計費的。因此，他們之間原本繃緊的弦可以鬆開了。顧先生是那種有六朝名士氣質的琴師，而唐書記呢，是那種滿口官腔的退休官員，按理說，他們兩人不能成為好朋友，可顧先生還是把唐書記當成了自己的知音。

琴之為物，對道士來說，是道器，對和尚來說，是法器，對顧先生來說，當然是樂器，但在唐書記眼中，琴就是一種醫療保健用品。唐書記患有老年抑鬱症，醫生建議他閒時多聽琴，這樣既可悅耳，又可悅心，能起到很好的心靈按摩作用。起初他買了幾盒古箏的光盤，聽著聽著就睡著了。後來有一回，他在公園的荷塘邊偶爾聽到顧先生彈琴，就感覺古琴比古箏更能讓人入靜，喜歡上了，就請顧先生到他家中來彈奏。從此，顧先生就成了唐書記家的常客。奇怪的是，沒過多久唐書記的血壓居然下降了，心率也齊了，脾氣也溫順了。

後來，唐書記的耳朵差不多聾掉了，但他還是請顧先生過來彈琴。對唐書記來說，彈什麼並不很重要。他要的是有一個人坐在對面撫琴，就像是把他內心的皺褶一點點撫平。

彈琴過後照例是談話。唐書記常常在顧先生面前說起自己的兒子。

唐書記的兒子一直在北京和紐約兩地做生意。什麼生意？好像是什麼賺錢就做什麼。因為有閒錢，也喜歡收藏有些年頭的東西。生意人的生意經，顧先生也沒興致聽，但唐書記講得津津有味。唐書記講什麼並不重要，重要的是他在聽，或者裝出在聽的樣子。畢竟，彈完琴，拿了人家的錢，不能急急離去。這樣很不禮貌。

有一回，唐書記在兒子家急著出恭，順手從一張八仙桌上扯了一張黃紙。坐下後，把黃紙展開，才發現是一份古代的琴譜。他立即給顧先生發了一個手機短信。顧先生過來，瀏覽了一遍，琴譜下面有琴家的全名款和創作年月，因此可以確定，這是明代的一份野譜。顧先生似乎還知道這位琴家是哪門哪派的，歡喜得手指都發抖了，立馬坐下來打譜，打了一段，發現減字譜裡有許多空白，需要花大量時間細細參悟，慢慢吟味。於是站起來，熱淚盈眶地說，我打不下去了。唐書記耳背，聽不分明，也不曉得他為什麼會忽然停手。顧先生在紙上寫了一行字：此乃高人所作。唐書記一看，就立馬明白，讓人給遠在紐約的兒子打了一個電話，徵得兒子同意後，他十分豪爽地把這份野譜送給了顧先生。顧先生後來逢人就提起他與唐書記的這段交情。彷彿高山流水，可以長久的。

有一天，顧先生從唐書記家回來，路上遇到了一個極不想見的人。此人就是阿蓮嫂。出於禮貌，顧先生只是微微點頭，也不作聲，但阿蓮嫂的臉上卻分明浮現出討好的笑意。顧先生正要掏出鑰匙開門時，阿蓮嫂怯生生地問了一聲，阿渠，能否借個地方說幾句？沒喊名字，而是叫「阿渠」。阿渠是方言，通常稱呼那些同輩人。來京幾十年，阿蓮嫂仍然不改鄉音，一句「阿渠」，讓顧先生反倒覺著有親眷氣。顧先生當然曉得她是在跟自己說話，但他還是下意識地掃了一圈四周，見身邊沒人，就說，好，進裡屋談吧。顧先生放下琴盒，請嫂子就坐。阿蓮嫂說，自從你哥去世後，我是二十多年沒踏過你家一步。雖說是隔了一道牆，卻像是隔了一座山。顧先生淡淡地說了一句，兄弟之情，落到這步田地，還不是你們當年自作自受的？阿蓮嫂說，我當年哪裡會想到有今天？說起來，我是無事不登三寶殿。阿蓮嫂是為老房子的事而來。顧樵先生與大哥顧漁先生原本都是南方人，小時候跟隨一名金陵派的老琴師學琴，長大後輾轉來到京城授藝，有了點積累，兄弟倆便在京郊的山麓共築一棟樓，樓名「漁樵山館」。再後來，因為琴派之爭，和阿蓮嫂的居間挑撥，兄弟倆把好端端的一座樓房給隔開了。顧樵先生這一邊面山，顧漁先生那一邊臨水。從此，漁樵山館變成了亦樵山館和亦漁山館。琴聲相聞，老死不相往來。顧漁先生死後，子承父業，但不成，又去學手藝，也是不成。阿蓮嫂在村口開了一家小賣店，勉強度日。阿蓮嫂的背比先前更顯佝僂了，似乎也更謙卑了。隔著牆，常常能聽到侄子酗酒之後大聲訓斥母親。阿蓮嫂的年紀大了，膽子卻越發小了，凡事都謹小慎微，彷彿客人一般。兒子做電腦軟件生意虧了一筆錢，要賣掉祖宅。阿蓮嫂勸說無效，兒大不由娘，非賣不可。阿蓮嫂說，你賣了這座祖宅也行，但你要把那個邊軒留給我。兒子說，我的娘哎，要賣都賣個精光，我們暫且去外面租房子住得了。你也是年紀一大把了，往後我有錢了，就給你買一塊像樣一點的陰宅。阿蓮嫂咬咬牙說，我去死。兒子把酒瓶砸在地上，喝道，你去死吧你去死吧撞牆上吊跳井喝毒藥我都不會攔你。兒子說話聲音大一點，阿蓮嫂就會打冷顫。阿蓮嫂並不怕死，怕的是自己死後沒人給她收屍。

顧先生對阿蓮嫂的淒涼晚境深表同情，先前對她的成見也在那一刻煙消雲散了。顧先生說，阿嫂如果不嫌棄，往後就在我家住上一段日子吧。阿蓮嫂說，我來的本意不是求你接濟，而是請你出面買下我們這邊的房子。顧先生說，我現在手頭也不寬裕，拿不出這麼大一筆錢來。阿蓮嫂說，這房子好歹也是祖公業，落在別人手裡，就讓人恥笑了。房價好說，我兒子要賣給外人百來萬，我就讓他半價賣你。顧先生說，你作得了主麼？阿蓮嫂連連點頭說，我作得了主，我作得了主。顧先生沉吟半晌說，這事我還得考慮考慮，過些日子再回覆。顧先生把阿蓮嫂送出門後，臉上顯出了一抹喜色。他想：亦樵山館和亦漁山館往後又要合二為一，變成漁樵山館了。整整有三十多年，他都沒有站在亦漁山館的樓頭眺望湖光山色了。

顧樵先生手頭有一筆錢，但買房子似乎還不夠。他打定主意，向唐書記借這筆錢。電話打過去，唐書記家裡的保姆卻告訴他，唐書記見馬克思去了。

唐書記是坐在馬桶上去世的。唐書記死於便祕。確切地說，是死於便祕帶來的腦溢血。

唐書記曾立下遺囑，他死後，兒子無論如何要回來在老家住上一段時間。唐書記的兒子比顧先生那個侄兒有出息得多，而且，還是個有名的孝子，會用英文背《孝經頌》。

這位孝子聽說父親晚年喜歡聽琴，便讓人按照古琴的形制打造了一具棺材，面是桐木，底是金絲楠木，唐書記如在琴中長眠了。

顧先生聽到噩耗，就抱著琴來到唐書記的靈堂前，彈了一曲〈憶故人〉。這曲子，顧先生不常彈，只在歲朝或年暮彈上一曲，但這回，他忽然感慨萬端，就彈上了。

唐老闆聽畢，泫然淚下，跟顧先生說起了父親的生平。唐書記也無非是俗人，但他去世之後，經他兒子這麼一說，人便徹底脱俗了，成了那種面目高古、高潔若水的聖人，似乎可以放在神龕裡拜了。

唐老闆說，我要在這裡住滿七七四十九天，以後你有空，就照例過來，彈琴給我聽。如果我不在，你就對著我爹的遺像彈。我給你每小時五百塊。

顧先生說，好。

唐老闆就是唐老闆，出手闊綽果然是出了名的。他說出五百塊，也只是讓五根手指微微翹了一下。

唐老闆在香爐裡插了三炷香，拜了三拜後，對顧先生說，家父生前許過願，要供養一株古樹，保佑我們家族之樹長青。現在，我要給他還願，顧先生知道哪裡的古樹可作供養的？

顧先生想了想說，清風觀門前有一棵古樹，有些年頭了。

第二天，唐老闆就帶著當地林業局局長和顧先生，坐車來到清風觀。

林業局局長的祕書向唐老闆作了介紹：這棵樹是全縣最古老的，樹齡有八百年，樹高十五米，冠幅平均三十二米，胸圍七米，它每年可以吸收二氧化碳六噸左右，釋放氧氣近四噸。也就是說，它相當於十多畝常綠闊葉林所固定的二氧化碳和釋放出來的氧氣。唐老闆繞樹走了一圈，閉目，吸氣，然後睜開眼，指著它說，就要這一棵了。清風觀的道長出來，吩咐下邊的小道士立即去取牌，寫上供養人的名字。

正說話間，唐老闆的祕書把手機交給他，說是小羅來電。小羅是誰？誰也不知道。聽口吻，對方好像丟失了一個LV包，包裡有一枚鑽戒、幾張銀行卡等。唐老闆不停地勸慰她，說這些不過是身外之物，可以再買的。對方卻一直哭著鬧著，說那些東西對她來說不知有多重要。唐老闆咆哮了一句，你都二十歲了，怎麼還跟幼兒園的小朋友似的，動不動就哭鼻子呢？

唐老闆闔上手機蓋子，道長過來，把一張單子給他，唐老闆取出鋼筆，簽上了自己的名字。這時，手機鈴聲又響了起來。唐老闆皺著眉頭對祕書說，這小女人也夠煩的，走，我們上她那兒一趟。

唐老闆走後，林業局局長笑瞇瞇地問顧先生，你可知道小羅是誰？顧先生說，不曉得。林業局局長說，我曉得，我曉得，就是電影學院表演系裡的一個小姑娘。

唐老闆在道觀裡供養了一株八百年的古樟樹，在外頭包養了一個二十歲的女孩子。樹與女人，皆有所養。但樹要老的，女人要年輕的。

顧先生想，這個小女孩，還只有洪素手這般大小呢。真是叫人可憐。

這一天，顧先生抱著琴，如約來到唐老闆家。

唐老闆說，我打小喜歡音樂，你會不會彈奏〈春天的故事〉？

顧先生說，那是古箏演奏的曲子。很抱歉，我不會。

唐老闆問，在你看來，古箏跟古琴有什麼不同？

顧先生說，當然不同，古箏的弦少則十六根，多則二十六根，沒有一定之規，古琴的弦自孔子以來，一直是七根，沒變過，這就好比七言詩，只有七個字，多了少了，就不叫七言。古話說，彈琴不清，不如彈箏。從這話你就可以曉得琴與箏的境界有什麼高下之別了吧。

唐老闆又問，你現在就給我彈一曲〈二泉映月〉吧。

顧先生說，也不會，那是二胡演奏的曲子。

唐老闆說，我點什麼你怎麼都不會呢？

顧先生說，我們古琴演奏歷來都有固定的曲目。同一首曲子，各人彈法不同，因此就有了那麼多流派。

唐老闆說，我聽說彈琴的有一套臭規矩，不能在這兒彈，也不能在那兒彈；不能對這人彈，也不能對那人彈。不能對渾身汗臭滿口蒜味的鄉下人彈也就罷了，卻還要擺明道理說是不能對商賈彈；好吧，不對商賈彈也說得過去，卻還要把商賈跟那些婊子擺放在禁彈之列，這分明是把教書匠跟乞丐並列了。

顧先生說，聽唐老闆一席話，我就曉得你是懂行的。我不妨跟你坦白地說，這些規矩都是琴人無聊時自個兒想出來的，說著玩玩罷了。作詩碰到催税人，彈琴遇見肉販子，固然是一件掃興的事，但我作為一個琴人，遇見唐老闆您這樣的行家，實是榮幸之至。

唐老闆摸著光頭，笑得滿臉的白肉都在有節奏地顫動。

清晨起來，顧先生打開窗戶，一陣涼風帶來淡淡的薄荷味，知道是早春雨潤，草木滋長了。顧先生去廚房煮了一壺咖啡，靜靜地呷了幾口，然後坐下來，想試一下徐三白獨立完成的一張琴。安軫上弦之後，便泠泠然彈起來。線條流暢的琴體構成了一種縱向的振動，而振動所帶來的聲音是向下的。這就對了，好的琴，聲音都應該有下沉感，就像一顆去掉渣滓的心慢慢地沉下去，沉下去。顧先生正彈得興味盎然，忽然聽到院子裡傳來轟地一聲。屋子裡的人都神色慌張地跑出來，一看，亦樵山館與亦漁山館之間的那堵牆竟豁開了一個大窟窿。侄兒的腦袋從牆洞裡伸過來，笑瞇瞇地對顧先生說，阿叔，剛才天上響佛（打雷），竟把我們兩家的牆打出了一個大窟窿，你看這是不是天意？顧先生看了看天說，胡扯，大晴天的，哪來的響佛？侄兒涎著笑臉說，阿叔，我聽媽說過，你要買下我們家的房子，這不，老天爺都幫了你一個大忙，把牆預先給打通了。顧先生鐵青著臉，袖著雙手進了裡屋。那一聲「轟隆」，還在他的腦子裡迴盪，竟把連日來積鬱的東西一下子打破了。他把雙手洗淨，坐到琴桌前，給哥哥留下的一份遺稿打譜。打完一段，他走出琴房，來到院子，把頭伸進那個大窟窿，對著侄兒喊道，阿叔決定買下你的房子。

沒過幾天，顧先生跟侄兒簽了一份買賣協議，打了一半預付款之後，就雇來了一班操粗使雜的民工，開始拆牆、清理園子。有一個地方，顧先生說了，誰也不許動。那裡有一張石鑄的琴桌，下面還埋著一個大甕，是年輕時兄弟倆親手埋下的。一般的琴人都知道，大甕有擴音的功效。哥哥死後，骨灰就撒在那裡面。哥哥彌留之際曾對家人說過，他希望自己死後弟弟能過牆來，給他彈奏一曲。可是，過去了那麼多年，顧先生礙於面子，一直沒過去。這是顧先生一直深覺愧疚的一件事。因此，他想在哥哥埋骨的地方再造一座琴亭，以誌兄弟之情。

那些民工白天幹活，晚上就打地鋪住在顧先生的侄兒家。有個叫小瞿的民工，是徐三白的老鄉，也是顧先生的老鄉，顧先生常常把他叫過來聊天，問些家鄉的消息。問到某座九間大屋、某座廟宇還在否？某位老先生還健在否？得到的回答常常是「不在了」、「沒了」。顧先生聽了總是搖搖頭，長嘆一聲。小瞿不善言談，卻擅長手談，圍棋下得尤其好，先是徐三白輸給他，後來像顧先生這樣自稱是「業餘三段」的人也輸給他。輸了子，顧先生打量著小瞿的手說，你的手長得好，天生就是執「子」之手，卻偏偏要拿起大錘子、鐵鍬來，可惜可惜。

有一回，顧先生跟小瞿下圍棋時，洪素手就在一邊靜靜地彈琴。一曲彈完，顧先生說，這孩子從來不給外人彈琴，唯獨你是例外的。看來，你的耳福不淺啊。小瞿說，我是粗人，對我彈琴就等於是對牛彈琴。洪素手說，你不是牛怎麼知道牛不懂琴呢？聽了這話，顧先生、小瞿以及在旁觀棋不語的徐三白都會心地笑了。小瞿走後，徐三白來到洪素手身邊，似有心若無意地問了一句，你怎麼老是對著那個小瞿笑瞇瞇的？洪素手低下頭說，他微笑的樣子跟我爸爸年輕時很像。

做「三七」那天，顧先生又抱琴去唐老闆家。顧先生彈琴時，唐老闆忽然站起來接電話去了，顧先生就對著唐書記的亡靈繼續彈。這世上，顧先生原本有一個半知音。一個是哥哥顧漁，後來兄弟失和，就算不上知音了；另外半個，就是剛剛去世的唐書記。至於唐老闆，連半個都算不上。現在，顧先生不僅僅是彈琴給故人聽，也是彈給自己聽。一曲彈畢，他微微閉上了眼睛。唐老闆打完手機回來，問他，彈好了？顧先生說，好了。唐老闆忽然發問，聽說你有個女弟子，彈得一手好琴，有這樣一回事？顧先生漫聲應道，是的。唐老闆說，這樣吧，往後你就帶那位女弟子過來彈琴。顧先生說，她離開了我的山館就不會彈了。唐老闆說，這年頭還有這樣的妙人兒？那我就要去你山館瞧瞧了。

唐老闆說來就來了。唐老闆是晚飯後來的，身上還帶著一股濃重的酒氣。之前，唐老闆陪著幾個客人，一直在KTV包廂裡泡著。他喝了許多酒，人就在歌聲的泡沫裡飄起來。有幾隻女人的手把他按住，他還是要飄起來。他對每一個唱歌的女人都報以熱烈的掌聲，並且承諾，要給每個小姐一千塊小費。小姐們都樂壞了，抱著他的光頭一個勁地親吻。唐老闆在包廂裡睡了一個長覺，酒醒後，他再也沒有提起給小姐們發一千塊小費的事。買單時，小姐們就纏著他嘰嘰喳喳。唐先生是這樣回答她們的：你們唱歌讓我悅耳，我說「給一千塊錢」也是讓你們悅耳，彼此扯平了。小姐們各自拿了三百塊小費，撇著嘴說，唐老闆說的比唱的還好聽。

唐老闆就這樣哼著小曲，醉醺醺地過來了。唐老闆要見的人就是洪素手。他看洪素手目光就像是看那些坐台小姐。

唐老闆問洪素手，會彈什麼曲子？

洪素手不響。

顧先生在旁指點說，你就彈一曲〈酒狂〉吧。

洪素手說，我不會。

徐三白在旁插話說，像小瞿那樣的鄉下人你都可以彈琴給他聽，為什麼就不給唐老闆彈？

這一說，更是把唐老闆激怒了。

顧先生趕緊上來打圓場說，這孩子，真是的，像石頭一樣頑固，也像石頭一樣有稜角。你看看，連我也拿她沒法子了。

唐老闆大手一揮說，我給錢，你還不彈?!說這話時，唐老闆身上的酒氣猛撲過來，讓洪素手十分難受，忍不住捂住了鼻子。唐老闆忽然大怒道，怎麼？你是不是嫌老子身上的酒臭？彈琴的人自以為清高，就他媽的臭規矩多。搶前一步就把洪素手捂在鼻子上的手打開。這一回，洪素手反倒用雙手捂住臉，哭了起來。徐三白站在她身邊，嚇得不敢再說話了，擺出的，便是一副觀棋不語的樣子。顧先生看不下去了，就對洪素手喝斥了一句。唐老闆再次上來，命令她把手拿開。

洪素手被嚇懵了，忽然操起一個陶製的小香爐朝他額際砸去。這一砸，就把唐老闆給砸清醒了，他摸到了臉上的鮮血，既驚且怒，立馬擺出還擊的架式來。顧先生搶先一步，走到洪素手面前，抽了她一記耳光。但唐老闆並沒有就此了事，他舉起了小香爐做出要砸的樣子。這時，民工小瞿風也似的從外面看熱鬧的人叢中衝出來，一拳擊中唐老闆的下巴，把他打了個趔趄。屋子裡頓時鬧成了一團。唐老闆不曉得自己挨了誰的冷拳，雙手在空中使勁揮舞，嘴裡亂喊一氣。顧先生連忙上去安撫，就差跪下來求情了。在紛亂中，小瞿拉著洪素手，撥開人群，跑出了山館。

從此，洪素手再也沒有回過山館了。

A面

徐二白聯繫到洪素手也是一年以後的事了。那天，他無意間搜索到一個名叫「素衣白領」的女子的博客，上面寫的是一些早年學琴的感想，有幾篇日誌，是寫日常工作和客居生活的無聊。徐三白很快就從文字間捕捉到洪素手的點滴信息，並且留言，稱自己是一名古琴愛好者，網名「東甌拙手」，欲與「素衣白領」交流琴藝。而她的回答是，自己疏於練琴，也懶得結交琴友，但經過幾番死纏硬磨，她還是留下了辦公室的電話號碼。徐三白把電話打過去，果然是洪素手的聲音。就這樣，他帶著顧先生的囑託坐飛機來了。

昨晚他們在陽台上站了很長時間，今晚吃過飯後，他們無處可去，又回到了這裡。一個年輕男子走進獨身女人的房間，本該有什麼故事要發生的，但是沒有。洪素手回頭熄滅了房間裡的燈，搬來兩張椅子。四周一片沉寂、幽暗。銀行大樓的背面透著黑黝黝的藍光，一張冰冷的、玻璃鋼質的臉。她忽然指著那扇窗戶說，那天我親眼看見有人從這個窗口墜落，他很平靜地落下，沒有發出一聲呼喊，我還以為是一件被風吹落的大衣呢。徐三白不知道她為什麼會突然提起這事。

一個月前，有個擦窗的清潔工就是從這裡墜落。他流了很多血。把那個小花園的一部分都弄髒了。有人擦掉了地上的血跡。但沒有人可以把它徹底擦乾淨。有一部分血跡，一直殘留在他們的腦子裡。擦窗工活著的時候幾乎沒有人注意到他的存在，但他死了之後，人們反而感覺到了他的存在。死亡的陰影依然十分頑固地盤踞在那裡，以至人們把此後發生的一件事跟它聯繫起來。事情是這樣的：一天，有個銀行老職員在同樣的時間經過那個同樣的地方時，不小心折斷了一條腿。就在人們快要淡忘那件事時，他們再次從那個老職員身上喚醒了對它的回憶。於是，這件事帶來的陰影就在無意間擴散到他們的生活之中。

誰也不知道那個擦窗工叫什麼名字，洪素手說，只有我知道，他生前還有個外號，叫「蜘蛛俠」。

徐三白說，你這麼一說，我就隱隱感到，你收藏的那些「蜘蛛俠」玩具和圖片似乎與這個人有什麼關聯。

是的，洪素手帶著回憶的口吻說，有一天，唔，我就是在這個房間的窗前坐著的時候，他突然從天而降，把頭探過來，朝我扮了個鬼臉，然後就在我的玻璃窗上寫下了五個字：我是蜘蛛俠。從那一刻開始，他就走進了我的生活。可是，我不明白，「蜘蛛俠」居然也會墜樓而死。

說完這話，洪素手打了一個寒噤，轉過身對徐三白說，每次我站在陽台上朝下看，都會有點頭暈，這是不是叫恐高症？徐三白覺得她現在是在有意表現自己的柔弱，以引起自己的憐憫和呵護。其實她並沒有恐高症，早年他們一夥人同遊某個風景區時，是她第一個穿過那條搖搖晃晃的鐵鎖橋。所以，當她聲稱自己有恐高症時，徐三白並沒有向她伸過手去。但她的憂傷是真實的。她用略顯低沉的聲音告訴徐三白：有一天深夜，我獨自一人站在陽台上，手扶著欄杆，忽然產生了一種想跨出去的衝動。不，我並不是要縱身躍下，而是要像「蜘蛛俠」那樣貼著牆飛上去。

現在輪到徐三白打寒噤了。徐三白茫然地望著七層樓以下的黑暗。那個橫躺著的影子彷彿會突然從銀行大樓的花園中站起來，穿過一堵水泥牆，緊貼著這棟公寓的牆壁，一步步地向他們爬過來。徐三白下意識地回過頭來，屋子裡也是一片漆黑。他緊緊地抓住那根鐵鑄的欄杆。洪素手問徐三白，剛才有沒有聽她說話。他沒有回答，仍然默不作聲地望著那片平地，在黑暗中丈量著自己的高度。有時候，一個人的內心難免會出現疙疙瘩瘩，就像他在平地上所見的石頭或雜草，他經常會被這些東西磕碰或阻擋；但是，當他爬到某個高處俯視時，這些石頭或雜草就不再顯得那麼突兀了，它們在放長的視線中慢慢地就會變成一個光滑的平面；也就是說，他們的內心儘管有許多疙疙瘩瘩，但只要他站到一定高度、拉開距離，一切不平的，也就會變得平坦了。徐三白是這麼想的。

你是醉了，還是醒著？洪素手忽然發問。

我是醒著呢，但我很想聽你彈一次琴，醉上一回。徐三白說。

明晚吧。洪素手懶洋洋地說。

不，今晚我就想聽你彈一曲，徐三白說，我現在就去賓館把琴取來。

沒過多久，徐三白就抱琴過來了。洪素手打開琴盒，取出一看，就知道是一張上好的古琴。因為年代久遠，琴面呈現出梅花狀的斷紋，琴底還有歷代收藏者的印章和琴銘。徐三白說，先生說過，好的木頭，加上斫琴名手，如果還能遇上妙指慧心，是一張琴的福分。

洪素手把一台電腦搬開，在桌子中央墊了一張罩電腦的絨布，然後就把古琴安放在電腦桌上。她在琴中間五徽的位置坐下，抬起頭來，笑著對徐三白說，感覺還是像坐在電腦桌前打字。靜了一會兒，她試了試琴，果然是一張好琴，聲音有一種下沉感。洪素手又站起來，在手上塗了一點油。再試音，再一次往手上塗油。洪素手帶著歉意說，很久沒彈，手指跟琴弦總是融不到一塊。還沒正式彈琴，徐三白就用雙手支著下巴，作陶醉狀。洪素手撅著嘴說，你看你，又來了。

讓徐三白遺憾的是，她沒有彈出讓他醉心的曲子來。洪素手說，你走了之後，我再坐下來試練幾遍。

徐三白回賓館洗了個澡，剛剛要躺下，洪素手就來電話了。洪素手帶著顫音說，她剛才坐下來練琴的時候，看見窗外有個人，手上拿著一根繩子，好像要破窗進來。

徐三白掛了電話後就急匆匆地趕了過去。徐三白手持掃帚，大著膽子，來到外面的陽台，發現是一條裙子不知從哪裡被風吹了過來，還有一條裙帶，隨風飄動，像是一根繩子。

沒事，只是一條從外面飄過來的裙子而已。徐三白說著把雙手搭在她肩上暗暗用勁，以便讓她感到自己的話具有一定的撫慰作用。

洪素手突然睜大了眼睛問，你知道那個墜樓的擦窗工是誰？他就是我的丈夫，也就是你的老鄉小瞿。

徐三白輕輕地「哦」了一聲，小瞿原來就是那個外號叫「蜘蛛俠」的擦窗工，也難怪，你家的牆壁上掛滿了「蜘蛛俠」。要我說呢，這件事從頭到尾難道就沒有一點嘲諷的意思？一個要拯救世界的「蜘蛛俠」卻無法拯救自己……

洪素手把臉轉向一邊，讓自己突然波動的情緒慢慢平靜下來。經過長久的沉默，洪素手說，我愛的人，現在都一個個離我而去了。往後的日子裡，唯一能帶給我希望的就是這肚子裡的孩子。等他（她）長大了，我一定要告訴我的孩子，他（她）爸爸不是擦窗工，而是那個拯救世界的「蜘蛛俠」。這樣說著，她就把手放在自己微微隆起的腹部。

從她沉靜、安詳的表情可以看得出，那裡面，沉睡著一個被溫情浸透了的孩子。徐三白的臉上頓時流露出一種既驚且喜的神色。他的目光從她腹部移開，把一隻手放在她的肩膀上，久久不語。洪素手明白他的意思，緩緩坐下，彈了一曲〈憶故人〉。彈著彈著，似乎就來感覺了，手指也變得鮮活了，如同魚游進水裡。在徐三白看來，她的手上有一層淚光似的柔和的東西，竟至透明了。但這一次，徐三白沒有聽醉。

此後幾天，徐三白都沒過來。因為他要趁這個機會走訪上海古琴行的幾位老主顧。一天傍晚，徐三白回賓館時，一位前台服務員交給他一把鑰匙，說是今天早晨有位女士過來，要把鑰匙轉交給他。徐三白問，她人呢？服務員說，她只交待了一句，說是要去一個很遠很遠的地方，有一樣東西放在家裡，讓你親自去取。

徐三白快步來到了洪素手的寓所。打開門後，發現洪素手已經搬走了。室內只有一桌一椅一床，別無陳設。那張單人床上的床單是百合色的，沒有一絲壓痕或皺褶，被子疊得像一本剛剛闔上的邊角周正的書。牆壁上的「蜘蛛俠」竟然全都消失不見了，只有靠床頭的地方還貼著一張照片，照片裡沒有人，只有一張琴桌，上面有幾片鮮紅欲燃的楓葉，琴桌後面是漁樵山館的一株芭蕉葉，葉下有一隻蜘蛛懸垂著，連淚痕般的蛛絲都清晰可見。徐三白收回目光，看見桌子上擱著他親手帶來的那張古琴，下面留有一張紙條，寫著：徐三白收。他在地板上茫然地坐了一會兒，然後起身，抱著那張琴，退出屋子。關門之前，他又忍不住朝裡看了一眼，一縷淡而亮的光線從薄紗窗簾間照進來，整個房間素淨得像是沒有住過人，以至他疑心自己與洪素手的見面只是一場幻覺。

B面

半個月後，顧樵先生收到了弟子徐三白寄來的一盒磁帶，他拉上窗簾，把磁帶放進錄音機，靜靜地坐在那兒，一陣「滋滋」聲之後，錄音機裡響起了淡遠的琴聲。他依稀看到洪素手的手在猛滾或慢拂，漸漸地，她的手化成了流水，化成了煙，向遠處飄去。

一曲終了時，他看見自己在流淚，他看見自己在黑暗中默默地流淚。

二〇一〇年五月一稿
二〇一〇年六月二稿
二〇一〇年八月定稿

某年某月某先生

某年某月某日某先生跟人談起自己在山中的一段算不上豔遇的奇遇。

某先生是誰？這裡不便透露，也沒有必要坐實姓名，姑且就叫他東先生吧。

東先生除了教書之外，平日裡喜歡寫詩、畫畫，偶爾也翻譯一點斯蒂文斯與布考斯基的詩（他從來沒有向人解釋自己為什麼會喜歡兩種風格反差極大的詩）。這麼多年來，他既沒有搬家，也沒有換工作，而是一如既往地過著單身生活。在私生活方面，他一直保持隱祕不宣的態度。他喜歡在微信圈裡跟陌生女人聊天，也結交了若干異性網友，但他從不上網尋找性獵物；於房事，他不算熱衷，但也不至於疏淡（在這方面，他的表現就像南方的秋天，溫而不厲，威而不猛）。認識東先生的人都知道，他收入穩定，飲食有度，沒有什麼不良嗜好，甚至可以把生活中一些不可調和的事處理得恰到好處。然而，他也不是什麼事都可以搞定的。比如最近，他老是覺著生活裡會冷不丁地出點什麼讓人無法解釋的事。四十歲以前，東先生感覺自己沒有什麼不正常的。年過不惑，居然就迷惑起來了。東先生也說不清那些讓人迷惑的事出在身體上還是腦子裡。一個月前，他做過全身體檢，除了胃神經紊亂，實在找不出別的什麼毛病來。但過了一陣子，胃神經紊亂帶來的胃痛之後，又出現了生物鐘紊亂帶來的頭痛。二症併發，把他的神經折磨得像他詩裡面寫到的鎢絲一樣纖細。

事情是從某個夜晚開始的：半夢半醒之間，遠處突然傳來低鈍的敲打聲。他疑心這急迫的聲音來自家中那個五斗櫃。那一刻，彷彿有人正急著要從櫃子裡跑出來。他想伸手去開燈，身上卻沒有一絲力氣。只能半睜著眼睛，努力辨識聲音的來源。他聽說宇航員進入太空之後，有時也會聽到一種木錘敲打鐵桶的聲音。其時意識模糊，很難說清這聲音是外部傳進來的，還是發自身體內部。東先生聽到的，正是那樣一種無法解釋的聲音。

是否還有人在那一刻證實那一種聲音的存在？沒有。

東先生醒來的時候，突然想緊緊地抱住什麼。然而，他身邊沒有女人。

東先生從來不會把女人帶到家裡睡。通常，他會在賓館裡開個房間，在一張陌生的床上不緊不慢、不冷不熱地完成一件在他看來必須完成的事。東先生從來不買春。這些年，他僅限於跟三個本城的女人發生關係。其中兩個已婚（一個是中學語文老師，一個是服裝設計師），還有一個未婚，年紀略輕，有男朋友，但在韓國留學。每個禮拜，他會跟她們當中的一個聯絡，開好房（一般情況下沒有固定的賓館）。值得一提的是，他與任何一個女人單獨相處，從來沒有超過三天時間。他的理由是：自己與一個女人相處的時間如果超過三天，就會產生留戀之情。在這一點上，東先生固執己見：對女人，只欣賞，不貪戀。這也是東先生堅守單身的原因了。最近，三個女人不知何故突然間都消失了。她們之間互不相識（至少在東先生看來是如此），背地裡聯手捉弄他的可能性幾乎很小。但這件事終究讓他放心不下。

某年某月某日東先生在南方某座山中遇到了某女士。山名就不必介紹了，在東先生看來，所謂山，就是幾塊石頭與樹木的奇怪組合，這一座山與那一座山在本質上沒有什麼區別，唯一的不同是那種看山的感覺。

那時應該是暮春傍晚，也是山氣最溫淡的時辰。東先生循溪而上，走進一座幽深的山谷，及半，就看見一座石拱橋，橋邊有一棵高壯的銀杏樹，樹冠呈傘狀。四周也有樹，但跟它在一起就顯得不像樹了。站在大樹底下，東先生的目光順著樹枝一點點朝上伸展，好像在目測樹的冠幅。直到他聽得身後傳來咔嚓一聲時，才轉過頭來。一名高個子女人正手持照相機，半蹲著，身體略微後仰，長焦鏡頭像炮筒那樣一動不動地對著他。他先是一怔，繼而微微一笑，緩緩舉起了雙手。

高個子女人放下相機，露出略帶歉意的笑容作為回應。在那頂果綠色寬邊草帽的遮掩下，她的目光顯得有些深邃，彷彿仍然在透過鏡頭看人。

隨後，路那頭便有十幾人魚貫而至，紛紛舉起相機或手機，對著那棵古樹狂拍，給人一種舉槍齊射的感覺。高個子女人好像不太喜歡鬧哄哄的氛圍，很快就穿過一畈隨山陂陀的梯田，轉到了竹林那邊。東先生不敢貿然相隨，他只是站在橋邊，遠遠地打量著。那兒有成片成片的竹林，大家好像熟視無睹，獨獨一棵古樹卻引來那麼多人爭相觀賞。

吃晚飯的時候，東先生在山中一家客棧的露天餐廳裡，再次與高個子女人不期而遇。她跟一群人坐在同一張長桌上，靜靜地等候上菜。邊上堆放著旅行包和隨行雨具，看樣子，其中有幾位是剛剛從外地趕過來的，未及登記入住。一名光頭男子站起來，一手拿著本子，一手握筆，讓一圈人作自我介紹。聽到有人自報姓名，他就在紙上打一個勾。介紹完畢，他們就開始閒聊。有幾位一邊捻著手串佛珠，一邊侃侃而談。談的是多元宇宙、六道輪迴、五維空間之類的話題。東先生注意到，那個高個子女人沒戴草帽，頭髮紮成了一束馬尾。

對東先生來說，他們的身分像黃昏的光線一樣曖昧不清。可以肯定的是，這群人不是那種來山裡搞野外拓展訓練的創業團隊，與普通的旅行團也不一樣，他們穿布衣，吃素菜，說起話來總是顯露出一副談吐不凡的模樣。他們身上有一種略顯相似的氣味，但東先生也說不清楚這氣味是什麼。那一刻，他的目光有意無意地落在她身上。她是那群人裡面的一個。了解她，也許就能了解那一群人。

吃過飯後，大家散開來，坐在庭院中那些錯位擺放的藤椅、木椅、石凳、草墊上，吹著涼風，喝茶聊天。服務員收拾盤碗的玲瓏碎響，在山裡聽來格外清脆。東山之上，破雲而出的月亮跟剛剛清洗過的銀盤似的。東先生背著晚風，依舊坐在一棵桂樹下自斟自酌。而他的目光每每因為那個高個子女人的身影和笑聲而游移不定。不過片刻，她突然起身，走到一面懸掛著老照片的石牆前，一步步地挪移，一幅幅地看過來。老照片的題材無非是晚清民國年間的地方風土和人物，保留了當年玻璃底板直印的蛋白照片那種棕褐暖色的調子，因此也就有了古舊的味道。她從牆的那一頭移步到這一頭時，散碎的銀光和斑駁的樹影恰好落在她身上。聽到一聲輕微的咳嗽，她就轉過身來。

能喝一點？他把一個倒扣的空杯子翻轉過來。

不，我現在不喝酒，我在脱脂。

你看上去一點兒都不胖。

可我覺得自己還不夠瘦，她指著空杯子問，你好像在等一個人？

我獨酌時習慣於在面前擱一個空杯子。

看起來好像是要表示點什麼。

也沒什麼，習慣而已。他呷了一口酒問，你們來這裡做什麼？

我們？她回頭看了看那些散亂的人影説，其實我們都是網上認識的，彼此之間也沒有見過面。不過，我們會在微信群裡聊一些靈修、禪修之類的話題。

根據她的描述，他才了解這些人大致迷戀那種神祕的難以解釋的事物，其中就有瑜珈行者、禪修者、淨土宗居士以及身分可疑的仁波切弟子等等（據説還有一名修行者是追蹤一隻白琵鷺至此的）。東先生不喜歡故弄玄虛，不喜歡談禪，但他不會拒絕跟人討論那些在他人看來或許還吃不準的話題。

那麼你呢？東先生問，你也對神祕主義感興趣？

神祕主義，我可不懂這些高深的道理。我只是想在這裡過幾天清靜的日子。過 種靜觀的生活，是這樣？

你總是把一件很平常的事說得那麼有詩意，不過，也可以這麼說。

看來我們來這裡的目的是一致的。他撫摸著那個玻璃杯說，在空山裡，放空自己的雜念，把自己變成一個透明的空杯子。

你說話就像一個詩人。

我本來就是詩人。

把山中的時間拉長也是不無可能的事了。早晨醒來後，東先生對自己說，我在山裡面，我要比太陽遲兩三個小時起來。他就這樣賴在床上，可以去太陽底下做點什麼的想法很快就在上一個哈欠與下一個哈欠之間消失了。如果此時外面恰好有雨，他會等雨停了再起來；如果雨一直在下，他就一直這樣躺著。因為在山裡面，時間彷彿也都是自己的。有陽光從東窗照進來，已是八九點的光景。東先生覺著實在沒有賴床的必要了，就起來洗漱。吃過早點，他就朝南山走去——在上午的懶洋洋的風裡，他高一腳低一腳地走著。就在山迴路轉的地方，他又看到了她的身影，因為背光，加之寬沿草帽的遮擋，使她的臉部表情顯得有些陰鬱。她身後是一片竹林。竹子的顏色、竹子的氣息，似乎能讓人慢慢靜下來。走近時，東先生誇讚說，你昨天穿的那件綠裙子很好看。她聽了，竟流露出驚訝的表情：昨天我穿的是綠裙子？我從來沒有穿過這樣的裙子。東先生反問，昨天你在竹林裡，穿的難道不是綠裙子？高個子女人解釋說，也許你眼睛裡看到的是白裙子，腦子裡浮現的卻是另外一個女人的綠裙子。東先生突然笑道，也許是我看竹子看得入神，把你也當成竹子的化身了吧。高個子女人也咯咯笑著說，果然是個詩人，什麼事經你一說，就是另一種樣子了。

她站在陽光裡，整個人好像開始一點點變得透明起來，一件小碎花雪紡長袖衫領口微露，脖子以下尤顯光潔的那一部分分布著淡雅、纖細的筋脈。但東先生的目光只是小作勾留，就很得體地移開，向遠處一抹淡藍的山脈延伸。

你是一個人來的？她問。

是的，他說，我從來就是獨來獨往的。

東先生接著告訴她，他每隔三個月都要去外面旅行一次，喜歡找一個安靜的角落，坐在那裡，什麼事都不做，什麼問題都不想。就是坐在那裡。最後，東先生說，其實我是在找一樣東西。

找什麼？

與其說是找一樣東西，不如說是找一個地方。嗯，一個地方。東先生說，你可以知道月亮落在哪兒，但你不知道自己明天會在哪兒。正是這種莫名其妙的焦慮迫使我走出去，尋找一個真正屬於我的、可以終老的地方。

你找到了？

現在還沒找到，也許我一輩子都找不到。也許呢？我要的就是這個尋找的過程。結果對我來說並不重要。

這一路上的一番暢談，使他們對彼此有了更深的了解。吃過午飯，她回房換了一件衣服，出來後他們又走到一起，坐在溪邊的蔦蘿藤架下，接著之前的話題，漫不經心地談著，直到手指間的陽光一點點溫熱起來。

我跟你認識這麼久了，還不知道你叫什麼名字呢。

我們認識很久了？她說，我們就這樣聊聊天不是很好？何必要互通姓名、籍貫什麼的？

東先生輕輕地咳嗽了一聲說，那麼，了解職業不算冒昧吧？女人微微一笑，搶先問道，你從事什麼職業？東先生答，教書。她「嗯」了一聲說，如果我猜得沒錯，你應該是一位大學老師。

東先生故作驚訝問，你怎麼知道？她微微一笑說，從談話裡面感覺得出來。嗯，你在女生眼裡一定是很有魅力吧？

東先生笑了。

學校的老師也都說，東先生身上有一種可以稱之為風流的氣質。常言道，走下同一條河流的人總能遇到新的水流，東先生每年開學總能遇到新的女生。不過，東先生的風流比起一般人，又多了一分蘊藉。至於「蘊藉」這個詞應該作何解釋，就得請教他的那些女學生了。這麼多年來東先生在女生中間，目既往返，心亦吐納（吐故納新），好像從來沒有發生過什麼事，但好像又發生過什麼事。

我從來沒有摸過任何一個女生的手，東先生說，哪怕是她們把手遞過來。

你是怎麼想到來這裡？知道這地方的人並不多，知道在這個時節來這地方的人更少。

是一個朋友介紹的，一個寫詩的朋友。

據東先生描述，這位寫詩的朋友是個邋遢漢，有一陣子失戀了，經常在微信群裡發詩（因為詩這東西，東先生說，原本就是可以群、可以怨嘛）。有一陣子，他又忽然消失不見了。接連數月沒有他的消息，詩友們免不了要打聽了。後來才知道，詩人忽然有了出世的想法，跑到山中追隨一位來自西域的仁波切去了。一個月後，詩人回到城裡，又老老實實地做起了祖傳的手藝活。前陣子，東先生與詩人喝酒聊天時，說自己最近出了怪病，耳朵裡偶爾會出現一種莫可名狀的聲音。詩人便告訴他，他在山中遇見過一位高人，能用催眠術幫助人治病，很靈的。東先生對詩人的話向來是姑妄聽之，所謂的高人要麼是神漢巫師之流，要麼是江湖騙子。如此而已。事實上，讓他突然間對這座山心生嚮往的，是詩人在不經意間說出的一句話：山裡面很安靜，每天坐在房間裡可以聽到樹葉落地的聲音。就衝這一點，東先生來了，山裡面果真是安靜的。雖然，早已過了落葉紛飛的時節。

東先生有足夠的時間觀看一片樹葉飄落的過程。就一片，或兩三片樹葉，在倦怠的春風裡，無聲地飄落。這樣看著，時間也就彷彿在不知不覺間慢了下來。前面有兩條岔道，一條是水泥路，能看到一些家禽在陽光照到的地方走動；另一條還是古道，堆積著厚實的枯葉，不知道它的暗沉沉的盡頭究竟是什麼。我在山裡面極沒有方向感，高個子女人說，即便有太陽，我也不辨東南西北。東先生指著古道邊的一條溪流說，如果你找不到方向，很簡單，你只需要看流水。順著溪流，你就能找到那座客棧。我翻看過地圖，山裡面只有這麼一條溪流。

前面就是依山而築的客棧，但他們繞到了另一條幽僻的、已近荒廢的古道，漫無目的地向前走去。這裡沒有人跡，只有流水潺潺的聲音。人像是在路上漂浮著的。古道越轉越深。人在大山的深處，能感受到一種圓整的、未被損毀的寂靜。他們深深地吸了一口氣，彷彿寂靜本身也是可以呼吸的。

這裡真安靜啊。她把「啊」這個尾音拖得很長。

是啊，東先生也附和著感慨道，靜得讓人感覺像是去了另一個星球。

如果人類有一天遷移到外星球，不知道是否還能忍受那種絕對的寂靜。

我之前看過一個節目，測試一個人在絕對的寂靜中最多能待多長時間。

我試過的，在那個無聲世界裡，我只待了四十五分鐘。如果誰能待上一天，誰就是神了。

東先生的目光從流水間收回來，看著她，感覺她的眼睛裡藏著清澈的憂鬱。昨天傍晚，他在樹底下看到的，就是這樣一種眼神。

能否冒昧地問一句，你是做什麼的？

之前做過電視台的ＤＪ，現在是一家酒吧的ＤＪ。

你是一個喜歡清靜的人，能忍受酒吧裡面的噪音？

我工作的時候通常戴著耳機。如果不戴耳機，我就戴上一個耳塞。唔，好聽的音樂分貝再高，也不算噪音吧。

你說得對，我曾經在英國人寫的一本關於聲音生態學的書上看到這樣的說法：如果你不正確使用刀叉，那麼刀叉聲也是噪音。

的確是這樣，難聽的音樂聲音再低也是噪音。

她說，她住在郊區，離上班的地方有點遠。好處是，那裡房租便宜，環境清幽。她上的是夜班，下午三點之後坐著公交車進城，通宵坐班，一大清早又坐著第一班公交車返回郊區。那棟樓裡租住的大都是上班族，大白天空蕩蕩的，就像夜晚。她關緊窗戶、拉上窗簾，蒙上被子，就可以睡個好覺。

那時候，我喜歡靜靜地躺在床上，聆聽大海的聲音。

你租住的地方在海邊？

離大海不算近，大概有兩三里吧。

這麼遠，也能聽得見？

我說這話的時候就知道你會有這樣的疑惑。但事實上不是這樣子的……

事實上是怎樣的？東先生很想聽她談談她自己。

她小時候就住在海濱小鎮，那裡除了大風大浪，終年寂靜。每天清晨醒來，總能由近及遠地聽到鬧鐘裡面指針走動的聲音、一個早起的人從清冷的石板路上走過的聲音、浪濤拍岸的聲音、遠處海面上漁船馬達的聲音，以及各種帶有地質屬性的混合的聲音。直到有一天，她突然聽到了一些平常難以聽到的聲音。

起初，這種聲音來自自己的身體內部。腸子蠕動的聲音、氣息吐納的聲音自不必說，倘若沒有雜音的干擾，她還能聽到心跳的聲音、血液流動的聲音。她的耳朵構造並無異樣，但她能聽到別人無法聽到的聲音。她跟小夥伴們一起玩耍時，每回說自己能聽到蒼蠅拍動翅膀的聲音、蟲子破土而出的聲音時，居然沒有人相信她的話。後來，她就再也沒有提起這事。她喜歡獨自一人，聆聽外面的世界發出的聲音：一顆露珠因了微風的吹撫從草葉滾落滴在石階上的聲音、貓從巷子那頭走過的聲音、雪花落在窗台的聲音……

長大了之後，她就開始懷疑自己了：這究竟是一種超常的聽力，還是一種異常的幻聽？她曾找過一位醫生，醫生給她做了一個簡單的常規性測試：他在隔壁跟人說悄悄話，如果她能聽得見，就證明她的耳朵具有某種特異功能。結果是，她什麼也沒聽到。這是什麼緣故？她不得而知。而醫生得出的結論是：她很有可能患有某種精神方面的疾病。她聽了，很是羞憤，從此就再也沒有找過其他醫生或類似的專家。很多人活了一輩子都無法認識自己。她卻不同，她常常在跟自己對話，嘗試著把自己所聽到的一切自然或非自然的聲音都一點點弄明白。後來她了解到這種聽力也有其侷限性，那些屬於常人聽力範圍之外的聲音並非她想聽就可以聽得見的，換言之，聲音這東西是自行越過一道道障礙跑進她的耳朵，彷彿她身上的某根聽覺神經與外部世界的某一部分會突然發生臍帶式的連結。這些年來，她雖然自覺怪異，也曾為之困惑良久，但終究還是能安於這分怪異。

這是一個不一樣的女人。東先生想，一個不一樣的女人讓人有了一種不一樣的感覺。她說話的聲音很低，低得好像只有把耳朵貼近才能聽得清楚，山谷裡的風大一點，就能把她的話吹走。根據他的觀察，她走路時也是輕手輕腳的（而且，她說自己從來不喜歡穿高跟鞋，那種橐橐的腳步聲會讓她聽了十分難受。她平常穿的，就是那種柔軟的平底鞋，走起路來悄無聲息，就像一隻安靜的貓）。

不知不覺間他們已經穿過了一座山谷。

如果我記得沒錯，前頭還有一棵古樹，可以看看的。高個子女人指著接近山頂的地方說。

這條路，你好像來過。一朵烏雲從頭頂默默地飄過，他突然壓低了聲音。

我來過好多回，但我總是記不住路線，像是第一回來過似的。

恰恰相反，我跟你雖然只是初次見面，但我感覺我們之間彷彿已經認識多年。

認識多年，卻不知道彼此姓名，這是不是有點像匿名聊天的網友？

不知道對方是誰，反而能讓雙方更坦誠地說話，難道不是這樣？

也許是這樣吧。

前面是一座石頭搭建的路廊。一名穿ＰＯＬＯ衫的功法修煉者騰地一下從蒲團上站起來，一邊抱怨起山裡面的信號，一邊舉著手機走過來，急吼吼問道，你們的手機可有信號？很抱歉，高個子女人搖搖頭說，我沒有手機。那人轉而又問東先生，你的手機可有信號？東先生掏出手機看了看說，也沒有信號。但他隨即撿起地上一塊光滑的小石頭，放在耳邊，叫了幾聲：喂，喂，喂。那人怔怔地看著他問，你這是什麼意思？東先生說，在這個地方，手機沒有信號，就跟石頭一樣了。那人若有所悟，說，我坐不下去了，看來我還得回客棧上網去。收起蒲團，走了。

他們坐了一會兒，正打算繼續前行時，外面下起了零星小雨。於是又坐下，等著雨歇。

你是怎麼認識他們的？

說來話長，我跟他們這一路人認識，是因為三年前得了一種奇怪的病。

一種奇怪的病？

是的，一種奇怪的病。

三年前，她突然感覺頭暈、手麻、步態不穩，就去醫院做了一個CT檢查，結果發現腦子裡面有一個白鴿蛋狀的東西，後來即便做了核磁共振，醫生也無法確診它是囊腫還是腫瘤。經過會診之後，醫生建議她做一個開顱手術，但她斷然拒絕了。她問醫生，如果腦部是惡性腫瘤，她還能活多久？醫生搖搖頭說，這個不好回答。她出了門，就把那一沓影像資料統統扔進垃圾桶裡。第二天，她辭掉了電台DJ的職務，背起行囊，開始了沒有目的的漫遊。有一天，她在網上結識了一群過修行生活的朋友，得知這些人每年都會在同一個月份同一個地方聚會、交流，因此也就貿然報名參加。來到這座山裡，她沒有把自己的病況告訴任何人。人生苦短，在山裡面安安靜靜地待上一陣子，或是在適當的時刻找一個陌生男人過過一夜情的癮，未嘗不是一種及時行樂的法子。想到這裡，她也就有了試一把的念頭。「豔遇」這個詞，平日裡只是當作玩笑來說的，沒承想，說碰上就碰了。對方是一個攝影家，長得瘦長、白淨，神情略帶憂鬱。他們是在溪邊那棵古樹下相遇的。他的鏡頭對著她拍下第一張照片後，雙手突然猛烈地抖起來。放下相機時，她發現他的臉色異常蒼白，近乎失態。之後，他跟她說話時眼圈發紅，聲音略微有些變調。她不知道那一瞬間究竟發生了什麼，她很想跟他聊下去，但他只是倉促地向她要了一個手機號，以便發送圖片。然後，他們就跟陌路相逢的人那樣揮手道別。原本她以為，他們之間就此擦肩而過，是不會再見面了。但過了幾天，她居然接到了他打來的電話。他開口說話時，聲音仍然有些顫抖，好像要說什麼，突然又忍住了。因為沉默的時間有點長，她感覺電話那頭好像是一個漫長的黑夜。在對話過程中，她的耳邊就隱約傳來另一種複合的聲音。她放下手機，屏息靜聽，那聲音竟然就是從另一個距之不遠的房間裡傳來的。如前所述，她的聽力有異於常人，只要集中注意力，哪怕是極其散漫微弱的聲音，她都能捕捉得到。她試探性地問了一下他現在所在的地方。果然沒聽錯，他跟自己就宿在同一家山中客棧。於是，他們各自報了房號。從房號來看，他們之間僅隔兩個房間（而且是空房間）。奇怪的是，那個攝影家後來一直沒有過來找她。

一種近乎無恥的渴望被睡的感覺在那一瞬間竟那樣恣肆地冒了出來。她再次給他打了一個內線電話，邀請他來自己的房間。如果他是個聰明人，也應該可以猜測她的意圖了。她向來都是個安分守己的女人，腦子裡突然跳出這樣一個古怪的念頭，未免把自己都嚇壞了。但她已打定主意，僅僅是要跟他發生一夜情，誰也不欠誰。當然，他也應約過來了。如果非要她說出自己喜歡他的原因，大概就是喜歡他身上的某種氣息，一種說不出來的淡淡的氣息。根據她的描述，他們之間並沒有發生什麼關係。他們只是躺在床上，蓋上了被子，像兩個嬰兒。確切地說，像兩個無知無覺的雙胞胎。她的表現是主動的，而他那臉上幾乎沒有什麼表情，眼睛裡也沒有一點內容，以至她覺得自己所面對的彷彿是一片白茫茫的大海或空蕩蕩的山谷。不過，她可以確定，他不是那種性無能或男同性戀。

而之後發生的事就讓她糊塗掉了。那天早上，攝影家回到自己的房間不久，她忽然聽到了他跟另一個人說話的聲音：我把你帶到這個陌生的地方，你喜歡？現在我累了，決定把你留在這裡，你願意？她聽到這話，就立馬感覺他是在跟一個女人說話。她再次側耳傾聽，但沒有聽到有人跟他搭話。她帶著疑惑走到他的房間門口，敲了幾聲。他打開門，她便毫不客氣地走進來，目光很利索地掃了一圈，什麼也沒有發現。但問題就在這裡，她居然什麼也沒有發現。

我們能談點別的什麼？她突然像怕冷似的用手臂抱住自己的胸口，對坐在身邊的東先生說。

為什麼要突然轉移話題？難道你不想告訴我，那個房間裡的神祕女人究竟是誰，她為什麼要避而不見？

我不知道自己為什麼會跟你講這些事，也許是觸景生情吧。她這樣說著，就戴上了墨鏡，好像是要把眼角那一縷細微的憂傷小心翼翼地隱藏起來。

真的不想說了？

不想說了。

他們就這樣靜默著。大約是風的緣故，這裡的雨拐了個彎，就落到山那邊去了。遠處凝集著一團濃重的雲霧，越滾越遠。他們邁出路廊，繼續沿著古道前行。天色在轉瞬間放晴，山景也在拐個山角之後豁然開朗。他們抬起頭來，果真就看到了半山腰處一塊略微向外凸出的岩石上一棵冠幅很大的銀杏樹。樹下圍繞著一群正在閉目打坐的功法修煉者，雖然之前被雨淋成了落湯雞，但此刻依舊凝然不動。陽光一照，個個都彷彿有了仙風道骨。他們沒有再走近那棵樹，而是遠遠地打量著。雲是白的，雨後的樹是鮮綠的，給人一種清潔感。在東先生看來，這樣的樹，跟天上的雲一樣，也是可看可不看的。

還記得石拱橋邊那棵銀杏樹？她問。

當然記得。這裡的人都管它叫白果樹。

知道樹齡？

只知道它是一棵古樹，有多老，沒打聽過。

聽山裡人說它已經活了五百多年。

一棵五百年的老樹仍然可以結果實，不能不說是一個奇蹟。結果實的白果樹應該是雌樹吧。

是的，每年十月它會結一次果。

那麼，眼前這棵樹應該是雌株還是雄株？

當然是雄株。這一帶，我還沒有發現第三棵銀杏樹。

難道說，它們隔著一座山也能傳播花粉？

就像你剛才說的，這是一個奇蹟：一棵樹即便隔著一座山也能找到另一棵樹。

我小時候在植物學課本上就看到過這樣的說法：風傳播花粉，肉眼是無法看到的。那種風媒花呈陀螺狀，可以從相隔幾十里外的地方飄過來，把花粉落在花蕊上。

做一棵樹多好，每年開一次花，結一次果，就這樣不知不覺活了五百多年。

樹沒有神經末梢，開花結果它不覺得快樂，正如它落葉時不覺得痛苦。

樹有樹的活法，誰知道呢？

這時候，一團雲在這座空曠的山崗之上懶洋洋地逡巡著。你看見了嗎？高個子女人指著一排雜木林說，從這邊數過去第九棵樹，你看見了嗎？三年前，我把自己的手機埋進了那棵樹底下。現在它應該已經像土豆那樣爛掉了吧。

為什麼要把手機埋掉？

我也說不清楚為什麼，也許是因為那時候覺得身上的東西太多了。身上的東西太多了？嗯，我明白了……

天色漸漸暗了下來，一些鮮亮的顏色融入灰色，一些有稜角的石頭變得柔和起來。入夜之後，山谷間偶或響起寂寞旅人的彈唱。東先生無意於融入這群人裡面，因此，他看了一會兒書，就早早睡下了。過了十時許，客棧裡外人與動物的聲息都靜了下來。在山裡面，寂靜彷彿呈漏斗狀，漏進樹葉的幽微的沙沙聲，漏進蟲子的唧唧聲，漏進地竅深處發出的嘶嘶聲，和一些植物飽吸夜氣的聲音。

三更時分，東先生無緣無故地醒過來。那種奇怪的聲音又開始出現了，以至他感覺自己好像被什麼奇妙的力量拋進了另一個維度的世界。但此刻，他十分淡然。找那些高人治療的想法早已拋諸腦後，他覺得自己也毋須為此煩惱。人這一輩子，總會遇到幾件讓自己費解的事。與其惶惶不可終日，不如從容應對。他曾看過一部戲劇，說是有人突然發現自己身上得了一種莫名其妙的隱痛，到處找醫生或專家診斷，可沒有一人明白無誤地告訴他，這種隱痛是如何來的，又將如何消除。耳朵裡面出現的怪聲，大概跟身體上出現的隱痛是一樣的。

那種奇怪的聲音持續的時間很短，但他之後就了無睡意，只得閉著眼睛捱到凌晨五點多，恍恍惚惚間，一縷幽暗的天光從窗簾的縫隙間照進來。他感覺這樣躺著實在是百無聊賴，就下了床，拉開窗簾。在晨光裡，山與人驟然相遇，讓他心中忽生一種相敬如賓的感覺。他喜歡這樣的山，空空的，好像什麼都沒有，又好像什麼都有。他推開了窗，讓晨風帶著明亮的空氣吹進來。窗子對著清寂的後院，一隻早起的野狗正在一棵銀桂下刨著泥土，不知道要刨些什麼。他突然間像是想到了一件緊要事，從上衣口袋裡掏出手機，匆匆瞥一眼，隨即關掉，放進一個塑料袋，然後穿上衣服，拎著這個塑料袋，走到樓下，沿著兩棟樓之間的一條青石板路，來到那座後院。狗見了生人，立馬從牆洞裡隱遁。他在銀桂下的一張石凳上坐下來，隨手撿了一塊小瓦片，繼續把那堆被野狗刨過的泥土挖開，挖到兩指深時，就把那個裝著手機的塑料袋扔了進去，然後，又用四周的泥土把小土坑掩上。天已破曉，他在石凳上呆呆地坐著。太陽又跟老朋友那樣，漸漸從雲層間露出一副溫和的老面孔。從後院的一扇小門出來，他沿著一條青石板路來到前面那座鋪花磚的小庭院，那裡，樹木掩映的拐角有一張陰暗、逼仄的小樓梯，沿著樓梯向右走四扇門是東先生的房間，向左走七扇門是高個子女人的房間。東先生本該向右走的時候，突然改變方向，走到她的房間門口。靜靜地站了片刻，又踅返，下了樓。穿過庭院裡的月洞，他來到觀景台，竟又看見了她的身影，感覺像是繞地球一圈之後又碰到了。世界還是原來的樣子，但她好像不是原來的她了。很奇怪地，他越是走近她，越是不敢看她的臉。那一刻，他必須把目光落在別處——比如，一棵樹，一塊石頭——內心才能平伏下來。

昨天我失眠了。

為什麼？

因為你。

因為我？

因為你昨天講述那位攝影家的故事時無緣無故地中斷了。

我從來不認為這是一個故事。如果你抱著聽故事的心態來打聽別人的隱私，我也就沒話可講了。

你沒把話說完，對我來說就像酒沒喝夠，總是惦念著。如果記得沒錯，你還沒告訴我他在房間裡跟誰說話呢。

為什麼你要打聽這些？

還是因為好奇嘛。

我說的一切也許會讓你覺得不可思議。

生活中本來就有許多不可思議的事。

好吧，你不妨當作一個故事來聽。

那時候她的確懷疑攝影家只是存心在玩弄自己的感情，不過，她想到自己可能不久於人世，也就不在乎這些東西了。她之所以想探知攝影家房間裡的人，只是出於好奇。準備跟他告別之前，她還是很有禮貌地給他打了一個電話。他過來之後，神色略微有些異樣。她跟他說出了自己的心裡話，也沒打算保留自己的猜疑。他聽了之後，就把她帶到了自己的房間，打開一個旅行箱，裡面除了幾件衣服，就是一個黑木盒。一見到這東西，她手上的雞皮疙瘩立時就跟陽光裡密布的塵粒那樣一下子冒了出來。這裡面裝著什麼？她問。他說，是骨灰，是他妻子的骨灰。出門轉了一個多月，他一直把它帶在身邊。因為他曾答應過妻子，一定要把她埋葬在一個安靜的山谷裡。問到他妻子的死因，他說，她死於白血病，他是看著她像一朵花那樣慢慢枯萎的，不過，她死在他懷裡，非常地平靜。她聽了這話，益發傷感。想到自己如果得的是惡性腫瘤，也許只能孤身一人在異地的病床上淒涼地死去。因此，她撫摸著骨灰盒，用舒緩而平靜的口氣說，這不是死，這叫「歸」。女人這一輩子有兩次「歸」，一次是出嫁，叫「之子于歸」；還有一次，就是大限到了，沒有大悲大喜，心裡面平靜得很，這叫「視死如歸」。

也就是那一刻，攝影家告訴她，他第一次在那棵古樹下遇到她，從鏡頭裡注視她的面孔時，突然感覺亡妻的面影從眼前飄過。就在按下快門的一瞬間，他如遭電擊。事後翻看那張照片，他發覺她跟自己的亡妻其實沒有多少相似之處，只是，嘴角那一抹淡然的微笑，讓他有點難以釋懷。她望著他那沉浸在某段回憶中的惘然眼神，確信他所說的並非虛妄。

一種絕望之後的突然放鬆，迫使她作出留下來的決定。他們在山中一起待了一個月，到底還是沒有發生任何肉體上的關係。她也沒有告訴他，自己患有某種疑似腦腫瘤的疾病。他們在一起，只有淡淡的歡喜，沒有那種令人不安的生理性反應。下山之後，他們各走各的，沒再碰過面，也沒有電話聯繫。兩個月過去了，半年過去了，她一直在一個又一個陌生城市遊蕩，奇怪的是，腦部也沒有出現什麼異常。因此，她又鼓起勇氣重新做了一次核磁共振檢查，結果發現：腦部那個白鴿蛋狀的東西居然莫名其妙地消失了。在外漂泊既久以至身無分文的她不得不回到原來的單位。主管領導聽說她的境況之後也深表同情，不僅讓她恢復原職，還額外預支她三個月的工資。但她待滿了三個月時間，又莫名其妙地辭了職，跑到了一座海濱城市，在那裡的一家酒吧找到了一份ＤＪ的工作。

為什麼要尋找一座海濱城市？

因為它離大海更近一些。

後來有沒有再見到他？

沒有。一直沒有。

現在我明白你為什麼要去山那邊看那棵樹了。

你說得對，我找不到那個人，因此我想看看那棵樹。人是活的，樹是死的。樹總不會挪吧。但我有時候想，有一天如果真的遇見他又會怎麼樣？不如不見，留一分念想。

這時候，東先生沒再說話。一陣風吹過來，他只想撫摸她的頭髮。

某年某月某個春日的清早，東先生再次去敲她的門。沒人應聲。隨即下樓，在木梯邊的石凳上坐著，沉默以待。整整一個上午都沒見著她的身影，他有些悵然。屈指算來，跟她在山中也不過是待了短短三天。此刻，東先生的腦子全被她的影子占滿了，這就讓他害怕起來了。為什麼害怕？他也說不清。從前，東先生不是這樣的。

吃過早餐，他問登記台裡的伙計，是否見過那個高個子女人。伙計說，她已經退房了。去了哪裡？伙計說，不知道。東先生望著門外雲遮霧繞的山谷，心裡也是一片空茫。過了片刻，他轉過頭來問，她叫什麼名字來著？伙計說，她是我們老闆的一位朋友，因此沒有用身分證登記。我也不知道她叫什麼名字。

她每年這個時候都會來這裡一趟？

是的，如果我記得沒錯，她已來過三回，不，四回。

聽到這裡，東先生突然低下頭來，把身上所有的鈕扣數了一遍又一遍，似乎要藉此平復心情。慢慢地，他走出客棧，走到一座觀景台上。他扶著欄杆，再次眺望著淡藍的遠山，風吹過來，情緒微微有些起伏。這地方，好是好的，但留下來、終老一生的想法他是斷然沒有的。他對自己說，到任何一個地方，生留戀之心都不是一件好事。不為什麼而來，也不為什麼而離開。這樣子就行了。

他這樣想著，又緩步踅返，來到那座種著一棵銀桂的後院。四周無人。淡淡的陽光從山那邊飄灑下來，一排滴水瓦把齒狀的影子投射到草地上。他喜歡那株孤單的小樹，晨風中向他舉手致意的柔嫩的枝條，以及那塊沒有修剪過的草地。他蹲了下來，從樹底下撿起一塊小瓦片，刨掉了一塊微微隆起的泥土，取出一個袋子，打開。手機完好無損。開機之後，他就聽到一連串未接電話的提示音。真是奇怪，三個女人居然會在同一天同一個時間給他發來了三個內容相似的短信。他靜默了片刻，又關掉了手機，把它直接扔進那個小土坑裡。用土填平之後，他稍稍使了點勁，在泥土上踩了幾腳。剩下的事，就是把左手插進左邊的口袋，把右手插進右邊的口袋。

寫於二〇一五年仲春

范老師，還帶我們去看火車嗎？

望著窗外，只要想起一生中後悔的事
梅花便落滿了南山

——張棗〈鏡中〉

春

林大溪的女人死在林小溪的床上，林小溪死在林大溪的女人身上。凶手不是林大溪，而是林小溪的女人。一個柔弱、膽小的女人。她的手腕是那麼纖細，看上去彷彿連一把刀都握不住。林小溪的女人殺死這對狗男女後，翻過好幾座山直奔派出所自首。她對警察説，她是死者林小溪的女人，今天下午三時許，從娘家回來，聽得屋子裡彷彿有人喘著粗氣在幹活，便透過門縫細瞧，發現自家男人跟林大溪的女人像兩條野狗那樣糾纏在一起，躥上跳下，打得火熱。她不敢貿然闖進去捉姦，憑林小溪那一身蠻勁，大可以一掌拍死她（她特別指出，林小溪練過三年的鐵砂掌）。猶豫再三，她屏住氣息，輕手輕腳地退出來，在外邊打了一會毛線衣。察覺到裡頭沒聲息了，她又悄悄推進門去，見他們睡得正酣，便把散亂堆放的衣物一一掇來。誰料前腳剛要邁出門口，男人已從背後搶身過來，一把箍住了她，另一隻手還捂住了她的嘴。睡在床上的女人聽到動靜，一骨碌爬起來。林小溪對那個女人說，你去鑊灶間拿把菜刀來。女人怔了怔，轉身就拿來菜刀，頂住林小溪的女人。林小溪命令她砍下去。那女人閉上眼睛，一刀砍過來，林小溪的女人身子一矮，那把菜刀剛好砍中了林小溪的脖子。林小溪的女人還沒等對方反應過來，隨手抄起一把剪刀，插進了那個女人的脖子。因為後怕，林小溪的女人說起話來還是有些繞口，甚至有好幾回把林小溪說成了林大溪。警察問她，林大溪和林小溪是什麼關係？女人說，林小溪和林大溪只差一字，但他們不是兄弟關係。林小溪是我的男人，可他一直喜歡林大溪的女人，有時還會當著我的面跟那個不要臉的騷貨動手動腳。說起殺人動機，林小溪的女人說自己拿刀的那一刻腦子裡一片空白。她出來之後，還坐在門口打毛線衣。有人經過，發現她一身的鮮血便尖叫起來。後來就有人過來告訴她，她殺人了。她說到「殺人」這個詞時，眼睛游移到窗外。在顫動的空氣中，一縷夕陽的餘光塗抹在派出所門口的紅色磚牆上，她的目光在那裡停留了很長時間，似乎聞到了一股隱約的血味。過了一會兒，女人抬起頭來說，他們說我殺了人，可我不敢相信自己真的殺了人。警察聽完了她的供述，不住地點頭，但他們很快又把林小溪和林大溪搞混了。不多久，作為證人之一的林大溪也氣喘吁吁地趕了過來，向警察講述了自己所目擊的實情。說話間，他還向林小溪的女人投去了讚許的目光。警察經過反覆盤問，最後弄明白了：他們兩個人的另一半都死了。臨走時，林大溪安慰林小溪的女人說，你不要難過，要是我撞上這件事，我也會動刀子的。

林大溪回到村中，找到了菊溪小學的語文老師范笠。范老師是從省城過來的，來頭不小。在村上的人看來，范老師除了生孩子不會，其他樣樣都會。林大溪遇到不懂的事，必來請教。這一回，他請范老師寫一封請願書，讓全村的人都簽上名，摁上指印，聯名保釋林小溪的女人。范老師當仁不讓，當即寫了，交給林大溪，並合十為林小溪的女人默禱，願她遇難呈祥。

林大溪走出校門，跟外邊簷下等著的一群人嘀咕了一陣子。他們的聲音順著溪流，在枝葉交錯的山隈緩緩消散。范老師收拾課本，正待出門時，奀三從教室的另一頭跟貓似的鑽了進來，把一袋米和一籃水果放在他跟前。這些物什都是菊溪幾家大姓的宗祠派奀三定期送來的，他們對范老師敬重有加，像本地爺那樣供奉著。范老師拿起一顆拳頭大的山梨，遞給奀三，奀三接了，卻變戲法似的從左邊口袋裡掏出另一顆山梨，咬了一大口，冷不丁說了一句：范老師，你好糊塗。范老師問，我在哪兒犯糊塗了？奀三說，我曉得林大溪來你這兒要做什麼，他那肚子裡有鬼名堂。范老師說，你都瞧見了吧，他也是出於一片善心，我實在看不出什麼鬼名堂來，如果寫幾個字能救一條人命，這也是做功德。奀三正色說，你不該寫這封請願書，你寫了，就成了他們的幫凶。范老師問，你說的幫凶是什麼意思？奀三沒作答，只是搖著頭笑。范老師嘆息一聲，說了一句半文半白的話：死者可哀，生者也可憐。大家都是可憐人，現在還有什麼可說的？奀三聽了這話，忽然發出一聲短促的冷笑。笑聲裡彷彿有什麼深意，只是沒點透。范老師不知道他在笑什麼。也不想知道。癸三吃完山梨，從籃子裡挑了兩個，放進口袋，又跟貓似的跳開了。轉眼間，炊煙滿目。幾隻黑鳥貼著天飛，越飛越小，如石沒水中。然後，天就順著山坡緩緩地黑下來了。窗外的山一如既往地沉默著，在雨霧中依舊傳來流水的聲音。一切看起來都像是一幅尚未乾透的水墨畫。

去食堂的路上，范老師又聽到了磨刀的聲音。嚓嚓嚓，嚓嚓嚓，像是磨在骨頭上，他感到自己身上有幾塊骨頭麻癢癢的。范老師扛著一袋大米，緩步來到那座預製板搭建的食堂。管伙食的存義伯正蹲在那裡一個勁地磨刀，臉虛白，手枯黃，黑白相間的山羊鬍在抖動。范老師把大米擱在一邊，朝地上一排溜擺著的各種刀具瞥上一眼說，你好像總有磨不完的刀呢。存義伯拿起一把磨出白刃來的菜刀笑呵呵地說，人老刀鈍，不磨不行，哪裡像你們年輕人，不用磨也能放倒幾個婦人。范老師聽出話裡頭的意思，只是笑笑。存義伯突然板起面孔說，你相信也好，不相信也好，我都要告訴你，沒過多久，就會有一樣鬼物進我們這村子。范老師淡淡一笑說，什麼鬼物，有這麼可怕？存義伯朝屋外掃視一遍，壓低聲音說，你們年輕人身上陽氣足，聞不到煞氣的。可我前些日進山砍柴時扁擔頭上的釘子無緣無故地脫落了，我透過扁擔頭那個孔眼一瞅，發現有十二個鬼找不到回家的路，眼下要在菊溪歇腳了。范老師問，鬼來了，你磨刀做什麼？存義伯說，鬼聽到磨刀的聲音，也會忌憚三分，不敢在這兒久留了。他說這話時，手中的柴刀猛地一揮，彷彿有一股血氣又回到了那雙近乎枯萎的手臂。范老師忽然想起一件事來，林小溪被殺前一天，曾拿著自家的一把菜刀找存義伯磨。誰會知道，那把磨好的菜刀竟是為林小溪自己準備的。有些事，好像在冥冥中已有安排。范老師到灶台邊盛飯時，發現灶王像前多了一碗冒尖的米飯，還插上了三炷香。范老師平日裡不事鬼神，香燭欠奉，此時心中卻有些惶然，順便朝灶王爺拜了一拜，旋即端起飯碗在一張四仙桌前坐下來，慢條斯理地吃起來。食畢，用手帕擦了擦嘴，跟存義伯打聲招呼，轉身出了食堂。一路上，磨刀的聲音在雨霧中越發地明亮。在鄉村固有的平靜表面下，有一股動盪不安的力量莫名其妙地出現了。他不知道那是什麼，更不知道它來自哪個方向。但現在，這股力量通過磨刀的聲音在黑暗中持續地傳來，讓范老師隱隱覺得，菊溪還會有什麼事要發生。

離食堂不遠的地方有一座廢棄的古廟（年代久遠，不詳何祀），范老師就住那邊。從前的古廟現在變成了菊溪小學，從前的僧寮也變成了教師宿舍，雖然破敗，但到底還能遮風避雨。四周散布著枯藤、亂石和雜樹，間或冒出星星點點的不知名的野花。落滿麻雀的鼓樓沒有鼓，鐘樓也沒有鐘。一俟晚上，深山冷廟就顯得格外荒寂。家家戶戶點的還是油燈，面影黯淡，像是從發黃的老照片裡浮現的。菊溪人還停留在那個蠻荒的年代，范老師給一位遠在西北的朋友這樣寫道，他們是電燈發明之前的人；如果熄了燈，天下安靜，他們簡直就是住在山洞裡的上古人氏了。

每每此時，最犯愁的一件事就是面對桌子上那一點豆瓣似的油燈。白往黑來，長夜漫漫，菊溪的時間跟外面的時間好像相隔好幾百個年頭。因為無聊，他又正兒八經地看起了一本豎排、繁體的《銅人腧穴針灸圖經》。一隻甲蟲忽然跳到桌子上，跟他對視了幾秒鐘。范老師一揮手，甲蟲便飄飛起來，落在門口，凝然不動。范老師脫下布鞋，光著一隻腳追殺過去。布鞋「啪」地一下拍下去，甲蟲跳開了，門口卻戳進了一隻腳。范老師順著這隻腳往上看，一條女人的小腿，光滑、黝黑，略顯粗短，膝蓋以上的部位被一條帶有圓點的花裙子遮住，宛如蘑菇。范老師的雙手頓時收住，直起身來，把一隻鞋套上腳。進來的是一個婦人，繃著一張長期缺乏男人滋潤的寡歡的面孔，但目光裡分明是有一點尚未泯滅的春意的。婦人沒說什麼，范老師就知道她要什麼。范老師把床上的書搬到地上，把床單捋平。長著蘑菇腿的婦人走到床前，范老師說，你不要緊張，一個療程下來，你就會有感覺了。說著，攥住了她的拳頭，讓它緩緩鬆開，變成手掌，彎下腰來朝她掌心吹了一口氣。婦人身體裡僵硬的東西彷彿一下子融化了。在范老師的撫摸下，婦人那栗色的、充滿彈性的身體變成了一張琴。雨水從屋頂的漏洞裡均勻有致地落下來，打在一個鏽跡斑斑的銅盆裡，發出好聽的聲音。婦人意欲呼喊的時候，范老師用一塊破布塞住了她的嘴。他的身體繃成了一張弓，有一股需要釋放的緊張。陡然間，他的手指震顫了幾下，像是在撥動一根琴弦，然後就停在那裡，一動不動了。

長著蘑菇腿的婦人繫好褲帶，向范老師鞠了一躬。至此，賓主盡歡，可以和和美美地分開了。范老師也不挽留，只是立在門口目送她離去。回到房間，他又把地上的書搬上床，再次捋平床單。打開南窗，一陣清風吹來，收走了毛髮間的一層薄汗。床榻尚有餘溫，一摸，多少有些回味。范老師又背起了陶淵明的〈桃花源記〉：「晉太元中，武陵人捕魚為業；緣溪行，忘路之遠近。忽逢桃花林，夾岸數百步，中無雜樹，芳草鮮美，落英繽紛。漁人甚異之。復前行，欲窮其林。林盡水源，便得一山。山有小口，彷彿若有光；便捨船從口入。初極狹，纔通人；復行數十步，豁然開朗……」

這一晚，范老師想起了他在菊溪碰過的第一個女人。她是仙桃鄉剛調過來的代課老師，此前做過半年鄉村會計，粗通算術，就敢包攬一到五年級的小學數學。村長把她臨時安排在范老師的隔壁。確切地說，她與范老師之間還隔著一座露頂的空房子。范老師只須移開那個藤根揉就的書架，便能打開一扇小門進入空房子。那裡也有一扇被木條堵死的門，若是撬開便可以徑直通往代課老師的房間。范老師走到那裡，就有一種「遊客止步」的感覺。有時出於好奇，他彎下腰來，把臉貼在門板上。從門縫看過去，能將代課老師一家的日常生活圖景一覽無遺：代課老師的男人外出打工了，身邊帶著三個孩子（兩個雙胞胎，正拖著鼻涕，另一個尚在襁褓中）。那陣子，還有一個十八九歲模樣的小姑娘住在她家，說是表妹，姓姚，臨時幫她照應孩子的。姚家妹子總是一副很安靜的樣子，目光裡沒有內容，就像水沒有顏色。每回進入那座空房子，范老師總是忍不住要透過門縫往裡張望一眼。姚家妹子那亮白的影子很柔軟，時常像水草一樣在范老師的心裡晃蕩。嚴格意義上說，范老師就是通過這條細小的門縫走進了這座村莊和女人。

范老師打聽過，姚家妹子來自仙桃鄉的養蜂場。春繁過後，她便過來住幾日，說是養病。范老師不知道她生的是什麼病。她的無力和蒼白是惹人憐愛的。她跟范老師沒說過幾句話，但看得出來，她很敬重有文化的人。有時遇見了，她不會輕易開口說第一句話，總是低著頭，出著微汗，小聲地應答。也不習慣於跟人對視，目光碰上了，就偏開，臉上飛過一抹紅。他喜歡跟她保持這樣一種狀態：不親近，也不遠離。她在那裡，是一種氣息。即便在陽光照不到的地方，在燈光忽略的地方，他的目光也可以到達那裡。那陣子，像別的單身漢子一樣，范老師的夜生活十分單調，但他的想像力卻因之而變得日益豐富。整個生活的核心似乎就藏在黑暗中：一個新生的、美妙的世界向他徐徐呈現。他必須排空一切，讓一個重要的角色進來，所有的事物都圍繞它慢慢展開。虛無的想像和具體的撫摸同時進行，配合得那麼和諧、流暢。事後便是迅速提起褲子，直奔廁所。而他勤換內褲的習慣也就是在那時逐步培養起來的。有一天，姚家妹子似乎犯了什麼病，被家人帶走了，但范老師一直惦記著她。有時候，站在那間黑漆漆的空房子裡，只需要一陣微風，那張蒼白的臉就會飄過來。平日裡遇到代課老師，他也會想到她的表妹，心中暗生悔意。代課老師總是主動上來跟他搭話，有時還把手搭上來。女人心裡藏著春意，看他的眼光也有些不一樣了。有一晚，代課老師忽然敲開了范老師的門，神色慌張地說，她兒子白天從一片墳地經過，晚上就發高燒四十度，問他有無常備藥。范老師從自己的藥箱裡取出了一盒退燒藥，遞給她。第二天晚上，代課老師又來了，說自己胸口悶，像是有一把火架在那裡燒。他想說什麼，代課老師已撩起衣裳，將一坨肥肉塞到他嘴裡。代課老師說，她早就知道他是喜歡自己的，否則就不會三天兩頭跑到那座空房子來偷窺。范老師聽了這話，一下子就慌了手腳，不知道自己應該在哪兒使勁，婦人不依不饒地把他按住，全身的汁液彷彿一下子都被她吸走了。

代課老師不是別人，正是林小溪的女人。林小溪的女人黑而豐腴，骨子裡流淌著一股嬌媚的風韻，菊溪與仙桃兩鄉的男人都管她叫黑美人。林小溪的女人常在范老師那裡走動，別的婦人自然都看在眼裡。但她解釋說，我是找范老師看病的。菊溪人後來都不免疑惑：范老師真的是醫生？在范老師看來，林小溪的女人確乎有病，那是心病，揣在懷裡有好些日子了。有一回，林小溪的女人對范老師說，你帶我下山去城裡好不好？范老師說，城裡有什麼好？我正是厭煩城裡的生活才跑到這裡的。林小溪的女人說，城裡至少比這鬼地方好。范老師說，從你們這裡出來到城裡打工的，女人幹男人的活，男人幹牛馬的活，有時候，男人和女人幹的都是畜生的活，沒一點做人的尊嚴。林小溪的女人說，我要的是自由，不是尊嚴。你曉得我奶奶是怎麼過來的？她的男人，也就是我的爺爺，年輕時跑出去打工，後來就跟斷線風箏似的，沒有一點音訊了。我奶奶整天坐在家裡摸著自己的心，我問她你為什麼總是摸自己的心呢，奶奶說，她的心不安吶，她要把自己的心一點點摸平。林小溪的女人做著相應的動作時，范老師忽然發覺，女人那雙奶子大得有些過分，躺著的時候就向兩邊攤開，看上去只是胸口徒具兩團肥肉而已。他把手放上去，打趣說，這裡，對，這裡的肉太多了，你要是把裡面這顆心摸平的話，少說也得幾十年時間。女人不悅，說，你不帶人家去城裡面，還說什麼風涼話?!那一晚，女人就莫名地冷淡起來了。代課時間一結束，林小溪的女人就搬回去住了，自此再也沒有過來找范老師。從一些並非空穴來風的傳言中，他了解到，林小溪的女人曾跟那些做木材生意的「上山客」有染。從這裡走出去，山復崗回，道遠路險，十分的不易。范老師知道，林小溪的女人一直在尋找機會，跟隨一個男人離開這座大山，可她的願望每每總是落空。

聽了一夜春雨，雜念紛紛。范老師睡得並不安穩。今天下午他寫了一封請願書之後，原本對自己的精彩措詞很是自得，聽了奀三的一番話，又感覺有點不對勁，從頭梳理，林小溪的案件似乎真的有些蹊蹺。在菊溪這地方，通姦和偷菜是每天都在發生的事，人們已經見怪不怪了。更何況，按鄉俗，男人外出半年未歸，女人可以名正言順地找男人。反之亦然。林小溪和林大溪的女人即便姦情敗露，也不至於陡起殺人的妄念。而林小溪的女人弱不禁風，後來又怎麼可能變被動為主動，手刃二人?這裡面，定然還有一雙看不見的手。也許，奀三知道其中的祕密。奀三喜歡察籬聽壁，走路沒點聲響，像貓，也像鬼。

范老師剛到這裡教書時，意氣風發，每天晨起的第一件事就是，站在教學樓的屋頂面對著太陽唱〈我的太陽〉。唱的還是意大利語，讓人不免肅然起敬。有異人出言，站在屋頂唱〈我的太陽〉的人將來必定大有出息。一年過去了，范老師似乎也沒見出什麼大有出息的跡象。范老師還是范老師。村長對他的評價是：他沒什麼了不起的，不過是一隻會唱意大利歌曲的公雞。

但這隻會唱歌的公雞卻博得了那些女人的好感。婦人們無聊的時候，就出去逛一圈，逛著逛著就到了這座書聲琅琅的破廟，說是看看孩子，其實是看范老師。破廟之於她們，猶如樹之於鳥。課餘時間，婦人們喜歡找范老師聊天。有關范老師生活的那個城市，以及鮮為人知的私生活，范老師總是十分淡然地言及，或者是一言以蔽之。范老師感興趣的是鄉下婦女的日常生活。她們也不諱言，一邊打著毛線衣，一邊說些家長里短。一些瑣事就從毛線衣中牽扯出來，越扯越長。偶爾，范老師也說一兩個葷笑話，聲色全出，讓婦人們笑得身上肉顫。細雨綿綿或白雲悠悠的午後的一次歡談，總能讓她們在孤寂的夜晚輾轉難眠。在菊溪，門關不住野狗，牆擋不住紅杏。頗有些婦人偷偷跑過來，稱自己有病，讓范老師看看，摸摸。無論中醫西醫，范老師一概不懂，但她們愣是把他變成了一個鄉村郎中。連范老師自己也弄不懂，為何這些婦人都會不約而同地過來投病問醫？但范老師知道她們怕癢的地方在哪裡，知道她們的心病是什麼，並且，知道自己應該在什麼時候點她們的湧泉穴。寬衣解帶是順勢療法，范老師就有本事將男女關係轉換成一種醫患關係。

足不出戶的范老師，總能在家裡解決最基本的欲望方面的問題。欲望這東西，范老師說，就是身體裡的那一點癢。撓過了之後，你以為癢就沒有了？不是的。過一陣子，癢還會再出現。女人說穿了，就是給男人撓癢癢的工具。反過來也是如此。

這一天早晨，依舊在鳥鳴聲中醒來，啜一口茶，潤潤喉，茶香散淡入空氣。於是，踏著涼薄的雨水登上屋頂，站在那裡的葡萄架下，昂首唱起了〈我的太陽〉。范老師的一天就這樣開始了。晨霧被風揭開了一角，露出一張歹三的臉來。歹三也不知道觸動了哪根筋，一大早就跑過來，對著范老師仰頭嚷道，你就別唱〈我的太陽〉了，這些天老是漲大霧，太陽都被你嚇跑了。范老師從屋頂下來說，你的臉色好像不太對勁啊，大熱天的怎麼跟霜打過似的？歹三一抹臉說，晦氣，敢情是昨天在祠堂角拉了一泡尿，今早就碰上倒楣的事了。范老師問，什麼事讓你惹了一身晦氣？歹三說，別提這事了，我一大早扛著一袋米，剛走到半山腰，就碰到一個拿刀的瘋子，嚇得我趕緊拋下大米往這裡跑。范老師又問，瘋子，這裡誰瘋掉了？歹三說，林大溪的女人死了之後，她爹原本也只是悲痛一陣子，前些日，女兒託夢給他，說自己是死得冤，老人夢醒之後人就瘋掉了。他整天拿著一把刀，要給女兒討個說法。范老師說，殺人凶手不是投案自首了麼？歹三說，這事沒有像你說的那麼簡單。歹三說半句，又把話嚥回去了。

范老師搭著歹三的肩膀說，走，我們去取回那袋米。歹三說，我不去，要去你自個兒去。說完，轉身就走，身影淡了，被一團濃霧吸去。范老師走到半道上，霧已經漸漸散開了，只見一個老嫗正彎著腰撿拾什麼東西，身影灰撲撲的，看上去像是隨隨便便扔在路邊的布袋。走近時，才發現她在撿地上的米粒，一顆一顆地撿，手指跟爬蟲似的在灰土間一點點地蠕動著。范老師彎下腰來，側臉看著她。老嫗便下意識地捂緊口袋，那雙手黑而且瘦，給人一種快要枯乾的感覺。范老師幫她撿米時，老嫗猛地掀開眼皮，伸出枯枝般的手向他招了招說，你過來。范老師向前挪了一步，老嫗的手突然伸進他的褲襠，狠狠地捏了一把。范老師「哎喲」一聲彈跳起來，臉色一片煞白，額頭立馬滾出了幾顆冷汗。然後，他就聽到那張黑洞洞的嘴裡吐一句話來：你個死人，這麼多年了，還有臉回家?!

范老師叉著腿，怏怏不樂地往回走。菊溪人他媽的都瘋了，范老師想，男人想女人都想瘋了，女人想男人也都想瘋了。整整一天，他都尿不出來。聽到存義伯的磨刀聲，他也會覺著下腹隱隱作痛。到了快要放學的時辰，范老師突然有了尿意，他拋下手中的粉筆興沖沖跑到一個腥臭的牆角，就地解決了。還好，沒有尿血。他放心了。

吃罷晚飯，照例出來散步。有鳥飛來，依舊落在鐘鼓樓上，鐘鼓不響，鳥也不鳴，拍了拍手掌，眾山俱響。想朗誦一首古詩，卻已忘言。太陽西斜，有幾個孩子正在沙土上胡亂塗鴉。范老師過去，教孩子們寫字，寫的是六甲裡的字，二十四節氣裡的字，筆畫簡單，可以一邊寫，一邊背誦。

村長拎著一個公文包，從山下上來，「呼哧呼哧」地喘著粗氣。村長的臉上蕩漾著喜氣，范老師迎上去，問他是不是從山下帶來了什麼喜訊。村長說，他剛從山下開會回來，帶來了一個好消息。范老師問，什麼好消息？村長說，有一條高速鐵路要從菊溪外圍的一座山上修過去。縣裡發話，往後，菊溪可以修柏油路直通高速入口了。范老師說，菊溪通了柏油路，這個古村落遲早有一天會被毀掉。村長好像沒聽到這話，依然沉浸於對菊溪美好未來的憧憬中。

菊溪端的是一派好風光，卻是窮鄉。窮到什麼田地？有歌謠唱道，冬天雪花補棉襖，夏夜月光補牆壁。這當然是一種誇張的說法。菊溪的窮，是不會讓人瞧不起的。菊溪人樂觀豁達，每天都在享受著簡單的快樂。范老師來的時候就想過，這裡可以沒有電視機，沒有電話，沒有寬帶網，沒有一條通往縣城的公路。但水是不能少的，風、陽光和女人是不能少的。有了這一切，范老師就知足了。范老師還記得，剛來菊溪的時候，這裡還沒有通車。他是徒步過來的，一路上，那些花美得有度，不亂，沒有被汽車揚起的塵土沾染，沒有汽油味，因此，是一種乾乾淨淨的樣子。在范老師看來，這個村莊遠離了現代文明，卻保存了完好的舊生活。新事物難進來，也不需要進來。范老師不能想像，菊溪通了柏油路、通了電話、網絡以後會是怎樣一個世界。

遠處的雲層間隱約可見一輪無聲的大圓光，范老師看著它緩緩地擦著山壁往下滑，心中陡地一沉，便自言自語地說道，這座山是你們的，但太陽是我的。這座山若是毀了，再也長不出同樣的山來；但太陽落下了，明朝還會照常升起同樣的太陽。

村長聽不懂他在講些什麼，兀自點燃了一根菸，蹲下，緩緩地吐出一口煙，向范老師作了如是描述：不久的將來，你就可以看到一條飄帶似的高速公路從我們村外繞過去。

村長還說，再過幾年，城裡有的我們這裡都會有。城裡有肯德基店，我們這裡也會有肯德基店；城裡有汽車，我們這裡也會有汽車。

范老師很想這樣對村長說，城裡的汽車整天在排放尾氣，以後這裡的汽車也會整天排放尾氣。但他忍住了。

村長依舊蹲在那裡，玩味著含在嘴裡的菸草絲，說著不著邊際的話。

打那以後，村長常常帶著一些人來到山頂的望夫石下，手搭涼篷，極目遠眺。村上的人問，村長，有沒有看到高速公路從向這邊修過來？村長搖了搖頭，說，敢情還要等一陣子。就像范老師每天清晨必唱〈我的太陽〉，村長黎明即起，站在望夫石下朝遠處張望幾眼。後來，高速公路即便沒個影，他也照例像個偉人那樣，喜歡站在高處遠眺。

秋

過了暑期，熱浪未消，初秋的風日依舊酷煩。新學期剛開始，村長和幾位壯漢從縣城裡收了幾麻袋半新不舊的小學課本和課外讀物，用兩匹騾子馱著上山。范老師挑了一些適合學生的讀物，分贈給他們。新學期第一天剛好是教師節，范老師決定讓孩子們讀幾段《論語》。望著雜草般高低不齊的學生，范老師朗聲念道：弟子入則孝，出則弟，謹而信，泛愛眾，而親仁。行有餘力，則以學文……范老師讀一遍，學生們跟著讀三遍。然後就是點名讓學生看著黑板讀。點到姚小明的名字時，范老師發現他沒來。一個住姚小明隔壁的學生說，姚小明的父親下山打工去了，整整一年都沒回來，人不回來倒也罷了，卻連一分錢都沒寄回家，姚小明交不起學費，就自動輟學了。范老師沉吟片刻，又在黑板上寫下一行字，然後照著念道：飯蔬食，飲水，曲肱而枕之，樂亦在其中矣……

學生們跟唪經似的，嘴裡念念有詞。范老師背著手來回走動，無意間看見一個婦人的身影在窗外的樹蔭間晃了一下，他的目光也跟著晃了一下。窗外的樹蔭間暗藏著潺潺流動的溪水，他的身體裡忽然湧起了一股被手指撫摸過的快樂，猛不丁念了一句：望著窗外，只要想起一生中後悔的事，梅花便落滿了南山。學生們也跟著念：望著窗外，只要想起一生中後悔的事，梅花便落滿了南山。范老師立馬收神，望著學生們木然的表情，心中好生納悶，自己為什麼會讓二十年前一首遺忘已久的詩脫口而出？那位詩人彷彿就是為今天這種情狀而寫的。當然，也沒有學生會問范老師，剛才念的是什麼。

走了一個來回，范老師又像老夫子那樣拖長聲調念道：知之為知之，不知為不知……學生們也跟著念道：知之為知之，不知為不知……

窗外，梧桐樹上傳來清脆的蟬唱：知了，知了，知了……范老師背著雙手，在不覺間笑了。

范老師吃罷晚飯，沿著山徑散步，途中下起了小雨，就趕返了。換了打濕的衣服，剛坐下歇一會兒，就聽見有人敲門。他知道外面站著的是一個婦人，他隔著一扇門板都能嗅出女人身上的氣味。而且，他能分辨出這種氣味來自哪個女人的身體。開了門，范老師讓她進來説話。婦人提著一籃子雞蛋進來説，我來是給孩子交學費的。范老師問，你家男人還沒有回來？婦人説，今年夏天回來過一趟，可他很快又帶著過冬的衣裳下山去了。他説過年之前一定會帶錢回來給我治病的，可十八個搗臼還只是畫在岩石上呢。范老師問，你的病好些了麼？婦人説，好些了，但有時還會復發。説罷，婦人便解開了褲帶。范老師站在婦人身後，撩起衣裳，把身體貼了過去，一聲不吭地出力。遠處又傳來磨刀的聲音，嘁嘁嘁，嚓嚓嚓。范老師忽然間有一種被閹割的恐懼。他的腳趾震顫了一下，便過早地結束了這件原本以為很美妙的事。太快了，差不多就是一次解手的時間，快得讓婦人都覺得自己對不住范老師。婦人扯起褲子，彎下腰説了一聲：謝謝范老師。鄉下人的老規矩，事情辦了，禮不能廢。范老師揮了揮手説，不客氣，明天你就讓孩子過來吧。婦人整了整頭髮，沒有要走的意思。范老師問，你還有事嗎？婦人説，我身上有病，心裡也有病。范老師問，你心裡有什麼病？婦人説，有些病是硬病，吃了藥就可以治好，有些病是軟病，再怎麼吃藥都治不好。我跟范老師説説話，心裡的病就奇蹟般地好了，晚上睡覺也能安枕了。范老師說，我跟你們一樣，也只是個凡人嘛。婦人說，不，你是一個神，我們村上的人都說，你是那個什麼頭陀轉世的，有佛菩薩度世心腸哩。

菊溪這一帶，沒有寺廟（如前所述，寺廟已改造成學校），也沒有診所（每戶人家都自備一些草藥）。奇怪的是，村上的女人身上有什麼病就想著去找范老師，心裡有什麼病也要找范老師。范老師先前不明白，菊溪的女人為什麼會喜歡找他。現在他才弄明白，原來村上有傳言說他就是這裡一位很有名氣的頭陀轉世的。之前只是風聞，不料這事越傳越神，連范老師自己都有些信以為真了。因此，范老師覺著，眼前這婦人不是來找他，而是找那位不存在的頭陀。頭陀走了，他的氣場還在。

婦人跟范老師聊了一會兒，就挾起雨傘作別，剛出門時，范老師叫住了她。婦人以為他要請她留宿，立在階前怔了一下，范老師隨即遞上那個籃子說，這些雞蛋就留給孩子吃吧，每天吃兩個，保證考一百分。婦人笑了笑，接過籃子，掉頭走進雨霧。她的腳步聲漸漸遠去，簷雨落地的聲音忽然變大了。是寂靜放大了雨聲。范老師回到床上，平躺著，有清風徐來，他又朗聲念道：「晉太元中，武陵人捕魚為業……忽逢桃花林……林盡水源，便得一山。山有小口……初極狹，纔通人；復行數十步，豁然開朗……」

一個雲淡風輕的日子，范老師要帶學生們出去秋遊。地方不遠，翻過菊溪鄉的一座山，再穿過一畈畈黃熟的稻田就到了。那裡便是仙桃鄉，有山，也有水，花花草草鋪了一地，風土不惡。這一次，他們要看的不是風景，而是火車。仙桃鄉沒有站台，火車只是途經。鐵路剛剛開通之際，鄉民爭相圍睹，第一列火車轟隆隆駛過時，他們紛紛點燃鞭炮，以示歡慶。到仙桃鄉看火車似乎也成了一個節目。學生們站在鐵軌旁等了足足一個小時，終於看到一列火車飛奔而來。它的到來像是一記重拳，讓所有的人不得不閃到一旁，跟它保持足夠的距離。火車太快了，倏忽而來，倏忽而去，孩子們還來不及一個車廂接一個車廂、一個窗口接一個窗口地數過去，它就已經十分傲慢地揚長而去。有些學生看了一遍不過癮，還要等第二列火車駛過。范老師對這種鋼鐵的龐然大物不感興趣，把學生們撂給一位數學老師，轉身離去了。他向仙桃鄉一位學生家長借了一輛自行車，準備去東南方向那一座小山背後的養蜂場轉轉。

范老師騎著車在路上晃蕩時，遠遠就看見一個人連滾帶爬，從養蜂場外圍的樹籬間出來，然後抱著頭，一躥一躥地沿著傾斜的慢坡跑過來，那人就是兲三。他身後的樹籬間傳來一迭聲罵罵咧咧的聲音，還夾雜著一陣犬吠。顯然，他們以為兲三還躲在草叢裡頭。兲三瞄了一眼，又繼續朝范老師這邊跑來，他的衣服被人撕得七零八落，掛在瘦骨嶙峋的身體上，隨風飄蕩著。瞧他那副狼狽相，范老師斷定他是因為偷女人時不小心被人捉個正著。上一回，他膽敢在戲台後面調戲鄉長的女兒，結果她的男人拿著鳥槍、她的老媽子舉著棒槌一路追殺過來，非要他磕頭認罪不可。兲三那份檢討書還是范老師念在朋友的情分上代筆寫的。范老師不打算再理會他的事，掉轉車頭就想離開，奀三卻像一條癩皮狗，可憐巴巴地向他發出哀求。他還特地向他展示了自己臉上的一塊青腫，顯然是剛剛被人揍過的；身上還有幾處被樹刺劃破的痕跡，正滴著殷紅的血。奀三以為自己這樣就可以贏得范老師的同情，沒打一聲招呼就想上車。范老師伸出手，毫不寬容地擋在他面前，示意他先把話說明白。奀三氣喘未平，腦袋一啄一啄的，半天也說不出話來。范老師也便安然不動。奀三二話沒說就坐到車子後座。范老師還是安然不動。奀三急了，催促他說，快。范老師說，你先說理由。那時，林子裡有人指著這邊高聲喊道，看，他在那裡。奀三又催促范老師說，我的大爺，你倒是快踩呀。但范老師還是堅持自己的原則：你先說。奀三拗不過他，只好坦白說，我剛才偷了姚家妹子的蜂蠟，結果給姚家三兄弟撞上了。你快踩呀，我叫你大爺還不行？話剛說完，姚家三兄弟已帶著一條塌鼻子的獅子狗氣勢洶洶地趕過來。姚家三兄弟都是以拳頭起家發跡的，誰跟他們三兄弟中的任何一個動手，其餘的兩個肯定會上來揮拳相助。奀三太瘦，肋骨又太軟，怎能禁得起他們的三拳兩腳？范老師本來不想插手管這件事，但他瞧不慣姚家三兄弟那副凶神惡煞般的嘴臉。他對奀三說一聲「坐穩了」，就使勁踩動踏腳板，往鄉政府那個方向跑去。姚家三兄弟落在後頭，又是跺腳，又是罵娘。

出了勢力範圍，姚家三兄弟便不敢貿然追上去。范老師見後面沒有人影，猛地抖了一下車頭，奀三一顛簸，失去了身體重心，從後座摔了下來，仰翻在地。范老師緊繃著臉對他說，你剛才撒了謊。奀三嘿嘿地冷笑幾聲說，讓你給說中了，我去那兒不是偷東西，而是偷窺姚家妹子洗澡哩。他脫掉身上那件撕爛的衣裳，隨手拋掉。奀三的一身肌肉像姑娘家似的，又嫩又白。范老師看著他那副洋洋得意的神情，一股怒氣突然冒了上來，他的臉色紅一陣白一陣，眼睛鼓凸著，湧到喉嚨間的憤怒的聲音彷彿都翻湧到眼睛裡去了。奀三見他這樣惡狠狠地瞪著自己，嚇得後退了幾步，說，行了，算我怕你，你就不要用這種眼光看人啦。

范老師把憋了許久的話吐了出來，你，你見過她的身子了？

奀三涎著臉，露出幾顆參差不齊的黃板牙說，就差那麼一點，姚家妹子揭開馬桶蓋的那一剎那，我還沒瞧個清楚，就感到背後有人揪住我的後領，我回頭一看，發現是姚家三兄弟的老三。我使勁一掙扎，衣裳就被他撕爛了。我挨了兩拳，爬起來就不顧一切地跑了出來。

你活該，沒打斷你的狗腿就算你走運了。范老師怏怏不樂地說。

那一刻，只要能瞅上一眼姚家妹子幾眼，別說打斷腿，我就是挑瞎一隻眼睛也心甘。奀三說到這裡，嚥下了一口唾液，說，你不曉得，我打小就喜歡上姚家妹子了。十幾年來她的影子在我夢裡像鬼魂一樣糾纏著我，可我奀三這輩子是沒法得到她了。

范老師踢了他一腳說，你做夢去吧。

奀三說，女人這輩子終歸是要嫁人的，長得像仙女一樣漂亮的女人也是終歸要嫁人的。姚家三兄弟和那條癩皮狗總不能一輩子都看住她的貞操吧。再說，他們看得越緊，別人越是想得到她。范老師打斷他的話說，不管怎樣，他們都沒你下流。奀三又嘿嘿地笑起來，還一個勁地搔著頭。丟三每每吃完油條都會把滿手的油漬抹到頭髮上，因此，頭髮總是油膩膩的，散發出來的，不是那種類似頭油的氣味，而是一股化不開的焦油。范老師十分厭惡這股氣味，因為它讓人無端覺得丟三這人很油滑。沒有人知道丟三究竟是靠什麼本事討生活的，但他每天照樣有吃有喝，手頭照樣夾著一根菸，桌子上照樣有酒，女人照樣對他服服貼貼的。丟三的路數顯然有點野，他有自己的一套活法，他有足夠空閒的時間去琢磨一些別人沒工夫仔細琢磨的事情。

你瞧那個女人，丟三指著對岸那個正蹲在河埠頭洗衣裳的少婦說，她的頭髮披散著，還趿著一雙拖鞋，這說明她平常在生活中很懶散，她的衣領開得那麼低，莫非是想勾引男人。丟三說著就扯起嗓門唱了一段山歌。對岸那個洗衣婦忽然抬起頭來向他斜瞟了一眼。丟三唱到興頭上時，就把右手的食指伸進左手大拇指和食指圍成的圓圈裡，象徵性地抽動幾下。少婦見了就掬起一捧水，佯裝惱怒地潑過來。范老師說，這下流的小調虧你還唱得出口。丟三說，這你就不懂了，這裡的娘兒們哪個不喜歡我唱山歌？她們嘴上罵我沒正經，心底裡卻喜歡得緊哩。要是晚上，我這些山歌準保能把她們的骨頭都唱酥掉。

對岸那個少婦把衣服擰乾塞進木桶後，直起身來，朝丟三微微一笑。她的腰身與木桶平行時，竟顯得十分對稱，丟三品評說，這女人蹲下來的時候體型還可以，一站起來就難看死了：她的腰是粗了些。當然，丟三也不再向她獻讚美詩了。他舔了舔乾燥的嘴唇說，他娘的，嘴裡都淡出鳥來了。說著他就從褲兜裡掏出一塊用錫紙包裹著的黏呼呼的麥芽糖，掰成兩半，另一半分給范老師。麥芽糖上有一層粗糠，顯然是他不久前從人家的篋簍裡順手拿來的。范老師沒有接受他的東西，奀三也不客氣，自顧自嚼起來。他一邊嚼，一邊埋怨這糖煎得太老，有些苦味。范老師覺得，奀三其實並非像人們說的那樣不會挑肥揀瘦。

那個下午，奀三很認真地跟范老師談論了一個「仙女是否也要坐馬桶」的問題。奀三說，假若仙女沒有凡間女子的身體，那麼仙女就算不得女人了；假若她跟凡間女子一個模樣，那麼就毫無疑問，她們也得坐馬桶。奀三得出的結論是：女人的下半身不但要與男人相連，還要與馬桶相連，因此最漂亮的女人也不會成為仙女。

范老師突然覺得，奀三是一個不簡單的人。

奀三跟范老師講自己那一點男女之事時，口吻就像是在說別人；而范老師雖然在傾聽，卻如同親眼目睹一般。

說的是某天傍晚，奀三扛著一袋東西敲開了阿興家的門。誰都知道，阿興外出打工兩年多，杳無音訊。阿興的女人在家守起了「活寡」，半張床撂了荒，這日子到底是難捱的。奀三來了，女人自然歡喜。他把一個小麻袋放地上，讓女人伸手進去摸摸看。女人撇撇嘴說，我以為是什麼好貨，又是一些乾貨。奀三的手也伸進了女人的衣領，作勢要亂摸一通。阿興的女人指了指床上拱起的被窩說，那死鬼回來了，死了這麼多年了，他還知道回來找我要。奀三嚇了一大跳。阿興的女人噗哧一聲笑開了，把剛剛摸過乾貨的手伸進奀三的褲襠裡說，騙你的，都嚇蔫了吧。奀三被女人要了一把之後，心有不甘，就在她身上最柔軟的地方狠狠捏了一把，女人把他的手擋開，嗔道，別碰我。奀三說，莫非你跟那個阿山家裡的一樣，居然連她那水桶般的腰都不許摸了。阿興的女人說，你，哼，摸了也白摸，你行麼？奀三像是被打到了痛處，說，我摸摸就不行麼？幾條鮸魚鮝乾送你，就只許我摸兩下麼？阿興的女人正要搶白時，外面響起了敲門聲。阿興的女人立馬讓奀三帶著鮸魚鮝乾鑽進床底下，用床單遮了。進來的是林大溪，把肩上的物什往地上一撂，就問，知道這裡面是什麼？阿興的女人抽了一下鼻子，沒好氣地說，莫不是乾貨客擔來的鮸魚鮝乾吧？林大溪用拳頭砸了一下掌心說，你的鼻子真夠靈的，怎麼就曉得是鮸魚鮝乾呢？嘿嘿，莫不是那賣鮸魚鮝乾的上你這兒叫賣過？阿興的女人「呸」了一聲說，你什麼時候惦記起老娘，送了這些物什來孝敬？我一個女人家又不需要待客下酒，要它作什麼？林大溪說，我家死了女人，你家死了男人，都是單丁獨一的，我往後還有什麼物什不能拿來給你受用？阿興的女人又接著「呸」了一聲說，我家男人只是跑到外面做生活去了，還沒有死呢。林大溪有些按捺不住，說了句「雞巴不軟，生活可做」，就把阿興的女人抱到床上。林大溪脫掉衣服後，忽然把一樣物什塞到女人嘴裡，說，給我咬著，待一會兒別叫得跟殺豬似的。女人咬了半邊，另外半邊攥在手裡，悄悄地遞給趴在眠床底下的奀三。奀三接過來一看，才知道是巧克力。過了一會，林大溪又跟變戲法似的掏出一樣新物什來。阿興的女人問，這是什麼？林大溪說，是杜蕾斯。又問，杜蕾斯是什麼東西？林大溪拿牙齒撕開了邊角，說，這可是國際通用的品牌，城裡人現在都認這個。

阿興的女人卻朝那個叫「杜蕾斯」的玩意兒啐了一口說，我不許你戴上這洋毬袋，我要肉貼肉的。林大溪的腰勁剛上來時，外面忽然響起了喧鬧聲。阿興的女人推開林大溪說，好像是哪裡著火了，你聽見了麼？林大溪喘著粗氣說，我身上也著了火，等我這裡的小火撲滅了，再去外面撲大火。女人說，不對，好像是說你老丈人要放火了。林大溪拍了一下床板，悻悻然嘀咕了一句：掃興。阿興的女人說，你快點趁亂跑出去。林大溪一骨碌爬起來，把腳伸到床下捋了一捋，沒見鞋子，又彎下腰來，往床底下找鞋。他先是碰到了奚三的手，然後就碰到了自己那雙鞋子。他也沒多想，穿上鞋子，就跑出門，剛走幾步，忽然又踅回，問阿興的女人，你床底下是不是藏著男人？阿興的女人又是狠狠地「呸」了一聲，把床單一撩，說，你看清楚了，這床底下到底有沒有男人？林大溪說，我記得自己剛才找鞋子時，好像抓到了一隻手，是這隻手把鞋子交給我的，難道是我見鬼了不成？阿興的女人連「呸」了十幾聲，把林大溪推出了門外。

你還記得那天村裡著火的事？奚三講到這裡，突然問范老師。

當然記得，范老師說，那晚我還看到林大溪的老丈人跟煙囪似的站在屋頂，手裡擎著火把，仰頭哭喊著：老天爺呀，你沒長眼，我要用一把火燒了你。我聽人說過，自打他女兒死後，林大溪的老丈人白天指著太陽罵，晚上指著月亮罵，好像他跟月亮和太陽都有仇似的。後來的事，你也許沒見著，老人家罵得舌乾口燥之後，就把火把拋起來，落在自家身上，點燃了一身柴油，整個人一下子就變成了衝天的火炷。我們帶著水桶跑出來，卻潑不到瓦背，只能眼睜睜看著老人自焚而死。

𡚶三說，那天晚上，我在阿興的女人家裡，看見火光衝天，就猜想有什麼不妙的事要發生了。

之後發生了一連串不妙的事，你興許還不曉得吧。

范老師也給𡚶三講了一件跟林大溪有關的事：火災過後沒多久，林大溪找到了范老師，劈頭就說自己見鬼了。而「見鬼」的事就是從那一隻手開始的。林大溪回到家中，一直忘不了那隻手，不是老丈人舉著火把的手，而是從眠床底下伸出來的手。在黑暗中，那隻手時而變成了亡妻的手，時而又變成了林小溪的手。因此，林大溪不得不承認：自己已經被鬼纏上了。

范老師說，這話彷彿印證了存義伯的說法：有十二個鬼要在菊溪歇腳。

𡚶三聽了哈哈大笑說，你的意思是說，其中一個鬼正被林大溪迎頭撞上了？

范老師說，如果不是你跟我講了前面那些事，我也會相信林大溪真的見鬼了。

那些天，村裡面的確傳出了「林大溪見鬼」的消息。

山裡人多信鬼神。春來種田，佛誕燒香，農事與佛事兩不誤。不管有無鬼物，門頭一律貼上了黃符。菊溪水多，無須防火，人窮，更無須防盜。要防的，是那些看不見摸不著的東西，此物多在眠床下陰濕處。眼睛看不到眉毛，也看不到鬼物，這是常理。可是，有些人偏偏看見了。看見了就是不祥，得請師公作法。一時間鬼氣森森，陰風陣陣。灶土井泥，髮灰蛇蜕，牛溲馬勃以及「人中黃」，這些尋常物事一骨腦兒散作了打鬼的靈物。

林大溪心下不安，就請來一位師公，去他家抓魂捉鬼，結果發現他家的床底下有一隻鞋子，師公猜度，是鬼倉皇出逃時遺下的。既然鬼被趕走了，門頭也清了，林大溪心上的石頭也算落了下來。可事情還沒完，第二天上午，林大溪又找到了范老師，說自己晨起之後，無意間發現門角的蛛絲呈現出血色，就彷彿失眠者眼睛裡布滿的血絲。他擦了擦自己的眼睛，看到的還是一片血色的蛛絲。自此之後，心中就真的有了鬼。范老師雖然自稱是「無神論者」，但看他那神情、聽他那口氣，也就有些相信了。林大溪把自己的罪狀一一羅列出來之後，問范老師，我是不是應該去自首？范老師只是不置可否地苦笑了一聲。那天上午，林大溪到底是坐不住了。在范老師的陪同下，他來到派出所，劈頭就說，我是有罪的，我是有罪的。警察訕笑著說，你這口吻像是老太太進教堂，開口就說自己是有罪的。林大溪啊林大溪，這是派出所，不是禮拜堂。你莫不是進錯門了吧？林大溪說，沒錯，我進的就是派出所，我有罪，我投案自首。警察說，你有什麼罪？林大溪說，大前天，我老丈人放火自焚，我感到自己身上的罪孽更加深重了。警察說，別人自焚，不關你的事，這起案件我們已經受理了。林大溪說，這事說到底還是跟我有關。如果我家裡的不死，老丈人也不會發了瘋，點火自焚。警察說，你老婆和林小溪都是誤殺致死，此案也正在審理之中，你不必過於自責。林大溪忽然吼了一聲，不，我跟林小溪的女人是老相好，可林小溪跟我的女人壓根就沒那回事。兩名警察猛地怔了一下，看著頭髮蓬亂、眼睛充血的林大溪，都覺著此人的神智出現了問題。林大溪接著講述道，半年前，他下山打工，賺了些錢，買了一隻手錶給林小溪的女人，後來兩人關係發展到如漆似膠的地步，分不開了，就商定私奔下山。不料此事竟被林小溪察覺，他帶著林大溪的女人進來捉姦。林大溪和林小溪扭打成一團，林小溪的女人抄起那把被存義伯磨得鋥亮的菜刀撲過去，倉促出手，也不知道輕重，落下後才發現菜刀已經卡在林小溪的脖子上。林大溪的女人嚇得趕緊往外跑。一不做，二不休，林大溪把自家女人抱住，林小溪的女人又順手拿起桌子上的一把剪刀，對著脖子捅了過去，把她也給做了。林大溪講到這裡，聲音不再顫抖了，他說，事後我也被嚇糊塗，跟林小溪的女人商定，脫光了他們的衣裳，製造他們通姦的假相。警察聽了林大溪的講述，說，你一定是被近來發生的事嚇出毛病了。快回去，洗一把臉，好好地睡一個覺。林大溪被警察從派出所裡趕出來後依舊念叨著：我是有罪的，我是有罪的。

我相信林大溪是有罪的。丟三說。

你憑什麼相信林大溪是有罪的？范老師問。

丟二突然跳到一塊石頭上，俯視著范老師說，我說他有罪，他就是有罪的。

冬

窗外依舊下著雨。綿綿細雨讓整個山村充滿了陰柔的女性氣質。這冬雨下得優柔寡斷，讓人坐在屋子裡也無端地把持不住了。他站在走廊上，目光一片茫然。剛入冬，雨裡透出一層輕薄的寒氣，伸到簷下的樹枝變得更黑瘦了，蟬蛻隨風飄落，如同一聲不經意的嘆息。入冬的菊溪分明還是秋天的味道。范老師從屋簷下放眼望出去，遠遠就看見姚家妹子撐著一把粉紅色的雨傘朝這邊走來。風一吹，細雨變成了白煙，飄灑開來。紅色的雨傘向一邊傾斜著，她低著頭走路的模樣是好看的，整個身體彷彿一下子被雨水充滿了，顯得益發飽滿、嬌嫩。走近細看，她的眉目間有一層清潤的光暈，不溢出，含著，是一種靜美。

范老師的嘴角微微翹起，帶著笑意說，你是來看表姐住過的屋子，還是來找我看病的？姚家妹子搖搖頭，把雨傘傾向一邊，淅淅瀝瀝的雨點落在傘上，濺起一片細微的光芒。她捋掉髮際的雨絲，揚起臉問，范老師，能借個地方說話？范老師點點頭，帶她進了屋子。姚家妹子冷不丁問了一句：你可識英文？范老師說，當然認得。姚家妹子聽了就從口袋裡掏出一封信。信封上的收件人姓名和地址是用中文寫的，但寄件人的地址和姓名全是英文，唯獨署名是用中文。裡面的正文，是中英文夾雜在一起寫的。范老師看完了信，才知道，姚家妹子小時候原來與仙桃鄉的一個年輕人訂過娃娃親，這年輕人一直在外念書，前陣子出國留學去了，在那裡剛落腳，就給她寫了一封信。范老師問她，你想知道信裡面的內容？姚家妹子點了點頭說，他出國前就來過我家一趟，他跟我說過，等他在那裡安頓好了，就接我過去。范老師搖搖頭說，他在信中分明說，他念大學的時候就已經有女朋友了，他們現在在同一所大學留學。姚家妹子咬著嘴唇說，我就知道，人家是不會看上我的。范老師的手搭在她的肩膀上，然後是手臂，他的手指順著冰涼光滑的手臂往下滑，一下子就扣住了她的十個手指。她好像也沒有掙扎。范老師感覺自己的手指開始滑動了。

幹掉她。這種想法彷彿是順著雨滴落下來，在他的腦子裡逗留了一下。范老師先是用手掌撫摸她，然後就用舌頭代替手指，舔了起來。范老師平日裡待人溫和，但他該動粗的時候，是決不會手軟的。驟然間，一股溫熱的東西散布到四肢百骸，連每一根腳趾都感應到一股灼熱的電流。在一陣粗重的喘息之後，一團模糊的欲望獲得了緩釋。他第一次為自己身上湧現的巨大能量感到吃驚。他看到自己毛茸茸的身體一點點鬆弛下來，依稀嗅到了一股如同從野獸皮毛中散發出來的古怪氣味。范老師從她身上爬下來的時候，她已經睡著了。他坐在一邊，靜靜地欣賞著她的睡姿。她略帶羞澀地夾緊雙腿，雙手置於腹部。燈光照著她的身體，如同照在一條河流上，有一層柔軟的薄光浮蕩著。他的手指不敢伸出過去碰觸，怕驚擾了她的美夢。過了半晌，范老師猛地坐起來，伸出手指，探了探她的鼻息，整個人突然僵在那兒，動彈不得。范老師回過神後找了一個麻袋，把裡面的書倒出來，然後把她僵冷的身體塞進去。好不容易熬到天黑，在幕布般漆黑的雨霧中，他扛著那個麻袋，一腳深一腳淺地走進一片雜木林。他把袋子放下，就匆匆離開了。忽然想到什麼，又趄返，把屍體拉出來。姚家妹子依然是一副沉睡的模樣。整張臉浸泡在雨水中，白若梔子花。他不敢再多看一眼，捲起麻袋就跌跌撞撞地走了。回來後，他泡了一杯薑茶，極力讓自己冷靜下來。那封從美國寄來的信仍然放在床頭，他又拿起來，重讀了一遍。那個年輕人在信上說，他在美國念的是醫學，他相信，他的大學老師可以治好她的病。讀了結尾部分，他才明白，這封信的某些部分之所以用英文來寫，是因為年輕人動用了不少肉麻的詞語追憶兩個人的初歡。此外，他還用英文告訴她一個好消息，他要趕在放寒假之前回家。這一段用英文來寫大約是為了給她一個驚喜吧。范老師看完信，把它揉成一團，丟進火爐。然後，和衣睡下。

那個初冬的清早，天微冷，下了霜。奚三刷牙時，才發現自己的舌頭闖了大禍。他從一排短籬躍過去，嘴裡還銜著牙刷。警察搭著范老師的肩膀從校門口出來。旁邊還有幾個學生，問范老師，什麼時候回來，再帶他們去仙桃鄉看火車。范老師苦笑著不回答。風從身後颳過來，范老師豎起了衣領。那些掉光葉子的樹枝，如同野狗啃過的骨頭，十分猙獰地從牆角戳出來。枯枝上掛著一顆無精打采的太陽。范老師想高歌一曲，卻又止住了。奚三吐掉了嘴裡的泡沫，跟了上來，陪著范老師走了一段。走到村口，奚三說，范老師，我不送你了，臨別前我就給你背一篇課文吧。

奚三背的是陶淵明的〈桃花源記〉：「晉太元中，武陵人捕魚為業；緣溪行，忘路之遠近。忽逢桃花林，夾岸數百步，中無雜樹，芳草鮮美，落英繽紛。漁人甚異之。復前行，欲窮其林。林盡水源，便得一山。山有小口，彷彿若有光；便捨船從口入。初極狹，纔通人；復行數十步，豁然開朗……」

寫於二〇一〇年春

蘇靜安教授晚年談話錄

我聽那些老人說：
「一切美好的東西
都像流水般地永逝了。」

——葉芝

去年初春一個禮拜天的下午，我在靜安寺附近一家舊書鋪淘書時，意外地接到了所長打來的一個電話。我闔上了手機蓋子之後，閉上雙目，激動得幾乎要喊出一句擲地有聲的髒話來。我模糊地意識到，在我接完電話的那一刻開始，我的命運將會發生可以預見的變化。不，我並沒有在那個研究所裡得到提拔，也沒有漲一級工資什麼的。對此，我從未有過奢求。讓我喜出望外的是另一回事。而這種事對一個書呆子來說是可遇而不可求的。回到家中，我仍然難掩興奮之情。泡上一杯清茶，打開電腦，我在自己的博客上寫下了這樣一行沒頭沒尾的文字：靜安寺。蘇靜安教授。二者之間有什麼必然的聯繫？

第二天上午，我就根據所長提供的電話號碼，與那位素所仰慕的國學大師蘇靜安教授取得了聯繫，並且得到了他的首肯與悅納。也就是說，這一次我將欣然接受所裡委派的任務：在蘇靜安教授退休之後，長期隨侍左右。說起來，我與蘇教授之間尚有一段不淺的文字因緣。讀大學時，我就開始喜歡讀蘇靜安教授的書。有一回，聽說他要到歷史系講論中國古代神話史，我便夾著他的幾本著作，興沖沖地跑過去旁聽。那時，蘇教授還是六十剛出頭的模樣，頭髮半白，穿一身古雅而又素淨的藍布衫。上課之初，他劈頭第一句就是：我上課，你們大可不必拘謹，第一，你們可以抽菸，因為鄙人也是愛抽菸的；第二，你們可以在半途逃課、打瞌睡，我願意理解為那是因為鄙人的講課內容枯燥乏味，你們根本就不想聽；第三，我會留十五分鐘時間，讓你們提問或反駁。蘇教授的課格外受歡迎，自始至終，笑聲和掌聲不斷。蘇教授給我的印象是：刻板而又風趣，放誕而又內斂。記得在那天課堂上，我還給蘇教授畫了一幅漫畫：我在畫中極力凸現的是一雙大號的眼鏡，一條熱氣騰騰的舌頭，以及那根取代手指的雪茄菸。蘇教授的書一直伴我至今，而且每一次重讀都能獲得新意。但凡他出了新書，我都會買過來放在床頭。我甚至不想一口氣把它讀完，而是每天淺嘗片刻，給次日留下些許興味。去年年底，我在一家權威的學術期刊上讀到一位著名史學家寫的一篇文章，那位史學家對一個冷僻的古漢字妄加猜詳，被我逮個正著，於是我就隨手寫了兩千餘字來闡釋那個古漢字。我把文章發到那家刊物值班編輯的電子信箱，後來竟被原文照登，引起了不大不小的反響。有幾位學者還通過電子郵件找到了我，跟我談起高深的問題來。事實上，我只是僥倖比別人多認得一個冷僻字，人們卻莫名其妙地在我的名字前面冠上了「資深學者」的稱號。這讓我多少有些羞愧。我們的所長偶然看到了我寫的那篇文章之後，特地把我找來，花了一個下午的時間，與我興致勃勃地探討那個失考的古漢字。在交談中，我毫無避諱地向他承認，這些學問其實都不是我的，而是得自蘇靜安教授的一部舊著。談到興頭上，我還把一份關於蘇靜安著述的論稿拿給他看。蘇靜安，所長轉動著手中的鉛筆，帶著回憶的口吻說，他早年畢業後就分配到我們這個單位，比我還早幾年。他是一個怪人，有一段時間，他常常帶著一把水果刀與情人約會；還有一段時間，他常常帶著一本《微積分》來上班。刀與書，自然從未派上用場，但他喜歡把一些不相干的東西放在布包裡。從所長口中，我聽到了不少關於蘇教授的掌故，這使我更激起了要去了解他私生活的興趣。我沒想到所長後來竟會幫我聯繫到蘇教授，還給我安排了這樣一份稱心的差使。我隨侍蘇教授，既可以照拿單位的工資，又可以問學。實在是一舉兩得的事。從前，讓我最頭痛的事莫過於，在單位裡做一些雞毛蒜皮的事。有時我外出辦事，偏偏會有人來找我。有時想偷懶都不行。好像我不是為自己而活，而是為那些找我辦事的人而活。現在好了，單位裡那些纏死人的破事，可以像穿爛的鞋子那樣被我甩掉了。

第二天上午，我提前一個小時來到「梅竹雙清閣」。蘇教授跟夫人各據案角，正在一邊看報紙，一邊吃早餐。他讓保姆帶我先進書房稍待片刻。書房比我想像中的還要大，書櫥中有很多書都外加藍布書套，顯得格外珍貴。除了書，最惹人注目的是各式各樣的鬧鐘，它們的時間都不盡相同，有快點的，也有慢點的。其中只有一個鬧鐘的時間跟我的手錶是吻合的，指向的是上午八點五分。走近細瞧，我才發現每個鬧鐘的一角還寫有幾個蠅頭小字：巴黎時間、柏林時間、羅馬時間、東京時間、紐約時間、布拉格時間、雅典時間、里斯本時間、阿姆斯特丹時間、馬德里時間、倫敦時間、維也納時間、布宜諾斯艾利斯時間……我如果記得沒錯，這些城市都曾出現在蘇教授新近出版的一本遊記中。在那本書的序言中，他還曾這樣寫道：有書的地方，世界就向它聚攏。這個書房與別的書房不同，它有著獨特而又濃重的個人氣息。它是蘇靜安的。每個鬧鐘裡標示的國際時間、牆壁上懸掛的世界地圖以及卷帙浩繁的外文版書籍，讓人覺得他就生活在世界的中心，顧盼之間，可以輕而易舉地看到世界每一個角落：一抬腿就可以橫跨歐亞大陸，一伸手就可以觸摸古希臘文明的源頭。我翻書的時候，蘇教授走了進來。他向我了解了一些個人情況之後，吐了一口煙說，我看過你寫的幾篇文章，還算不錯，可是，你不要太得意。我連忙點頭稱是。蘇太太也隨後過來，遞上水果，顯得禮貌周全。蘇太太要比蘇教授小二十多歲，年近五十，身上卻透著某位曾經為之動容的詩人所形容的「陶罐般的靜美」。蘇太太坐在我對面，讓人感覺她就是老照片中的那種人物。陽光透過窗簾折射出一道淡黃的光暈，如同那種曖昧難言的目光，混合著清晨時分咖啡的奇異的苦香，彷彿那就是陽光的味道。蘇太太原本是蘇教授帶的碩士生，曾在他的指導下翻譯過馬拉美、波德萊爾等人的詩。因此，我的話題也就自然而然涉及到法國詩歌。蘇太太說她嫁人（蘇教授）之後，已經有二十多年沒讀法文詩，也不談波德萊爾之流。現在她談的最多的是麻將經。蘇太太搓得一手好麻將，而且在大學教授的太太們中間，是以牌風好出名的。蘇教授見夫人跟我談麻將，就不耐煩地揮了揮手，說，你還是去搓你的麻將。蘇太太白了他一眼，就走了。

蘇教授把一本新書塞給我，不屑一顧地說，王致庸的弟子真是沒法治了，好好一篇文章都教他給歪解了。由於激動，他的嘴角出現了過多的唾沫，但他很快就用舌頭舔掉了。蘇教授接著就把原書拿給我作對照，並且要求我替其中一個篇章作些注解。我知道，他這樣做是在試探我的深淺。對我來說，這是一件很叫人頭痛的事。在印刷術越發高明的今天，橫排簡化字顯得那麼爽心悅目，若是有什麼缺陷也是一目了然。但豎排、繁體、尚未斷句的古書就顯得格外煩瑣。

箋校一篇之後，我就戰戰兢兢地把它拿給蘇教授看。蘇教授從頭到尾看了一遍，滿意地點了點頭，然後很有耐心地指出其中一個脫訛之處。借此機會，我大著膽子向蘇教授提了一個帶有私人性質的問題：聽說你早年跟王致庸教授在我們這個研究所共事過，後來好像因為某個哲學問題上的分歧而翻臉，有這回事？蘇教授沒有作出正面回答，他指著牆上的鬧鐘說，這道理很簡單，一隻鬧鐘可以準確地告訴我們現在是幾點鐘，但兩隻鬧鐘有時卻無法告訴我們同一個準確的時間。在我的正對面，一隻鬧鐘的指針指向的是東京時間，另一隻鬧鐘指向的卻是巴黎時間。

跟王致庸教授一比較，蘇教授就來了精神。二人年齡相仿，都已經是年逾古稀了，但蘇教授聲稱自己的老是「老當益壯」的「老」，而王教授的老是「老態龍鍾」的「老」。他說這話時，臉上顯露出了一種孩子氣的老態。蘇教授又作了進一步比較，今年年初，王致庸教授因為身體原因不得不向校方提出退休，而他，卻是因為「要給後人留下幾部大書」而主動提出退休。因此，蘇教授認為自己的退休與王致庸教授不能同日而語。蘇教授說，退休，對有些人來說，意味著一生的終結，但對他來說，人生的另一個階段才剛剛開始。蘇教授不能容忍這樣一種晚年生活：獨自一人坐在一個沒有腥臭味的牆角，晒晒太陽，舒暢地呼吸；或者是與一大堆毫不相干的老人坐在老年宮裡，搓幾圈麻將，殺幾盤棋。蘇教授畢竟是蘇教授，在我面前依然是一副神采奕奕、雄心勃勃的模樣。

談到工作，蘇教授把自己的一份工作計畫書交到我手中。我翻了翻，不由地大吃一驚。我還只有七十四歲，蘇教授說，我可以花五、六年時間重新梳理十三經和廿四史，在我八十歲那一年，我要花十年時間寫一部中國思想史；在我九十歲的時候，我還要動筆寫一部回憶錄。照此計算，蘇教授至少得活到一百歲，其間還不能生病。從那本計畫書中我發現，蘇教授把時間分成了幾個大塊，這些大塊都是以年來計算；大塊之中又分若干小塊，以月來計算；小塊之中再分小塊，以日來計算；一日之中，有幾個時間段是固定不變的：晨練、午睡、喝下午茶、做藍布書套。其餘大部分時間則被讀書與寫作占用。下午四點鐘，也就是東京時間下午五點鐘，巴黎時間早上七點鐘，蘇教授開始放下手中的書，關掉書桌前的台燈，轉身來到廚房，把一壺煮熱的咖啡提到書房，沏上兩杯，然後又把其中的一杯遞給我。半個小時後，蘇教授又開始工作。他的內心彷彿有一個十分牢固的框架，可以把一些分散的事物框住，使之變得有章可循。

是的，蘇教授是一個很講究生活規律的人。他的昨天是怎樣開始或結束的，他的今天大抵也就是怎樣開始或結束的。他的一天始於咖啡，終於牛奶。他每天堅持的一些生活方式不會輕易改變。但退休之後，他的生活有了微小的改變。首先改變的是路線。他從前都是坐著地鐵四號線，轉三號線去學校上課，課後沿原路返回。現在退休在家，這兩條線路就從他的生活中撤離出來了。起初，他有些不習慣，有時走到地鐵口，一摸口袋，沒見交通卡，才發覺自己已經不需要再去上班了。為了平衡這種不適感，蘇教授每天太陽出來之後，就開始出門散步了。蘇教授說，在我的前半生，寫作帶來的快樂是由雙手賦予的；在我的後半生，散步帶來的安寧是由雙腿賦予的。蘇教授的散步方式與別人不同，他是倒著行走。那樣子就像是重新學會走路。蘇教授早些年是一個「思想上要求進步」的人，現在卻對「退」字頗有研究：退。退休。倒退。退一步海闊天空。敵進我退，敵退我擾。韓愈，字退之……蘇教授每天倒退行走的時間要比前進的時間多。他從那棟「梅竹雙清閣」出門，就開始倒退著從竹林路出發、途經音樂廳、科技館、少年宮，一直走到大廣場，然後又從那裡按原路返回。整個過程就像錄像中的倒帶鏡頭。在筆直前行的時間中，蘇教授堅持倒退著走回家中，那一刻，鬧鐘剛好指向七點。每次來回一趟，總得花上個把小時，這正好是太陽的能量抵達地球的時間。我問蘇教授，為什麼會喜歡倒退著走路。蘇教授帶著風趣的口吻說，前面就是死亡，我只好背過來看我的前半生。

週末傍晚，有位教授夫人打來電話，約蘇太太到一家新開的菜館吃飯，飯後照例要打通宵麻將。保姆小吳已燒好了二人的飯菜，不能浪費，蘇教授索性就留我吃飯。我去廚房打飯時，瞥見砧板上插著一把明晃晃的菜刀，我想把它拔掉時，小吳阻止了我。她輕聲告訴我，蘇太太每回出去搓麻將都要在砧板上插上菜刀。我不明白，搓麻將與插菜刀有什麼必然的聯繫，也不便多問。

桌上全是清一色的素菜。我在蘇教授的書中早就了解到，這些年他一直堅持吃素。蘇教授問我是否吃得慣素菜，我說能吃上這麼一桌可口的素菜，對我來說幾乎就是一種禮遇了。蘇教授聽了很高興，一邊吃飯，一邊向我介紹吃素的好處。食素者大都心氣平和，蘇教授也是如此。蘇教授說，吃素食，養草木心，是可以益智的。我順便問他，師母是否也吃素。蘇教授說，我不信佛，但吃長素；老伴信佛，但平素吃葷，只有逢初一或十五的時節吃素，也就是我們鄉下說的「朔望齋」。蘇教授接著又指著一碟鹹秧菜和豆腐乳說，我每餐都少不了這兩樣東西，我活到七十歲之後，口味越來越像我的父親了。蘇教授的父親是一個鄉下的菜農。

蘇教授談完了自己的家人之後，又誇起了保姆小吳。他說小吳雖然讀書不多，但心靈手巧，什麼事，教就會，像做素菜，就是他一手調教出來的。我向小吳請教做素菜的手藝時，小吳卻避而不談，好像做灶下婢原本就是一件不太光彩的事，她更願意跟我談論報紙上的逸聞趣事。

蘇教授喝完一淺杯酒之後，帶著微醺來到書房，關上了門。小吳告訴我，這個時候，蘇教授又要開始做藍布書套了。我見過那些藍布書套，每一本都是有稜有角的。我問小吳，能否過去看他如何擺弄？不行，小吳代替蘇教授答道，蘇教授做書套的時候就像一個鄉村裁縫，他總是關起門來，好像生怕別人學會了他的手藝。我笑道，這不奇怪，教會徒弟餓死師傅嘛。小吳豎起一根筷子說，你能教我寫詩麼？我說我只會讀詩，不會寫詩。小吳輕輕地「噢」了一聲，接著感嘆說，有知識真好，每天可以坐在房間裡看看書、寫寫字，也不用去管蔬菜的價格。她說這話時目光中流露出一種對知識的崇拜，說得更直接點，她崇拜的是知識的化身，也就是蘇教授本人。小吳說自己待在蘇教授身邊倒是學到了不少知識。因此，她「寧願做蘇教授的僕人，也不願待在鄉下做一群家畜的主人」。

我無意於探究蘇教授的隱私，但每一次小吳的身影在我眼前晃動之際，我就頗費猜想了。我注意到，小吳一直在努力改變自己的形象，而這個形象跟一個知識分子家庭的背景是吻合的。拖地、擇菜之餘，她偶爾會向蘇教授請教一些稀奇古怪的問題，而她對那些網絡或電視稀釋過的日常知識也有著異乎尋常的領悟能力。她用滿口的「知識」平衡著手中的青菜和拖把，讓人感覺她不是一個簡單的鄉下女孩。這個不簡單的女孩子有著不簡單的表現。漸漸地，我發現她在有意無意地拿自己跟蘇太太作比較，她學會了蘇太太抽菸的姿勢，學會了她的慵懶和憂鬱。有時一場綿綿細雨都能讓小吳躺在沙發上憂鬱半天，或是躲在廚房一角暗自神傷；有時來了興致，她就穿上蘇太太穿舊了的旗袍，軟綿綿地斜靠在廚房的門口，冷不丁地吐出一句文藝腔十足的古詩。據蘇教授說，這些其實都是蘇太太調教的結果。我不明白，蘇太太為什麼會有閒情逸致，把一個鄉下女孩調教成一個小文青，而且徹底改變了她的審美趣味：在輕鬆愉快的交談中，她告訴我，她發現自己忽然喜歡上了老男人臉上的皺紋，在她眼中，每一道皺紋就是一段深刻的箴言。

禮拜天上午，蘇教授給我打了一個電話，說是有幾個得意門生結伴過來看望他，讓我也過來結識一下。我進門時，屋子裡已是一片談笑聲了。門口的一個雕花木架上擱著一盆百歲蘭，兩片修長的葉子猶如長鬚拂地。顯然，這是蘇教授的弟子們送來的。蘇教授給我介紹了一圈之後，又把我介紹給他們。他們雖然高低胖瘦有別，但有一點卻是很相似的：那就是跟老師一樣，說話的時候通常喜歡舔嘴角。蘇教授舔嘴角大約是為了清理唾沫，他講到動情處，嘴角便跟螃蟹似的吐沫，然後飛快地伸出舌頭舔掉，以免口水四濺。但他的弟子僅僅是為了舔嘴角而舔嘴角。即便沒有唾沫，也要伸一下舌頭。這已經成了一種遺傳般的習慣。

蘇教授的幾位弟子大都留過洋，留過洋就不一般了，一室之內，談的都是世界性的問題：美元。歐元。石油。股票。核武器。中東局勢。美國五角大樓發布的最新消息。等等。有時夾雜幾句英語、西班牙語或法語什麼的。談完了天下大事就開始談國學，給學術界的幾位老前輩評定甲乙。他們排來排去，總也忘不了把蘇教授放在國學大師的行列。蘇教授聽了哈哈大笑，聲稱自己還不能位列仙班，真正堪稱大師的，是他的老師朱仙田教授。論輩分，我們理當稱朱老先生為「師公」。「師公」已有九旬高齡，前陣子得了肺癌。一個被學界稱為「靈魂人物」的學者，不能容忍自己躺在病床上，成為病理學意義上的人，他渴望自己早日死去，化為一片精神的清風。蘇教授談起朱仙田先生，神情一片黯然。他說，朱老師是我大學時期的恩師，他一直過著清貧的生活，有一啖飯地，一棲身處，便可以埋頭做學問了。從我進大學之後就知道他在學校後面的一座老院子裡住著，至今未曾搬過。學校分給他一套小樓房，他也不要，他說人老了就變成樹，一挪就死。朱老師還有一個怪癖，我當他助手時，發現他常常把一些重要或是自以為重要的東西放在一個小閣樓裡，從來不允許別人窺視。他的腿即便壞了，也要單獨一人拖著一條瘸腿，弄了很久，才翻找出自己所需之物。我至今仍然不知道他在那個小閣樓裡藏了什麼寶貝。說到這裡，蘇教授忽然把目光拉遠，沉吟半晌說，朱老師對中國傳統文化的淪喪十分痛心，我至今依然記得，他當年在先賢祠的庭院中抱著幾塊殘碑痛哭流涕的樣子。蘇教授談起老師的語調令我們十分動容。於是大家就提議去看望一下抱病在床的朱老先生。

我們坐車去醫院的途中，有人打來電話，說朱老先生已於下午二點二十八分與世長辭。蘇教授對正在開車的弟子說，你把車開回我家一趟。我們不知道蘇教授為什麼會半途而返。回到家中，蘇教授進屋關了門。我們就在屋外的樹蔭下抽菸聊天，乾等著。過了片刻，他就出來了，換了一身黑色的中山裝。蘇教授說，我穿上這樣一身衣裳才合乎弟子之禮。

開往殯儀館的路上，蘇教授就坐在前排位置指指點點。讓我感到驚奇的是，他對殯儀館的路線居然十分熟悉，而且知道哪條路是捷徑，哪條路可能比較擁擠。後來他告訴我們，他參加葬禮多了，也就把路線熟記於心了。蘇教授一到場，一群守候多時的記者便簇擁過來。蘇教授舔掉了嘴角的唾沫，對著麥克風說，我可以十分痛心地告訴大家，朱老師走後，有幾門絕學也跟著他遠去了。個由他打開的古老世界，現在也由他關閉了。那個世界變得陌生而遙遠，不知道要等多少年才會有人重新開啟，也不知道它是否就將從此永遠關閉。蘇教授評價朱先生是中國屈指可數的「絕學大師」，他發願要寫一篇長文章來闡述先生的學術思想。採訪完畢，記者們又向另一處聚集，圍在中心的便是蘇教授的同門師兄王致庸。他是個考古專家，曾師從朱老先生研究過契丹文。但蘇教授一直瞧不起此人，認為他做的是死學問、偽學問，尤其不能寬恕的是，他還抄襲過老師未曾發表過的文章。蘇教授把我們拉到一邊悄聲說道，挖土挖得淺一些的，是種蕃薯的老農；稍深一些的，是掘墓人；再深一些的，就是那些考古專家了。王致庸什麼活也沒幹成，只是把泥土翻了一遍而已。蘇教授的弟子都很敬重自己的老師，反過來，凡是老師瞧不起的人，他們都一致鄙視。他們看王致庸的目光就是蘇教授看王致庸的目光。

王致庸教授也看到了蘇教授，出於禮貌，他上來打了一聲招呼。說起近況，王致庸露出神祕的微笑，說自己近些日轉移了研究方向，開始研究噴嚏、飽嗝和放屁之類的醫學問題。有時候，一個七十多歲的老人並不比一個十七歲的少年更成熟，他們活到這個歲數似乎都有點返老還童的意思了。如果不是有幾位老教授過來插話，他們之間或許還會有一場激烈的口舌之戰。就在蘇教授跟大家談論五四前後學術思想的變遷時，王致庸卻在一旁面色莊重地談論著自己對放屁的研究心得。蘇教授捂住了鼻子，帶著厭惡的表情轉到了另一邊。因為是群賢畢至，朱老先生的家人早已把筆墨紙硯準備妥當，請蘇、王幾位教授寫幾個字。王教授用契丹文寫了一幅，蘇教授用梵文寫了一幅。還有幾位老學者寫的是吐火羅文、八思巴蒙文、東巴文、阿拉伯文。這些失傳的文字都彷佛在朱老先生死後忽然又復活了。我是一個字都認不得，有些羞愧，但我可以猜想這些文字都有著寄託哀思的意思。

上午九時，我剛踏進「梅竹雙清閣」，蘇教授就把一份報紙憤然地擲到我面前，說，裡面有一篇朱老先生逝世的小報導。我不知道蘇教授為何動了痰氣，就帶著好奇把報紙拿起來看。報紙上長篇累牘都是有關歐洲盃的報導，而朱老先生逝世的消息只有一小塊，放在毫不起眼的左下角。新聞標題赫然寫著：著名語言學家朱仙田教授昨病逝。副標題：臨終囑託家人要把新書稿費兩萬元捐給慈善機構。正文還有一段文字，說某某出版社社長已經慨然作出允諾，要踐行朱老先生的遺囑。蘇教授說，今天一大早，朱老先生的長子朱溫故就打來電話，聲稱老人家壓根兒就沒有留下這樣的遺囑。臨終前他僅僅是揮動拳頭說了幾句激憤的話，其間還夾雜著三兩句粗話，誰也聽不清他在罵誰。爾後便是昏迷，血壓高達二四〇毫米汞柱。蘇教授立即找那位記者對質，記者著了慌，又把皮球踢給了出版社。出版社的社長說，朱老先生的稿費沒有兩萬元，只有一萬元，如果家屬沒有異議，他們會遵照「遺囑」捐給慈善機構。至於那份「遺囑」是誰發布出去的，只須質詢一下朱老先生的次子就一清二楚。這裡面的事有些蹊蹺，蘇教授不想深究下去，也不想插手多管。但這事顯然沒有就此了結，沒過多久，朱溫故又打電話給蘇教授說，捐款的事雖然未經朱老先生本人和家屬（主要是長子）的同意，但畢竟是捐給慈善機構，他們也不想為此跟出版社多加計較。再過了一會，出版社社長又打來電話，說朱老先生的長子這回不要那一萬元的稿費了，可他不曉得從哪裡了解到出版社還有一萬元的版稅未曾付給朱老先生。社長解釋說，考慮到朱老先生的書出版之後估計也沒有幾個人能讀得懂，因此限定印量極少。社長進一步解釋說，版稅是由圖書定價、發行量、版稅率決定的。一句話，是由市場這隻看不見的手決定的。朱老先生的書沒法在主流市場上發行，僅由國內少數幾個圖書館和研究機構購買或收藏，因此他的家屬今後也不會拿到多少版稅。蘇教授開始壓低聲音，跟那位社長談起了一筆交易，經過反覆權衡，他們最終達成了一個口頭協議。放下電話，蘇教授只是一個勁地搖頭嘆息。他隨後又給朱溫故掛了一個電話，說他已經跟出版社交涉過，一萬元的版稅將作為一次性稿酬打到他們的戶頭。

此事敲定，蘇教授走過來告訴我，朱先生當年曾在他最困難的時候接濟過他，而現在，朱老先生一家老小的生活很不景氣，他自然要盡己所能幫他們一把。眼下他唯一所能做的就是讓自己的一本新書交給那家出版社來出，並且將由出版社劃出他的一萬元稿費匯給朱老先生家屬。最讓蘇教授惋惜的是，朱老先生還有一些文稿尚未結集出版，以後恐怕也是難見天日。蘇教授向後仰了仰頭，長嘆一聲說，朱老師作古了，而我感到自己就像一個至今仍然活著的古人。早些年，我追隨朱老師一起走進了古代，現在已經回不來了。哎哎，回不來了，回不來了……蘇教授說了一連串「回不來了」之後忽然又問我，有沒有看見我老伴回來過？我說沒見過。蘇教授陡地沉下了臉色，不知道囁嚅了一句什麼。他低頭穿過客廳走向書房時，在一株百歲蘭邊上停留片刻，把菸頭按在蘭葉上，就像按住一個人的腦袋那樣一直不鬆手，直到葉片燙出了一個焦黑的小洞。這是我第一次發現，蘇教授的身上開始出現了溫和的暴力。

天氣悶熱，蘇教授卻一直沒有打開窗戶，彷彿生怕一縷細微的南風攪亂內心的某種秩序。隔著一扇門，我依然能聽到蘇教授在書房裡來回走動的腳步聲，午後輕微的倦怠催人欲睡。保姆小吳剛剛換洗了杯盞，走過來輕聲告訴我，蘇教授方才想寫一篇懷念朱先生什麼的文章，只是寫了開頭兩行字，就擲筆站了起來。一定是天氣的緣故，她說，這樣的天氣又濕又熱，連地板都不好擦，更何況寫字？我們的小吳有點像唐詩中的那種怨婦，時常對眼下這種炎熱的天氣發表幾句怨言。她肯定我也安坐不住，因此就在我身邊坐下來，不厭其煩地跟我聊起自己的情感歷程。她聊得最多的是一個又窮又懶的小白臉。那個小白臉也很無聊，居然借她的錢去嫖娼，被警察逮住了，還有臉哀求她拿錢去保人。她說到這裡，不失時機地要求我對她表現出來的寬容和仁慈發表幾句讚美之辭。她是一個對生活和男人都失去信心的女人。她覺得生活很無聊。她只是為了弄出點聲音才跟我聊天。因為無聊而聊天，終歸是無聊。就像我，因為無聊而讀書，因為無聊而寫點東西。

在朱仙田先生的追悼會上，蘇靜安教授作為大弟子兼治喪委員會主任發表了幾句感言，感嘆的也無非是天時人事的無常。輪到王致庸教授講話時，他還沒走到麥克風前，突然一個趔趄，重重地摔倒在地，繼而四肢抽搐，人事不省。會場上頓時亂成了一鍋粥，有人趕緊叫來了一輛救護車，把他送往醫院救治。追悼會草草結束之後，我便陪同蘇教授一起回家。天氣悶熱，我打電話讓所裡派車來接，但蘇教授揮手拒絕了。蘇教授說，從殯儀館到家門口，只需要坐3路車再轉9路車即可，不需要麻煩人家。於是，我就扶著蘇教授上了電車。車上坐滿了人，有個年輕人欠身讓座，但蘇教授看到座位上寫著「老弱病殘孕專座」的字樣，就拒絕坐下了。那個年輕人嘟囔了幾句，旋即又坐下了。因為我一手攙扶著蘇教授，一手握住車上的扶手，所以一時間騰不出手來買票，售票員連續向我催喊了幾聲，聲音裡含有幾分怒氣。我費了很大的勁，才掏出幾個零錢，遞了過去。

下車後，蘇教授望著絕塵而去的公交車，忽生感慨，他說，有兩種人，是常常向人伸手要零錢的：一種是乞丐，一種就是公交車上的售票員。乞丐的生活是沒有方向的，而售票員的生活呢？可以說是每時每刻都有方向的，但他們每天疊加起來的生活又會是沒有方向的。我們何嘗不是如此？每天看起來都好像是有事可幹的，再回過頭來，又覺得什麼事也沒做成，彷彿我們的一生都是無所事事的。我不知道蘇教授為何突然要說這樣一番話。他講話的語調跟上午念悼詞的語調有些相似，彷彿是在哀悼過往的歲月。

上午九點，我又準時來到「梅竹雙清閣」。蘇教授頭髮蓬亂，趿著一雙拖鞋，正坐在沙發上埋頭看報紙。見我來了，只是點點頭，也不作聲。我不敢拿正眼看他，悄悄走進了那個小書房。我把桌子擦了一遍才落座。小吳給我泡了一杯茶，擱在桌邊，然後輕聲告訴我，蘇教授今早起來，脾氣古怪得很，既沒有出去散步，也沒有吃早餐，就這樣愣坐著看報紙。我透過書房的玻璃，剛好可以看到蘇教授的側影。他還在翻來覆去地看報紙，整個上午的慵懶和倦怠便深深地陷進鬆軟的沙發。看樣子，他昨晚似乎沒睡好。這副情形是很少見的，蘇教授向來是日食夜宿，生活有度，不敢有絲毫懈怠。因此，我疑心他是患了報紙上所謂的「老年抑鬱症」。沒過多久，蘇教授忽然從沙發上彈跳起來，把一份報紙遞到我跟前說，他發現報紙上有三個錯別字。他從詞源學的角度分析了三個字的來歷與用法。得出的結論是：看報紙容易讓人變得智力低下。儘管如此，他還在翻看報紙。而報紙上的錯別字彷彿變成了鞋底下的一粒砂子、牙縫間的一片菜屑，讓他覺著很不舒服。最後，他終於按捺不住了，向報社總編室打了一個電話，把他花了一個上午統計出來的錯別字報告給一位編輯。

下午四點鐘，蘇教授沒有準時去廚房泡咖啡。他仍然斜躺在沙發上，一臉的倦意。那一刻，我忽然想起蘇教授本人說過的一句話：老年人力不從心，就以智取；智不從心，就索性做一個老年痴呆症患者。他那樣子幾乎就是一個痴呆症患者。我起身來到廚房，決定給他泡一杯咖啡。剛進門，就看見砧板上斜插著一把菜刀，把下午三點半的陽光固定在那裡，含有一絲嘲諷的意味。這把刀讓我想起了蘇太太。我有好一陣子都沒有見過蘇太太了。我不知道她去了哪裡，也不敢多問。但我看到那把菜刀之後，竟無端地想起昨天在報上看到的一樁謀殺案，那個男人用狗圈把妻子活活勒死，又用電鋸大卸八塊，裝進袋子，然後封存在地下室的冰箱裡。想到這些，我的手顫抖了一下，下意識地觸摸到那個冰箱的把手，但我只是像握手一樣，輕輕地握了一下，就走開了。

我拿著一杯咖啡，放在蘇教授面前之後，又轉到了小吳的房間，她正嚼著口香糖聽耳機。她的一條腿搭在另一條腿上，有節奏地搖著膝蓋。見我來了，她摘下耳機，跟我漫不經心地聊開了，她問我是否覺察到蘇教授這些日正在跟一個人嘔氣。我當然明白她指的是蘇太太。從我進蘇家那天開始，就已經看出蘇教授和蘇太太之間早已是貌合神離了。小吳神祕兮兮地告訴我，師母又回到前夫身邊去了。我問她，師母的前夫是誰？小吳短促地笑了一聲，說，是王致庸教授。這事我從未聽所裡的人提起過，也許是為尊者諱的緣故吧。但我不解的是，王致庸教授近來患了腦溢血，都搶救了好幾回，蘇太太過去服侍一個將死的老人豈不是自討苦吃？小吳彷彿看透了我的心思，接著說，王教授跟蘇教授一樣，膝下沒兒沒女的，他一死，師母就可以名正言順地繼承遺產了。更何況，王教授曾對她說過，只要她願意回來，他留下的一切家產都將歸她所有。小吳把王教授與蘇教授的家產作了一番比較，最後得出的結論是，蘇教授家除了書和幾個破鬧鐘，幾乎沒有什麼值錢的東西，而王教授家光是一把明代的坐椅，就價值好幾百萬元。小吳說這話的時候，探頭朝客廳裡發呆的蘇教授瞥了一眼，繼而模仿蘇太太的樣子，斜靠在椅子上，哼出一句毫無新意的唐詩來。

臨近黃昏時分，蘇教授仍然坐在客廳裡。眼前的電視機開著，聲音很大，正在報導一場災難事故。他的眉頭緊鎖著，臉上呈現的一道道皺紋彷彿就是因為內心的劇烈震動帶來的裂痕。我隱約察覺到，蘇教授從表面上看是在關注那場災難事故，而事實上，是借用這種方式來轉移或掩飾自己內心的痛苦。電視插播其他節目之後，蘇教授便拖著疲憊的身軀走進了自己的書房。

這時，小吳端著滿滿一盤扁豆從廚房裡走出來，臉上還殘留著絲帶般細長的睡痕。她坐到沙發上，翹著蘭花指慢條斯理地抽著扁豆絲。在我看來，她僅僅是需要點什麼東西來打發時日，才會想到抽扁豆絲的；而她那十根塗了指甲油的手指顯得慵懶無力，似乎只能承受一根絲線的重量。因此，抽扁豆絲跟她平素穿針引線、清理分叉頭髮都是一回事。甚至可以說，跟我硬著頭皮訂校一些無聊的古代文獻也是一回事。我隔著玻璃看到的，彷彿就是自己在生活中的另一種投影。跟我一樣，她也在觀察什麼，偶爾抬起頭來，朝書房那邊瞟了幾眼，目光背後似乎隱藏著一件她期待發生但始終沒有發生的事。抽完了扁豆絲，她又探身向茶几上的一盆三色堇，把那些枯萎的花瓣小心翼翼地摘下，跟扁豆絲堆放在一起。也許是倦於做家務活，她又念了一首調子悲涼的詩，好像她學會念幾首詩詞之後就知道怎樣抱怨生活了。

我正要提著包回家時，小吳叫住了我，附到我耳邊，說蘇教授近日心情很鬱悶，她要跟他開個玩笑，讓他樂一下。她打定了主意之後旋即走進蘇太太的臥室，換上了蘇太太的一身睡衣，蜷縮在沙發上，擺了個蘇太太抽菸的姿勢，問我，像不像？我只是微笑著點點頭，但我心底裡以為，蘇太太的神韻她是怎麼也學不會的：那是一個女人經歷了身體的夏天與秋天所散發出來的圓熟和恬淡之美。不久之後，蘇教授從書房中出來，看見一個穿睡衣的女人蜷縮在沙發上，以為是夫人，只是輕輕地哼了一聲。過了一會兒，蘇教授就拿著一瓶墨水走出來，走到沙發前，擰開蓋子，兜頭澆了下來。小吳忽然尖叫一聲彈跳起來，瘋了似的衝進洗手間。那一刻，我忽然覺得，蘇教授這個粗暴的動作跟他那天用菸頭燙蘭葉的舉動有著一絲隱祕的關聯。

此後幾天裡，蘇教授不曉得吃錯了什麼藥，一反常態。他打破了生活中的規律和禁忌，整個人變得怪怪的：白天睡懶覺(有時手握電視遙控器躺在沙發上打瞌睡)；醒來後不刷牙、不洗臉、不刮鬍子，衣履不整，頭髮蓬亂；也不接電話、不看書、不寫作。最大的變化是他忽然喜歡吃肉了，羊肉、豬肉、牛肉、雞肉等，他都吃，而且是手執刀叉，用那種讓人反感的優雅姿勢吃肉。吃著吃著，他又開始昏昏欲睡了，嘴角還掛著髒兮兮的肉汁。讓人哭笑不得的是，書房裡的鬧鐘都被他動過了手腳，巴黎時間調成了東京時間，紐約時間也跟北京時間重合了，倫敦時間慢點了，布宜諾斯艾利斯的時間撥快了，馬德里時間則一直指向零點，彷彿全世界的時間也都跟著他一道瘋掉了。

我們的所長原本要我寫一部蘇靜安教授的晚年談話錄，可我遲遲沒有動手。更多的時間，我變成了蘇教授的祕書。接連幾天，蘇教授都足不出戶，也不與外界的人聯繫，一連串無聊的電話就只好由我來代接。有家出版社就蘇教授是否願意入選世界名人大辭典的事宜來電徵詢意見，同時要求我們儘快匯寄三百元購書費；有家氣功師協會欲邀蘇教授擔任顧問；有所大學欲邀蘇教授參加某個學術研討會；有人求字，有人約稿，也有人找茬。眼下有一位記者正通過電話，要請蘇教授本人對朱仙田先生留給後輩的精神遺產談談自己的看法。我正要回絕採訪時，一件出乎意料又在意料之中的事發生了。我聽到書房裡忽然傳出了小吳的一聲尖叫，繼而就看到她抱著胸口從房間裡跑出來。就在她的淚水剛剛脫離眼眶的那一瞬間，她的嘴角卻浮起了一絲驕矜的、甚至可以說有些得意的微笑。我沒有去問她發生了什麼事，就徑直走進蘇教授的房間。撕得七零八落的藍布書套撒落一地，還有一些書，也胡亂堆在地上。蘇教授就坐在一堆書上，腦袋耷拉著，雙目失神，整個人像是脫了相。我俯下身，想幫他整理地上的書籍，蘇教授卻抬起手，有氣無力地揮了揮。某些事物似乎正脫離他內心深處那個巨大的框架，已經變得不可收拾了。蘇教授問我，你知道小吳剛才為什麼尖叫？我隱約猜到幾分，但故作不解。蘇教授坦然告訴我，他剛才「碰」了一下小吳。但他聲稱自己這樣做，只是為了撫慰她那個被愛神之箭射傷的地方，壓根兒就沒有猥褻的意思。她跟我一樣，蘇教授說，都是受過傷的可憐人。

第二天，蘇教授打電話告訴我，他把家裡的鑰匙弄丟了，以後我不需要過來上班了。第三天，第四天，我給蘇教授家打電話，都沒有人接聽。後來，我就聽人說，蘇教授失蹤了。有人說，蘇教授回老家種梅花去了；也有人說，蘇教授跟家裡的保姆私奔了；還有人把他比為晚年離家出走的托翁，說是晚境淒涼不讓托翁，只是缺了風雪。

蘇教授出走之後，我的工作也被迫中斷了。前陣子，我受了蘇教授的影響，已經養成了按部就班的生活習慣，突然的中斷讓我著實有些不知所措，就像一本正在閱讀的書突然被人拿掉了後半部分，整顆心一下子懸了起來，除了懊惱，當然還有幾分把握不定的期待。我給所長打了一個電話，申明此事，所長遲疑片刻之後，還是決定讓我暫時在家休息幾天，靜觀事態的發展。傍晚飯後，得閒，我讓剛滿週歲的兒子坐在一輛童車裡，緩步推著，去河畔散步。我一邊走著，一邊指給他看這是楊柳，那是落日；這是河流，那是飛鳥。兒子也跟著我牙牙學語。走到半道，我看見一個老人正坐在輪椅上，向我這邊推過來。仔細一看，竟是王致庸教授。他目光呆滯，口角歪斜，還流著口涎。後面站著的，正是多日未見的蘇太太，不，王太太。她依然顯得很年輕，頭髮挽成高髻，面容光鮮，穿一身繪有紅梅圖案的旗袍，身後的楊柳隨風飄擺，益發襯托出她的身姿來。我喚她一聲「師母」，她聽了似乎覺著有些彆扭，只是抿嘴笑笑。從「師母」口中我得知，王教授前些日在殯儀館昏倒之後，雖然搶救及時，但還是落下了半身偏癱的後遺症。坐在我面前的王教授已不是昔日的模樣了，原本清癯的臉猶如刀削過一般，雙眼和兩頰凹陷進去，使得顴骨益發高聳，透著一絲病態的紅光；智慧從他的頭髮與皺紋之間消褪之後，留下的是近乎凝固的木訥。我對坐在童車裡的兒子說，這是王爺爺，向王爺爺問聲好。兒子跟王教授面對面坐著，中間彷彿相隔了一個世紀。他用異樣的目光看著眼前這個老人，張了張嘴，吐出幾個含糊不清的詞。王致庸教授忽然間像受了刺激一般，拍著輪椅的扶手，對身後的「師母」說，回頭，回家裡去。

蘇教授出走半個月後，我又遵照所長的意思，回到了原來的單位上班。一切如常，該工作的時候工作，該休息的時候休息，當然，少不了蘇式的下午茶。我除了繼續撰寫蘇教授晚年談話錄，抽空還整理他的一些從未公諸同好的打印稿。從這些文章中，我無意間看到了他在不久前完成的《朱仙田傳》第一章〈少年聽雨歌樓中〉。這篇文章寫的是朱先生青年時期一些鮮為人知的逸事，我還真不曉得，朱先生早年居然還是個風流倜儻、放浪形骸的公子哥：好美女，到處給女人（包括伶人和娼妓）寫吹捧詩；好鮮衣，穿的是一身走動時就發出沙沙響的黑色綢衫（蘇教授特別指出，是電影裡南霸天穿的那一種）。從朱先生一些從未公開發表過的少作中可以看出，他周旋於二三個識字閨娃、七八個青樓女子之間是常有的事。有意思的是，蘇教授寫他這段生活時，竟流露出一種豔羨之意。

說來也巧，我正在津津有味地讀朱仙田先生事略時，朱老先生的兒子、著名獸醫朱溫故打來了一個電話，指明要找蘇教授。他說話半吞半吐，好像有什麼事不便讓我轉告。繼而又詢及他的行蹤、歸期以及可供聯繫的地址或電話。我說這些我統統不知道，眼下也正在到處託人尋找聯絡。朱溫故深深地嘆了口氣說，近來真是多事之秋，什麼怪事都有可能發生。我問他究竟發生了什麼事。他遲疑了一晌說，昨天夜裡，我老家的一位警察打電話到我家，說我父親死而復生，出現在我們的老宅前。我說，這年頭沒有鬼扮成人糊弄鬼的，只有人扮成鬼糊弄人，這樣的事大可不必理會的。朱溫故說，起初他也不相信警察說的一番話，可後來發生的事讓警察也感到驚愕萬分了。事發當天，警察通過人肉搜索，發現那個冒充朱仙田的老人在相貌上不合，可老人執意說自己就是朱仙田。我說，這樣的人要麼是瘋子，要麼就是騙子。朱溫故說，如果說他是騙子，他也實在沒撈到什麼好處，如果說他是瘋子，我至今還沒見過頭腦如此清醒的瘋子。根據朱溫故的描述，此人滿腹學問、記憶力驚人，能把朱老先生的著作目錄和書中的要義都一五一十地背出來。後來警察就聯繫上了朱先生的家人，讓他們來判斷。朱溫故向那個老人問了一個很私密的問題，朱仙田的最後一部著作交給出版社出版，得到了多少稿費。那個老人竟報出了一個毫釐不爽的數目來，而且還把此間的來龍去脈說得一清二楚。朱溫故聽了，不信也見疑了。一個人難道真的可以借屍還魂？他這樣向我問道。我說，有些事不能以耳代目，最好是親自過去瞧個真切。說到這裡，朱溫故又變得支支吾吾了。我說，蘇教授不在，有些事可以直接跟我說。朱溫故說，我曾在電話中聽過那個老人的談話錄音，感覺語氣很像，哎哎，很像蘇教授。你剛才說蘇教授出走已有多日，我就有點懷疑是他了。朱溫故說完這話，連忙作辯解說，不，不，我也只是猜測而已。我說，你能不能讓那邊的警察跟我聯繫一下。沒過多久，一名警察就打來了電話，跟我聊起了那個冒充朱仙田先生的老人的相貌特徵。他只是描述了一個頭部特徵，剩下的，就由我來補充描述，對方不住地說，是這樣的，是這樣的。我繼而讓他把那個老人的談話錄音重放給我聽。一點兒也沒錯，那就是蘇教授的聲音，雖然略顯沙啞，但我還是能夠聽得出來。他在談話間時不時地自稱「朱仙田」，這就讓我不得而知了。警察說，那個老人看上去很正常，他們既不能把他扭送到派出所，又不能把他送往精神病院，只好安排他在一個養老院臨時住下。這一回，我是非要去一趟朱仙田先生的老家不可了。

當晚，我跟朱溫故搭上了同一列前往浙南的火車。我們睡在同一個車廂內，除了狼嚎般的鼾聲，這位老獸醫身上還散發著動物皮毛的氣味，讓我徹夜難眠。到站後，我由於睡眠不足，依然處於恍惚狀態。我們尚未找到下榻賓館之前就跟當地的一位宋警官取得了聯繫。宋警官說，「那個老人」昨晚忽然發生抽搐，已經被他們送往市人民醫院。我們又坐上了出租車馬不停蹄地趕往市人民醫院。在３０１病房４號床，我一眼就看到了滿臉憔悴、頭髮散亂的蘇教授。我走到病床前，抓住了他的手，久久不語。他的手上長出了繭子，修長而泛黃的指甲裡還留著泥垢。那時，我相信自己的目光裡充滿了久別重逢的喜悅，而他看我的目光竟像是看一個陌生人的目光。他沒有像我想像中那樣激動得老淚縱橫，相反，他的面色無比平靜。目光越過鏡框朝我投射過來的那一刻，真有點像課本上說的淩萬頃之茫然的意思了。看得出來，他的記憶是被一種神祕的力量改造過了。我一時間不知道該說什麼好，他也不說話，表情依舊木然。上天賦予我們的肌肉比任何動物都要多，這意味著人的表情是富於變化的，但蘇教授的臉上卻是沒有表情的。他看到我身後的朱溫故，眼睛倒是亮了一下，但接著也只是語氣略顯平淡地說了一聲，你——怎麼也過來了？這個「你」究竟指誰？朱溫故探過頭去問，你知道我是誰嗎？蘇教授帶著很重的鼻音說，廢話，我難道連自己的兒子都認不出來麼？說話的樣子一點兒也不見誇張，好像糊塗的不是他，而是朱溫故了。朱溫故發出了「噗哧」一聲笑，很快又忍住了。在談話間，蘇教授思維清晰、心智健全、談吐合理，絲毫察覺不出他有什麼異常。相反，我感到自己說的每一句話都是在撒謊。這讓我對這次行動也產生了某種程度的懷疑。最後，蘇教授揮揮手說，你們走吧，我並沒有病，不需要你們的陪伴。

睡眠不足帶來的疲倦依然沒有驅散，我從病房出來時，感覺像是走出一個夢境。我和朱溫故在宋警官的指示下見到了一位腦科醫生。醫生說，蘇教授的病情至今尚未得出一個可以定性的結論。唯一可以確定的是，他的腦部曾受過鈍器的擊打，腦內還有一些血塊沒有清除乾淨。這一說法也吻合了宋警官的調查事實：蘇教授的頭部是被幾個喝醉酒的刺青少年用石頭擊傷的。但我不能肯定，蘇教授的非正常表現可以直接歸因於那幾塊非理性的石頭。醫生也只是據此推測說，也許正是這個意外事件帶來了病人的腦功能紊亂。我問醫生，腦功能紊亂會出現什麼症狀。醫生沒有直接回答，他帶著嚴肅的表情說，像朱先生，不，蘇先生這樣的人我還是頭一回見識過。他雖然不能確知自己的身分，可他談話的內容卻絲毫沒有錯亂。他是個聰明的書呆子，我跟他聊過天，他對醫學方面的獨到見解讓我不能不嘆服。朱溫故插話說，他都把我當成了自己的兒子，腦子還不夠壞麼？醫生轉過頭問，這位是誰？我介紹說，是朱仙田老先生的兒子朱溫故先生。醫生微笑著說，這就對了，他自稱是朱仙田，喊你一聲兒子也是理所當然的。朱溫故聽了也笑了起來，但笑得很費勁。

第二天，我給蘇教授送來早餐。蘇教授瞥了一眼說，我想吃點稀粥和鹹鴨蛋。我點了點頭，立馬轉身去買。在醫院大門口，我遇見了朱溫故。他問我蘇教授是否醒了，他很想跟他認真地談一談。我說，我去買點稀粥和鹹鴨蛋就來。朱溫故忽然抓住我的袖子說，他怎麼連口味也變得跟我父親一模一樣了？父親生前常說，生不願做大富翁，吃粥已是賽神仙，每餐再配上兩個鹹鴨蛋，他就很知足了。這麼多年來，唯一的變化是鹹鴨蛋越來越鹹。我說，你進去陪他先聊聊，我隨後就來。我買了稀粥和鹹鴨蛋走進病房時，看見朱溫故正在擦眼角的淚水，好像是有些觸景傷情了。我打開飯盒，朱溫故接過湯匙，說是要親自給蘇教授餵粥。那樣子，倒是真如侍奉湯藥的孝子了。喂完了粥，我陪同朱溫故走出病房。他告訴我，蘇教授的目光純淨得像個佛陀，這一點很像他父親。真的很像。

關於蘇教授的精神狀態，醫生和外界的人各有說法。有靈魂附體說，有中蠱說，有腦功能紊亂說，有記憶移植說，有裝瘋賣傻說，有逃避現實說，有練氣功走火入魔說，甚至還有人說他的腦子被外星人動了手腳。我不敢說哪一種說法更接近真相，我所知道的事實是，他的腦子裡確乎有一種不可知的東西，我無法洞悉，而他本人亦不甚了然。午睡過後，我陪同蘇教授出門散步。現在只有我們兩個，住院部樓下的院子一片靜謐。我一直在細心察看蘇教授的一舉一動。我想，如果他的頭腦真正清醒的話，那麼，他在我們單獨相處之際會自行解除偽裝，告訴我此舉的意圖。可是，蘇教授一直保持緘默，似乎亦無動用舌頭的必要。而我在他身邊，等同於移動的樹。樹隙間投下的光斑從我眼前掠過，使林外的遠景都變得有幾分虛幻了。

在蘇教授留院接受治療期間，我陪同朱溫故去了一趟朱仙田老先生的舊居。鄉野之地，路上少行人，濃重的樹蔭大片大片地鋪開，午後的風顯得無足輕重。在野草叢生的地方，我們找到了朱家的舊址。朱家在當地原本是個大戶人家，現在那些老房子早已毀掉了，尚餘一座破舊的門台。有個老人見我們在門台前面指指點點，就拄著拐杖步履蹣跚地過來了，問我們打哪裡來，做什麼的。朱溫故沒有自報家門，只是問他是否認得這戶人家的舊主人朱仙田先生。老人一聽說朱仙田這個名字，就豎起大拇指說，他很了得。朱溫故聽了很是得意，就繼續問，你可知道他年輕時是怎麼個模樣？老人說，他年輕時長得很英俊，也很洋派，不知迷倒了多少女人。老人說到這裡忽然壓低了聲音說，他為人十分慷慨豪爽，我還在賣鹹鴨蛋的時辰，他時常光顧我的攤子，有一回還曾請我去逛娼館。聽到這裡，朱溫故的臉上有點掛不住了，把頭別過去，用手在鼻孔前搧了幾下，彷彿聞到了一股從老人嘴裡散發出來的臭氣。老人意猶未盡，拄著拐杖又繞到他跟前說，後來嘛，他父親做一筆絲綢生意虧了錢，一家人只好賣掉祖宅住到鄉下去了。現在想來，他當初幸好是敗了家業，否則連身體都要敗掉了。朱先生當年有兩個選擇，一是出家，一是出國。前思後想，他還是出了國，從此就杳無音訊。朱溫故問，此後他有沒有回過這裡？老人搖搖頭說，不曾見過，也不曾聽人說他來過。不過，前陣子倒有個怪老頭子跑到這兒，冒充是朱先生，想必是來騙田產的，結果被我一眼就看穿了，後來我讓孫兒報了警，讓警察給逮到城裡審問去了。我和朱溫故謝過那位老人，就繞著朱宅那片圮廢的牆基走了一圈。朱溫故說，這麼大一塊地方，若是圍成一個畜牧場倒是不錯，讓它荒廢著怪可惜的。

園是故園，但終究不是朱家的園了。朱溫故已經買好了回程車票，無意久留。我請他在一個鄉間小酒館吃了一頓飯。我們點了幾個特色菜，各自要了兩碗黃酒，一邊品啜，一邊閒談。朱溫故到底是個散淡的人，有了酒也便木樁似的坐在那裡不動了。他的舌頭接受了液體的饒有風味的觸摸之後，就變得十分暢快了。談的最多的，當然是他們的家事了。朱溫故說，我對父親的了解也許還不如你們多，這讓我感到十分愧疚。這位老獸醫說的是大實話，在他的身上，我找不出一點朱老先生遺傳給他的書卷氣。他自己也向我坦然承認：他跟父親只是形似，而蘇教授跟他父親卻是神似，如果對他們之間外貌特徵的差異忽略不計，他幾乎可以認定蘇教授就是他的父親。我也表示贊同朱溫故的看法，我說，從外表來看，猴子在所有動物中是跟人最為相近的，而在本質上，老鼠跟人之間的相近程度卻達到了百分之九十九。說到動物，這位老獸醫就站在專業的角度分析說，他們幾個兄弟姐妹跟父親之間除了有某種生物學意義上的聯繫，其餘地方也看不出什麼遺傳基因。由於時代原因，他們兄弟姐妹幾人早年很少待在父親身邊接受知識的薰陶，日後所操持的職業也無非是屠宰、接生之類；同時，由於親情淡薄，心性日益相遠，其間的區分更有甚於人與猴了了。朱溫故說，他母親一直以來對父親心懷恨意，所以，他們對知識也懷有莫名其妙的仇恨，父親的藏書被抄走之後，家中哪怕有一張有字的紙他們都會拿來擦屁股。提起往事，他的語氣中顯然含有自責之意，推己及人，他還連帶罵起了自己的弟弟，說此人連「畜生都不如」。我不知道朱家兄弟有什麼過節，但可以猜想得到。

我跟朱溫故繼而談到了一個眼下最為迫切的問題：如果我們把蘇教授帶回去，他將由誰來照顧生活起居？我只是隨便聊聊，沒有把他捲入此事的意思。

朱溫故淡淡一笑說，總不會讓他住到我家當爹來侍奉吧。當然，我也不會反對跟隨他住到蘇家，繼承他的家產，那樣的話，就很難說是誰贍養誰了。咳咳，我也是一大把年紀的人了……

我端起一碗黃酒，對朱溫故說，有一件事你也許還不知道，當初你向出版社要朱老先生的一萬元版稅，是蘇教授幫你們從中斡旋。後來事情儘管沒辦成，但他還是將自己的書稿交給了那家出版社，並且從稿費裡劃出一萬元匯給你們，據他說，這樣做一半是有感於學風凋敝，一半是為了報答師恩。

我說這話時，嘴裡定然是噴著熱氣。原本以為朱溫故聽了我的一番話會感動得熱淚盈眶，不承想卻聽到他長嘆一聲說，沒有這筆錢還好，有了它，我們兄弟姐妹幾人反倒鬧翻了。

我也苦笑一聲，不再吱聲了。吃完飯，朱溫故打了個酒嗝，把一隻手搭在我的肩膀上，語重心長對我說，我下午就要坐火車回去，關於蘇教授的問題現在只能扔給你來解決了。臨走之際，他又似笑非笑地看著我，做了一個含義不明的手勢。

我回到醫院，把蘇教授的醫療住院費打理妥當，又來到網吧，給保姆小吳的QQ留了言。我把蘇教授的境遇和下一步的打算都如實告訴她，希望她能儘快回到蘇教授身邊。但小吳的回覆讓我大為吃驚，她聲稱自己剛剛在北京讀完高級保姆研修班，還上過電視台的一檔保姆選秀節目，身價已不同往日，而且還提出了一個讓人咋舌的數目。我下了線，與小吳的聯繫就此中斷了。吃過晚飯，小吳又發來一個手機短信，說自己可以回到蘇教授身邊，但她也同時提出了一個讓我啼笑皆非的條件。她回到蘇教授身邊的意思不是說要繼續做女傭，而是要取代蘇太太，做蘇教授的少妻。她說，她之所以作出這個決定，是看在蘇教授手頭還有點積蓄的份上。她希望我在她尚未改變這個決定之前作出回覆。但我表示：在這個問題上我不能擅自答應，即便連蘇教授本人恐怕也不會輕易答應。

過兩天我們就要動身返回城裡，夜晚的漫長時光最難打發。在一盞半明半暗的燈光下，我和蘇教授面對面坐著。我不知道他的腦子裡究竟裝著何種奇妙的東西。我有這樣一種錯覺：蘇教授其實是在跟自己玩捉迷藏的遊戲，他在迷茫中尋找自己，結果找到的卻是自己的老師朱仙田，於是，就把他當作自己了。證明A不是B的方法有很多種，但這一刻，我寧願相信蘇教授就是朱老先生。當他自稱是「朱仙田」時，他就顯得可愛多了。儘管他在實是求是地撒謊，但我不得不說，他實在是一個古怪而有趣的老頭子。整整一個晚上，他跟我談的都是學界人物。錢穆如何，龐樸如何，李澤厚如何，蘇靜安如何，王致庸如何。談蘇靜安尤多、尤細。他問我，你知道蘇靜安為何叫靜安麼？我答不上，他就說開了，他之所以叫靜安，是因為兒時體弱多病，父母就借用村上土廟裡一位老和尚的法號給他取名，據說是可以壓邪氣的。談到蘇太太，他說，蘇靜安與王致庸都是我的得意門生，他們之所以交惡，全都是因為那個女人，那個女人先是做王致庸的學生，兩人日久生情，就結為夫婦，可沒過幾年，那個女人又撇下了王致庸，做起了蘇靜安的學生，一來二往，索性成就了他們的一樁好事。他談的大多是往事，後來有一段時間的記憶對他而言幾乎是全然空白的。他說話的聲音十分低沉，伴隨著窗外樹葉的沙沙聲。

談著談著，他突然停下來，盯著我的臉，凝視片刻，吐出了一句讓我沉思良久的話：你是誰？那一刻，我忽然間不知道自己是誰了。

我換了一個坐姿，平靜地回答：我就是蘇靜安。

二〇〇八年六月初稿
二〇〇八年八月二稿
二〇〇八年十月定稿

夜宴雜談

顧先生請我吃飯，這還是頭一遭。不過，我收到請柬之後，仍然不清楚自己為什麼會在受邀之列。我跟顧先生素未謀面，也沒通過電話或信函。看到請柬上赫然寫著我的名字，我除了有一種「受寵若驚」的感覺，心頭仍然掛有一絲疑慮。但我想，赴宴之後，主人來了，彼此打個照面，這事自然就見分曉。這一番，即便是叨陪末座，我也深感榮幸。一頓飯後儘管不會把「顧老爺子請我吃飯」的話掛在嘴邊，但也足以在自己的日記裡濃墨重彩地記上一筆。畢竟，是顧與之先生請我吃飯，而不是別的什麼人。

晚宴時間是六時正。而我不早不晚，提前八分鐘來到「甌風堂」會所。在時間上，我認真琢磨過，來得太早，怕見到陌生人無話可說；來得太晚，就顯得自己太輕慢。我進來的時候，倒是見到了幾張熟悉的面孔。落座後，環顧四周，沒見著一個貌似主人的人，也不敢貿然打聽。好在手頭有一塊服務員遞上來的熱毛巾，可以反覆搓著，不至於無事可做。只要有誰進門，在座每個人都會照例抬頭打量一眼，熟識的寒暄幾句，陌生的點頭致意。

「甌風堂」會所的貴賓廳與別處的包廂果真是大不一樣：茶敘與宴飲的區域以繪有梅蘭竹菊

的屏風間隔開來，茶酒流連，足以把一個人性情中的清淡與濃烈都化在那裡面。會所前身據說是民國初期一位綢緞商的私宅，幾度易主，但格局一直沒變，依舊是三間三退（我們這兒通常把一進房子稱作一退，大約是取「以退為進」的意思吧）。從台門到裡屋，燈或明或暗地照著，彷彿是替老宅還魂的。除了第一退兩側四間廂房闢為瓷器博物館供閒人參觀之外，第二退大廳和第三退花廳均作宴飲場所，我們所處的地方就在花廳樓上。與門相對的粉壁上懸有一塊匾額，朱漆雲頭描金木框，黑底上隱約露出三個已然褪色、顯得有些漫漶不清的顏體字，彷彿默示著一種對永不再來的年代的存懷。四周環列古色古香的椅凳（在座一位古玩收藏家能說得出雞翅木坐墩與楠木圓凳的工藝特點和用途）；靠牆處有一張紫檀木長案，擺放著古雅的茶具和文人清玩；一張清代髹漆香几上置一六角玻璃果盤，裡面盛放著新鮮水果；牆壁上掛著斗方水墨畫與琴條書法。另一廂，也就是一屏之隔的地方，是一張可坐廿人的梨花木嵌牙大圓桌。有人正在指點服務員如何調整座次，語速緩慢，顯得極有耐性。完事之後，他繞到這一廂，是一個長著圓胖臉、眉眼間堆著盈盈笑意的年輕人，他循例向一圈人致意之後就一一遞上名片，告訴大家，他就是顧先生的祕書。

顧先生怎麼還沒來？

很抱歉，顧先生有要事耽擱了，他吩咐我們先入座。

不急，不急，聽說還有幾位沒到，我們還是先在這兒等等吧。

也好，也好，不周之處請諸位多多包涵。

本應早到的主人遲遲沒來，那些初來乍到的客人就在會客室喝茶聊天，等著客人到齊。從對面的鏡子可以看到我背後懸掛的一幅斗方水墨畫：畫中除了一抹遠山、一株枯樹、一間茅屋，還有三個人，一人掃葉，一人煮茶，還有一個白眼看天，什麼事都沒做，好像是得道了。留白處有一行長款，抄錄的是宋人的一首飲茶詩。坐在我左邊的人問對面的人，這幅畫怎麼樣？那人只是「嗯」了一聲。對面一位長髮披肩的人說，這種畫，京城茶館裡到處可見，多了，就俗。大意思沒有，玩點筆墨情趣而已。

哈哈，而已。另一人應聲。

坐在我右邊的庹先生就是我所說的「熟悉的面孔」中的一位。其實我們也不是很熟，只是在一些藝術沙龍中偶爾會碰個面，也說不上幾句。他正翹著二郎腿坐在一張寬大的沙發上，手裡端著一杯咖啡。庹先生喝咖啡時不談點文藝，或者談文藝時不談點西洋歌劇，或者談歌劇時不夾雜幾句英文，似乎會憋死的。因此，他的話題無非就是歌劇。

有人問庹先生，還在大學裡教書否。庹先生說，我這四腳書櫥，除了大學裡教書，還能做什麼？又問，教的是什麼課？庹先生在褲管上做了個彈掉灰塵的動作說，邏輯學。那人說，我念大學的時候頂不喜歡邏輯學這門課。庹先生說，我也是。你不喜歡？那人帶著吃驚的表情問，你不喜歡，怎麼還教這門課？庹先生說，一個女人，你跟她結婚生子之後發現自己已經不喜歡她了，可你還得跟她過日子。

說話間，一名穿旗袍的女士走了進來，有幾個相熟的人立馬圍了上去。從他們的口中我才得知，她就是崑劇界有數的名角楊芳妍女士。燈光下她那一身旗袍凸顯出來的風韻，讓人有點不敢直視。她從我身邊款款走過，正要揀一張圓凳坐下時，庹先生立馬從一張明式椅子上欠身站起來說，楊女士應該坐這椅子才對。眾人問，這又有什麼說法？庹先生說，這椅子樣式古雅，與楊女士的一身打扮吻合，再說，這椅子坐面上有兩個臀瓣形的半圓，非楊女士來坐不足以顯示椅子的造型之美。大家聽了，都說有理。楊女士也就當仁不讓地坐下了。

有人問楊女士，最近忙否，楊女士說她很忙。忙什麼？忙吃飯。世界各地都有人請她吃飯。有時她在名古屋的榻榻米剛剛醒來，西半球就有人打來電話，等著她趕赴雞尾酒會。可是，她說，她不喜歡那種鬧熱的地方。有時她會拒絕參加巴黎的某個雞尾酒會，寧願獨自一人去香舍麗榭大街邊上的一條小巷吃一點法式小甜餅。

庹先生是喜歡聽西洋歌劇的，而楊女士是唱崑劇的。因此，庹先生便把西洋歌劇與崑劇放在一起談。他說自己沒有聽過楊女士的清唱，但聽她說話，就感覺她的聲音圓熟甜潤得像秋天的葡萄。楊女士聽了，笑得魚尾紋與法令紋都一齊跑了出來。

楊女士究竟是見過場面的人，作為一種禮貌性回應，她便模仿小生的腔調說了句隱含挑逗的話，然後又清了清嗓門，改用小姐羞答答、脆生生的聲音回了一句。一個人，一問一答，居然都是調情的段子。尤其是神態，不用化妝也活靈活現：眉眼一挑就有點飛揚的意思，雙唇一抿又彷佛跟誰賭氣，附麗於台詞和手勢的一笑一顰，在瞬息間變化無端。還沒開宴，氣氛就先自調動起來了，大家都說，有楊女士在，每人的酒量至少會增一倍，不愁冷場了。

清唱甫畢，楊女士就解釋說，這些野調子都是從一位草台班子的老伶工那裡學來的，雖然上不得台面，但有一種活潑、生辣的民間氣息。庹先生說，他有好多年沒進戲院看戲了，不看的原因，大概就是戲院裡的戲沒有一股真氣。今晚聽楊女士清唱一曲，倒是覺著崑曲的一脈遺風還沒完全消失。隔了半晌，庹先生問，那位草台班子的老師傅還能找得到？楊女士說，走了，去年秋天走的。又問，老師傅叫什麼名字。楊女士鎖著眉頭想了半天說，只知姓周，也不曉得是哪兒人。又問，那個草台班子還能找得到？楊女士答，解散了，那些飾演帝王將相的和士兵奴僕的，要麼是跑到城裡面打工，要麼是回鄉下種地去了。庹先生嘆息一聲：可惜。

另一人也應聲：可惜。

請問，這裡是顧先生設宴的包廂？一位西裝革履、頭戴一頂咖啡色禮帽的老先生站在門口，把手杖舉在空中，像是一個問號。在座的人跟我一樣，即刻認出是蘇教授。顧先生的祕書忙不迭地上來攙扶著他的手臂說，蘇教授，這裡有道門檻，當心點。蘇教授輕輕推開他說，我的腿腳還算靈便，不用扶的。

庹先生說，蘇教授拿手杖進來那一刻，簡直就像是從民國老照片中走出來的。

楊女士說，沒錯，我在一本書裡面見過蘇教授年輕時的模樣，那時您剛從英國留學回來，好像也是拿著根手杖吧。

那是西洋人的stick，俗稱文明棍，蘇教授舉起手杖說，有一回，我經過一家古董店，看到了這根別緻的手杖，立馬覺得，它需要我，而不是我需要它。我買了下來，握在手中，掂了掂，感覺它已經變成我這隻手的一部分，不，身體的一部分。

我在大學校園的一條林蔭道上時常能碰到蘇教授，他不認識我，但只要我向他打招呼，他都會像老派英國紳士那樣，向我微微點個頭。那晚見他拄著手杖，向林蔭道深處走去，心裡掠過一絲異樣的感覺。在緩慢的移動中他的身影一點點變小，彷彿一團火漸漸萎縮。這情景，誰見了，都會感嘆，夕陽無限好。

看起來，在座的人跟蘇教授都很熟。楊女士為了討老人家開心，就問一句「蘇教授，您今年六十出頭了吧」。蘇教授立馬欠身，做了個戲裡頭白面書生施禮的動作說，小生年紀不大，才八十開外。楊女士笑得像隨風擺蕩的柳枝，我們也都相率大笑起來。幽默能讓人變得年輕，楊女士說，我曉得蘇教授健康長壽的祕訣了。蘇教授微微一笑說，還有一個祕訣，我都沒有告訴你們呢。大家追問，什麼祕訣？蘇教授正色說，常做提肛肌收縮運動。至於怎麼做法，他沒有詳細講述。彷彿眼前得有一個講台，讓他講四十五分鐘，才能把話講明白。

已經過了六點半，顧先生還是沒來。顧先生的祕書說，顧先生臨時有急事，可能要遲些時候過來，他剛才打來電話，讓我代替他招呼諸位。

入席時，六名穿旗袍的服務員已環侍左右。在座每個人的位置上都有一份冊頁式的「民國菜譜」，上第一道菜時，服務員就指著菜譜報上菜名。蘇教授摘下眼鏡，拿起菜譜打量了一眼說，果然是一派民國風，我們坐在這裡就好比是吃「前朝飯」了。蘇教授這麼一說，我們都有了一種實實在在的「躬逢其盛」的感覺。前面說過，這裡是「甌風堂」會所最豪華的包廂，從桌布到象牙箸的封套，從水晶吊燈到玻璃酒杯，每樣東西似乎都經過精心揀選，好像一張經過妙手描畫的臉。無怪畫家許墨農涎著臉說，就連那些服務員的手，都是好看的。

顧先生沒來，大家就談起顧先生來。顧先生一直寓居哥本哈根，晚年回到故鄉似乎是一件自然而然的事，但一些報紙與雜誌把這件事渲染得極有詩意。說是兩年前一個冬天的傍晚，顧先生看到異國的雪花落滿庭院，忽然想起故鄉的雪裡蕻，就打算回來終老了。而事實上，北歐這地方，哪年冬天不飄雪？顧先生何時又斷過對故鄉的念想？

顧先生的祕書說，早些時候，顧先生給自己算了一卦，說是年過八十就得回老家，找一塊安身福地。就這樣子他說回來就回來了。

蘇教授搖著頭說，這老顧太不像話了，回來這麼久也不跟我吱一聲，見了面我非得打他三拳。

顧先生的祕書說，實不相瞞，顧先生的身體一直不太好，因此他老人家索性就過上閉門謝客、吃齋讀書的清淡日子。有句話叫在家翻似出家人，說的大概就是這意思吧。

在座一位姓莊的古玩收藏家說，他曾有幸拜訪過顧宅。據他描述，顧宅像一座地主屋，光是書房，就堪比這個貴賓廳。書房中間有一株樹，樹不大，但坐在樹下讀書、閒聊，會是一件非常愜意的事。古玩收藏家說，顧先生的書房裡有幅字，上面寫著：長做樹下閒人。大家都說，這年頭，做閒人難。

嗯，做閒人難。有人應聲。

主人還沒有到，大家不敢敞開懷喝。有酒量的，寧下毋高。席間，大家講了些有趣的廢話，以免酒局乾冷。

蘇教授，您是顧先生的老同學，趁他還沒來，您就講幾個有關他的掌故吧。酒席上，一位文史專家提議。眾人也都附和。這麼一說，教書匠那種愛說話的老癖氣就立馬被勾了出來。蘇教授咳嗽幾聲後，大家也便靜了下來，期待他能講些與顧先生有關的鮮為人知的事。

蘇教授說，他與顧先生在上海讀書時，顧先生就喜歡逛戲院與書店，有時也去百樂門跳跳舞。不過，他早年就顯露出對古舊東西的偏好。他愛收藏北朝佛像碑銘的拓片、愛聽崑曲和西洋古典音樂、愛喝有些年頭的葡萄酒、愛八大山人筆下的殘山剩水……有一回，我跟他借了一本金邊印度紙印的《約翰．多恩詩選》，不慎弄丟了，他後來很長一段時間都沒搭理我……

一個面目模糊的人，經蘇教授一描述，一時間就鮮活起來了，彷彿就在眼前。

其實我們想聽的，是顧先生年輕時的風流韻事。楊女士這麼說著，又給蘇教授斟上一淺杯紅酒。楊女士就坐在蘇教授邊上，眉目間透出的明豔把蘇教授的一頭白髮映照得益發蒼古。大概是有大美人在側，蘇教授的酒量比平日裡又高出了許多，被酒水浸潤過的舌頭也靈活了許多，以至我們都忘了眼前這位意態昂揚、談興方濃的老人已年逾八旬。

蘇教授講了一則又一則有關顧先生的趣聞（當然也包括情事）之後，忽然放低聲音說，我們雖然都是民國過來的人，但我感覺民國離現在很遙遠，離古代很近。有時我翻看自己年輕時的日記，看到我與老顧交往的一些舊事，就像是讀另一個與我毫不相干的古人的日記。

顧先生的祕書說，蘇教授提起故人，果然有說不完的舊事。不過，顧先生還有一事在這裡很值得一說，估計大家都不曉得。眾人都拿詢問的目光看著他，等他快點說出來，不料他又故作神祕地說，諸位可曉得顧先生今天為什麼要請大家？眾人搖頭。有人問，是不是又在海外淘到什麼寶貝啦？值得慶賀。顧先生的祕書說，顧先生手頭的確有幾件寶貝。不過，新近拿出的一件寶貝可能會震驚世界。

眾人聽了這話，也都露出一副震驚的表情。顧先生的祕書說，顧先生有言在先，如果他今晚遲到了，我可以臨時扮演新聞發言人的角色，代他發布這個消息。我也不打算賣什麼關子了，顧先生今晚請大家來，無非是要分享他的一項最新研究成果。

是什麼？

是一部奇書。

什麼奇書？

唐人寫的長篇小說《崔鶯鶯別傳》。

坐在我對面的文史專家說，如果我記得沒錯的話，唐人元稹寫過一個《鶯鶯傳》的傳奇。

蘇教授接過話說，元稹那篇《鶯鶯傳》也叫做《會真記》，不一樣的。我早年在顧先生家裡讀過的《崔鶯鶯別傳》倒是一部了不起的長篇小說。不過，依我之見，它無非就是一部明清之際的孤本小說。

文史專家問，這是一部怎樣的長篇小說？蘇教授不妨給我們做一個大致描述。

蘇教授說，剛才說《崔鶯鶯別傳》是唐人寫的，其實不然，嚴格地說，這部書是效仿唐傳奇的筆法寫的。如果我猜測沒錯的話，此人應該是晚明時期的人物。

文史專家又問，除了篇幅，這部小說跟元稹的《崔鶯鶯傳》還有什麼區別？

比元稹寫得要有趣得多，蘇教授舉例說，比如裡面寫到崔鶯鶯與張生私會時總是帶上自家的枕頭，否則就睡不安生；又比如，張生是個近視眼，常常把紅娘當作崔鶯鶯來摟抱。最精彩的是寫張生翻牆那一節。張生翻牆時，起初覺得牆很高，要費很大的勁才能翻越。後來，翻牆次數多了，手腳更麻利了，忽然覺得牆似乎矮了許多。再後來，牆之於張生，如若無物。值得一提的是，手抄本《崔鶯鶯別傳》雖然是一部偽託唐人的作品，但偽書中也是有好東西的。正因如此，它才流傳下去。手抄本的字是唐人寫經體，出自顧先生的老師、文字學家陳宿白的手筆。

哦，陳宿白，文史專家說，此人我知道，他是章太炎先生的弟子。曾於民國初年留學日本早稻田大學，讀的是測繪專業，後來做的卻是唐史研究。

蘇教授說，你說的沒錯。陳宿白先生當年留學日本時，在一家專門收藏漢籍的文庫（也就是我們所說的圖書館）裡發現一部手抄本《崔鶯鶯別傳》，他借到手後，原本只是當作閒書來讀，看著看著，越發覺得此書對他研究唐史有極大幫助。因此，他又動手把整本書抄寫了一遍。在抄寫過程中，他曾寫信向日本漢學家和中國國內的藏書家打聽此書的作者和來龍去脈，結果他們都回覆說不曾聽過，更未讀過。陳先生從此對《崔鶯鶯別傳》以及與此有關的古籍多留了一個心眼。幾個月後，陳先生帶著省吃儉用積攢下來的錢再度去那家收藏漢籍的文庫時，發現它已經被一位日本漢學家以高價買走了，陳先生後來有沒有去尋找這本書的下落我就不得而知了。

文史專家說，我沒讀過這部傳說中的《崔鶯鶯別傳》，不過，我在陳宿白先生的日記中發現，他每年都要把一部祕不示人的「狹邪之書」重讀一遍。現在想來，這部書莫非就是《崔鶯鶯別傳》了。不可理喻的是，他居然說自己每每看到會意之處，就會出現異常的生理反應。

畫家許墨農說，從前有位紅學家，我忘了名字，八十多歲還發生過讀紅樓夜遺的怪事。好色嘛，也是疾。我身邊那位長髮披肩的詩人豎起一根手指說，人即便橫躺著，還有豎立起來的欲望。

蘇教授說，用現在的眼光來看《崔鶯鶯別傳》裡那一點性描寫真的不算什麼，儘管它充滿了唐人所特有的浪漫情懷。獨獨讓我不解的是，陳先生一直以來對此書青睞有加，身後由遺屬整理出版的全集裡面卻沒有一句話提到《崔鶯鶯別傳》。等老顧來了，我倒是要請他揭開這個謎底。

文史專家說，陳宿白先生最後幾年是在文革中度過的，我是見證者之一，可以作一下補充。陳先生是在文革爆發那年的秋末離開北京，隱居我老家那座偏遠的小鎮。但他無書可讀就沒法活，平日裡有事沒事總要捧著一本別人都看不懂的書。鄰居們都說，他是這個鎮上最愛讀書的人。於是就有人過來，把他手中的書扔掉，把他打翻在地。這期間聽說還燒毀他的一部分手稿，有關《崔鶯鶯別傳》的考證文章是否也在其中我就不得而知了。

蘇教授說，陳先生的晚年生活如何我不大清楚，我只是聽說他在臨終前幾天不吃不喝也不說話。老顧跑過去看望他時，他忽然支撐著坐起來，想說什麼突然又忍住了。待家人走開，他就附在老顧耳邊說了幾句，然後就閉上了眼睛。老顧後來在寫給我老同學的一封信中提起過這事。

陳宿白究竟對顧先生說了句什麼話？席間大家猜測了一番。有人說，陳宿白定然是要把那本《崔鶯鶯別傳》的手抄本傳給顧先生，讓他妥善保存。

不，蘇教授說，你們猜錯了。陳宿白先生只是道出了自己的一則寫作祕訣。

什麼樣的祕訣？

蘇教授說，我們現在正在進餐，所以我就不說出口了。還是說說那本《崔鶯鶯別傳》吧。

古玩收藏家問身邊一位長得如同一隻野鶴的瘦先生，聽說你跟顧先生有交往，不知是否見過此書？

野鶴般的瘦先生說，我見過的那個手抄本，應該是更古舊一些，大概有好幾百年光景了。

蘇教授聽了這話，忽然露出了滿含深意的微笑。

經人介紹，我才知道，眼前這位野鶴般的瘦先生就是津派的古籍修復專家，從天津一位陸先生那裡學得一手「千波刀」絕技。

野鶴般的瘦先生又接著說，顧先生家裡有幾部堪稱海內孤本的病書，之前曾派人找我修復過。兩個月前，他還親自登門找我，請我修復那本叫《崔鶯鶯別傳》什麼的手抄本書，我一聞到書衣的明礬味，就曉得之前有人修復過了。不過，那本書在之前的修復過程中用白芨過多，紙張都變得脆黃了。大概是因為不能修復的緣故，我就記住了書名。

蘇教授問，你可讀過？

野鶴般的瘦先生說，不曾。我只是個手藝人，論學問哪裡及得上你們的萬分之一？

文史專家笑道，如果此書真是唐人所著，你將它偷偷翻印出來，恐怕就是一件功德無量的事了。

野鶴般的瘦先生說，我師傅當初傳我這門「千波刀」的手藝時就說，心術不正的人學了它，真是貽害無窮啊。因此，他倒是希望自己的手藝及身而絕。

蘇教授說，你師傅所掌握的想必也是一門古董級的學問了。這好比一盞燈，有人守護著，不讓風吹滅，就能做到燈燈相續了。老顧這人有時雖然有點迂，但他傳承了陳宿白先生的衣缽，潛心做冷門的學問，迂也變得可愛可敬了。

庹先生似乎對這些混合著老宅的陳舊空氣的話題不太感興趣，打了個哈欠，低聲對我身邊的詩人說，很奇怪，為什麼人們總是喜歡在酒桌上談論自己的專業？前陣子我的一位親戚喜得貴子，請我吃滿月酒，酒桌上有位婦產科醫生從頭到尾就聊生孩子那些事兒，好像這門專業是世界上頂頂重要的。我是教邏輯學的，但我從來不會在喝酒時跟人談論邏輯學。如果喝得多一點，我連那種有邏輯性的話都不會說了。

是的，詩人說，我喝酒之後說的每一句話都是不可解的詩。

他們就這樣嘀咕著。

顧先生的祕書依然沉浸在前面那個話題帶來的氛圍裡，不停地誇讚顧先生在治學方面如何勤奮和嚴謹。顧先生積數十年之功研究《崔鶯鶯別傳》，在外人看來好像不值得，可他相信，顧先生這麼做自有他的道理。說到這裡，他舉了一個例子：幾年前，剛剛病癒的顧先生幾乎要放棄繼續研究《崔鶯鶯別傳》這部書時，在法國一家私人收藏館裡居然翻看到了一頁敦煌殘卷，這張殘卷上面有一段談經說法的文字出自《崔鶯鶯別傳》，末尾還寫明該書作者與抄錄者有一面之緣。

他提到的作者是誰？

白居易，還有元稹。顧先生的祕書說，顧先生通過很多線索，最終證明《崔鶯鶯別傳》其實是白居易與元稹合著的一部長篇小說。

理由呢？

在座諸位可能都知道，元白二人同年中進士，一起倡導新樂府運動。他們相交三十年寫了大量贈寄酬酢之類的詩和互通消息的信箚。白居易和元稹無疑都是赫赫有名的詩人，但很少有人知道他們還是小說家。

蘇教授說，元稹好歹還留下一個短篇小說，白居易好像一篇都沒留下。現在很難說他有沒有寫過小說。白居易的詩裡面有不少敘事成分，可見他是塊寫小說的料。現在我們不妨用創作發生學的方法來分析這樣一種現象：白居易當年聽了白頭宮女講述的唐玄宗與楊貴妃的故事，很想寫一篇小說，結果還是弄成了一首敘事詩，也就是我們現在讀到的〈長恨歌〉；而元稹呢？原本只是打算寫一首崔鶯鶯的詩，結果是意猶未盡，寫下了一個與崔鶯鶯有關的短篇小說。

沒錯，顧先生的祕書說，《崔鶯鶯別傳》的藍本是元稹提供的。據顧先生考證，元稹寫完了這個短篇，心裡頗不平靜，就交給白居易過目，白居易還沒讀完就流淚了。

蘇教授說，白居易這人是動不動就流淚的，他坐在船上讀元稹的詩要流淚，坐在家裡面接到元稹的信也要流淚。這足以證明他是一個神經脆弱、情感豐富的詩人。

白居易讀《鶯鶯傳》流淚還有另外一層寓意。顧先生的祕書突然壓低聲音說，顧先生細讀元白詩集和信札之後發現了這樣一個祕密：貞元十七年秋，白居易與元稹一道狎遊胡人開設的酒館，他們同時愛上了一名胡旋歌舞妓，至於她叫什麼名字，是中亞哪個種族的移民，顧先生還能說出個子丑寅卯來。

文史專家問，這個女子跟《崔鶯鶯別傳》有關？

顧先生的祕書說，她就是《崔鶯鶯別傳》裡那個崔鶯鶯的原型。蘇教授說，元白二人狎遊時寫過同題詩。因此，同時愛上一個歌舞妓也不奇怪。把她跟崔鶯扯到一起，似乎有點牽強。早些年，陳寅恪先生也考證過這事。我是不以為然的。

顧先生的祕書說，起初我也不相信顧先生說的一番話，後來我翻了翻書，還真發現有這樣一個「酒家胡」女子呢。不同的是，元稹愛上了她的肉體，白居易卻愛上她的靈魂。因此，元白二人不僅相安無事，而且還以各自的方式證明男人之間牢不可破的友誼。

文史專家接過話茬說，如果套用《圍城》裡面趙辛楣的話來形容，他們簡直就是「同情兄」了。不過，野鶴般的瘦先生說，他們比「同情兄」的關係似乎更進了一步，大概算是很難得的一對基友吧。

好像是這樣的吧，顧先生的祕書說，白居易晚年回到洛陽居住之後，有一天，偶爾翻到元稹的舊稿，突然有了衝動，想寫點什麼。他寫了個開頭，就把紙片拋進陶罐裡。第二天醒來，他又續寫了一段。就這樣，他花了不到半月的時間寫了《崔鶯鶯別傳》的第一部分，囑人重抄一份寄給元稹看，元稹看了，驚喜莫名，又添枝加葉補充了一些細節。一來二往之間，故事的線索越拉越長，竟然衍生成一部長篇小說。大家都知道唐人重詩不重小說，他們寫小說權當是玩一種文字遊戲，自得其樂，壓根沒想到要公之於世。一年後，這部題為《崔鶯鶯別傳》的長篇小說殺青。同一年，白居易生子阿崔，元稹生子道保。

文史專家帶著好奇問，阿崔這個名字是否就是因崔鶯鶯而起的？

顧先生的祕書說，這個嘛，我也不曉得，顧先生來了，你問他本人就知道了。

蘇教授說，有時候學者為了自圓其說，常常會一本正經地胡扯，我看過一些研究文獻說什麼崔鶯鶯的原型是元稹的遠房表妹，叫什麼雙文；還有的文獻說崔鶯鶯的讀音在唐代與曹九九相同，而曹九九就是中亞粟特族人。姑妄言之，姑妄聽之好了。

顧先生的祕書說，我沒有研究過《崔鶯鶯別傳》這部書。只是聽顧先生說，這本書裡面夾雜了不少古伊朗語。他去年去了一趟阿富汗和伊朗，在兩個國家先後逗留了三個月，就是為了研究那裡的古伊朗語。

蘇教授說，古伊朗語在唐朝的時候就叫波斯語。那時候，有些波斯人入住中國，因此，唐人也能懂一些波斯語。這不奇怪。

顧先生的祕書說，不曉得諸位有沒有留意，顧先生前陣子發表過一篇重要的論文，明確提出白居易不是純粹的漢人，而是漢人和波斯人的混血兒。

白居易有波斯人的血統？

是的，白居易的母親是一名波斯商人的女兒。白居易自小就以波斯語作為母子之間的會話用語，平日裡主修漢語，再後來就一直用漢語寫作。起初我讀了顧先生的文章也覺得很吃驚，但顧先生說，事實就是這樣的，白居易當年給母親寫的信裡面就夾雜著很多波斯語。由此他推論，白居易喜歡那名胡旋歌舞妓，不排除戀母情結……

蘇教授一徑地搖著頭說，這老顧看來有點走火入魔了。

顧先生的祕書笑著說，等一會兒顧先生來了，你倒是可以跟他作一番辯論了。

顧先生的祕書正想說什麼時，突然接到了顧師母打來的電話，他站了起來，一邊用手攏著嘴悄聲細語地說話，一邊走出包廂。

蘇教授又接著跟大家說，我至今仍然懷疑那本長篇小說《崔鶯鶯別傳》是明清時期文人的偽託之作。陳宿白當年認定這部書是唐人所作，但作者不詳，現在老顧又作了進一步的研究，說它是唐人白居易與元稹合著，我就覺得荒唐得很。陳先生當年曾對老顧說，日本第一部現代小說《浮雲》要比中國的《狂人日記》早三十年，這是毫無疑問的。但要說日本的長篇小說《源氏物語》要比中國早，就不見得了。老顧問他何以這麼斷定。陳先生說，以他手頭的一部手抄本《崔鶯鶯別傳》為證。恕我直言，他們兩位一口咬定這部長篇小說是唐人所作，無非是證明中國的長篇小說要比日本出得早。顯然，這與他們的仇日情結有關。

文史專家說，蘇教授說的沒錯，陳先生的胞妹、也就是顧先生的母親是被日本人殺害的。

蘇教授說，據我所知，老顧後來刮鬍子一直不用電動剃鬚刀，因為他的童年時代是在戰亂中度過的，跑警報的經歷使他一聽到電動剃鬚刀的嗡嗡聲，就會不由自主地想起轟炸機在頭頂盤旋的場景。

說話間，庹先生晃悠悠地從洗手間裡出來，拍著畫家許墨農的肩膀說，許兄讓我大開眼界了。

大家都問，是什麼東西讓你大開眼界？

庹先生說，你們去一趟洗手間就曉得了。

洗手間裡有一幅美婦如廁圖，據說出自畫家許墨農之手。許先生此前在這間堪稱豪華的洗手間如廁時，看到裡面那個考究、別緻的新式馬桶，靈感忽至，出來後，慌不擇紙，立馬就畫了出來。會所老闆識貨，立馬出了高價買下這幅畫，掛在洗手間裡面，以示風雅。

因為喝酒的人多了起來，如廁的人也便多了起來。

我多喝了幾杯酒，也未能免俗地進了一回洗手間，坐在馬桶上，看著對面那幅美人如廁圖，便有了一種慢慢到來的醉意。

出來的時候，沒有人再談陳宿白、顧先生，以及那本我們從未見過的《崔鶯鶯別傳》。

晚風吹過夜風吹，這一桌熱菜都變成冷菜了。服務員，把這幾個菜再熱一下。黃酒再溫一壺。

潘詩人好像來興致了。

老管，你這回有沒有帶琴來？

勿跟我說起彈琴，我已經三個月不曾摸過琴弦了。自打每家茶館裡都玩起聞香聽琴的雅事後，我聽到琴字就厭憎。不彈了，不彈了。

一桌人都被濃烈的酒氣簇擁著。通常，這個時候總會有一兩個人扮演思想家的角色，說一些深奧難解的話。他們說話時腦袋搖來晃去的，好像突然變輕，要飄浮起來。我也是。我感覺自己的腳一直沒著地。

有人開始剔牙，也有人掏出筆來互留電話號碼與地址。今晚的酒宴是可以記下一筆的。同飲者：學者蘇永年、畫家許墨農、書法家柳喻之、詩人潘濯塵、琴師管天華、崑曲界名伶楊芳妍、文史專家（姓彭，其名不詳）、古玩收藏家莊慕周、音樂評論家庹宗玉、「千波刀」傳人虞問樵，還有幾人不曾請教大名，想必也是本城的名流吧。

我們在這裡閒坐說玄宗，玄宗還來不來？蘇教授忽然又提起了顧先生。此時，他已進入微醺的狀態，燈光醒在臉上，幾顆老年斑便如同經年的乾紅棗。

顧先生究竟還來不來？楊女士接著問。

顧先生的祕書遲疑半晌說，顧先生近來身體不太好。剛才打電話過去詢問，師母回話說他有點頭暈。

古玩收藏家說，顧老先生的身體時好時壞，很讓顧老太太擔心。聽說他近來吃了飯後就一直坐在書房裡的樹下，像是老僧入定。有一回他身子剛離座，就栽在地上了。送到醫院，說是腦血管阻塞。顧老太太說，伊拉腦血管被墨字塞住了*。

顧先生的祕書說，這事的確發生過。不過他很快就奇蹟般地甦醒過來，看上去好像也沒有大礙。

一桌子的人都沉默著，彷彿是安然流逝的時間和不斷見少的酒讓人有些傷感了。

顧先生的祕書說，顧先生這些年幾乎是將所有的心血都傾注在《崔鶯鶯別傳》上，他一直把這部書放在枕邊，批校了一遍又一遍。他說，如果這部書的真偽問題尚無定論，他寧願將它帶到棺材裡去。

啊，帶到棺材裡去。另一人發出回聲似的感嘆。

顧先生到底還是沒有來。

飯局結束了。文史專家剔著牙問蘇教授，之前你說陳宿白先生當年留下了一則寫作祕訣，現在可以說說了吧？

蘇教授說，我原本是當閒話來講的，沒承想你卻還掛在心上。不妨說說。

陳宿白先生臨終前傳下的一則寫作祕訣是：大便可拉可不拉的，拉掉，宿便留著，對身體大是不益；文章可寫可不寫的，不寫，寫了也是徒耗心力。

* 伊拉，方言，意指「他的腦血管被書上的字堵塞了」。

眾人點頭。文史專家補充了一句：陳宿白先生當年就是死於便祕的。文史專家神情嚴肅，此事好像是經過嚴密考證的。不過，我一直沒有告訴他，我就是陳宿白先生的曾外孫。

就將散宴時，外面忽然下起了瓢潑大雨。大家一時間打不到出租車，就姑且在一樓一塊足供盤旋的地方一邊等候，一邊聊天。雨落在瓦背上、布篷上、後院的竹林裡，遠遠近近一片繁響，更有喇叭聲沒頭沒腦響著，彷彿在催喊著雨下得快一些，更快一些。雨聲包圍了這座孤舟般的民國式建築，我有一種微微晃漾的感覺。畢竟是深秋了，下了雨，寒氣又添了一層。顧先生是不會來了。雨下得一陣比一陣急。顧先生是真的不會來了。大門口的服務員截下一輛出租車便囑人傳話：車子不夠，順路的請搭同一輛車吧。於是，在一陣謙讓間有人搭上了車，另一些人留下來，繼續等車。庹先生對楊女士說，我跟你應該是同路的吧。楊女士說，我先生已經開車過來接我了，我們還要繞道送蘇教授。你不怕麻煩的話可以同行的。說話間，又一輛出租已泊在門外。我們照例推讓了一番，庹先生沒有打算搭楊女士的順風車，跟隨另外幾個人匆匆離開了。此刻，我們的蘇教授正蹲在屏風的另一廂，默默地做著提肛肌收縮運動。

二〇一四年秋寫於覺簃

如果下雨天你騎馬去拜客

有海歸學子仨，遠離塵表，把工作室搬進了一座深山。這在本縣已屬奇談。他們是誰？人們開始帶著好奇心四處打聽。三位海歸學子，都只有二十出頭，其中一位是本地人，另外二位是外省人。縣裡面的電視新聞稱他們為「海歸三劍客」，但也有人給他們起了個綽號叫「三海龜」。「海龜甲」自美國矽谷來。「海龜乙」自英倫來。「海龜丙」自日本名古屋來。「三海龜」蟄居山中，潛心研發軟件，過的是一種很世俗的朝九晚五的生活；不過，偶爾從工作室裡探出頭來，呷著咖啡，望一眼窗外的白雲綠樹，大概也會有一種出世之感吧。

「海龜甲」曾在上海一家外企打過工，但他覺得自己的位置不在上海金融大廈某間封閉的工作室，而是這座海拔高於金融大廈，登頂可以遠眺大海的高山。他選擇這地方，也不是一時心血來潮的。前些年，他父親，也就是渡口村村長，跟房地產商聯手，把一大片鹽鹼地和甘蔗地填埋了，變成連片開發的工業園區。兒子畢業後，村長就打算把他從海外招來辦廠，以此拴住他的腳，不致東飄西蕩。但「海龜」畢竟是「海龜」，志不在小，他對父親說，他已經找到兩位志同道合的朋友，決心幹一番大事業。村長雖然不知道兒子描述的那些專業領域的東西，但他聽了也覺得這事可成。於是拍板。「海龜甲」一個電話，「海龜乙」和「海龜丙」就跨洋越海跑過來了。然而，這一年春天，陰霾也隨後跟著來了。

布滿工業廠房的渡口村到處飄蕩著濁氣。誰都知道，濁氣是會下沉的。沉到哪裡去？一部分沉到水土裡去，一部分沉到人的血液裡去。這渡口村他們是無論如何都待不下去了。

怎麼辦？機器設備都買齊了，總不能半途而廢。「海龜甲」跟父親思謀再三，找到了一個法子，決定把工作室搬到老家的山上去。這山，是渡口村村長早年住過的地方，在本縣東南一隅。村長覺得遷移一事雖然頗費周章，但只要兒子拿定主意，也無不可。老家的三間舊房子還在，經過重新清掃、粉刷、歸置，還是可以住人的。

對「三海龜」來說，這座已經荒廢的山村與渡口村相比，簡直就是一個桃源世界。有山，有水，有草木，有一個溫潤的環境，還有什麼不讓人滿足？「海龜甲」站在陽台上，仰面感嘆說，上海的風吹在臉上總是那麼粗硬，但這裡的風是柔和的。

開發軟件便如同閉關修煉了。當然，即便過著神仙日子，飯是照樣要吃的。「三海龜」吃慣了西餐，很多食材非得雇人從山下挑上來。「海龜甲」買了一台蛋糕烘焙機，自己親手做法式蛋糕；「海龜乙」買了一台意式咖啡機，能玩各種花式咖啡，還能打出細膩或醇厚的奶沫；「海龜丙」會做日本料理，秋刀魚烤得尤其地道，倘若佐以清酒，風味更佳。除此之外，他們還養了一條伯恩山犬，一日三餐也配備了專門的狗食。

在這裡，山齡比樹齡大，樹齡比屋齡大，屋齡比人齡大，人齡又比狗齡大。萬物有序地生長，相育而不相害。他們跟山民一樣，熱愛清潔的空氣，過著簡單而安靜的日子。

春末的午後，他們在屋頂的平台上支起一把白色太陽傘，坐在那裡，一邊喝下午茶，一邊觀賞著山景。山上原本住著幾十戶人家，三十多年前，村民集體搬遷，有的住到城裡去了，有的分流到鄉村。因為沒有人看管，這裡就日甚一日地荒落下去了。那些木石結構的老房子空蕩蕩的，彷彿有什麼東西在裡面靜靜地腐爛，散發出一股古怪的氣息。低矮的屋頂上到處長滿了雜草，遠遠看去如同一片草坡，偶或有幾隻野雉從短籬矮牆間忽地一下飛掠到屋頂的草叢間，驚起幾隻不知名的鳥。

傍晚時分，「海龜甲」從山背後過來。告訴二人，他在那裡看到一戶人家的屋頂上升起了一縷炊煙。

「海龜乙」說，我們在這個寂寞的星球上終於找到了同類。

「海龜丙」說，真奇怪，我們在這邊的動靜弄得那麼大，他們居然會不知道。

「海龜甲」說，也許是因為那裡的人把我們看作是外星人入侵，不願意跟我們打交道。

「海龜乙」說，無論怎麼說，我們應該去主動拜訪這位離我們最近的鄰居。

「海龜甲」說，是的，我們還應該請他們過來喝喝下午茶的。

於是，在「海龜甲」的帶領下，他們繞過山中一條小道，循著炊煙升起的方向，走訪了那戶人家。為了表示誠意，他們手裡還帶上了一小袋麵粉和水果罐頭。「海龜乙」用揶揄的口吻說，我們這樣子是不是有點像《聖經》裡面那三位提著黃金、乳香、沒藥前往伯利恆朝聖的三博士？「海龜丙」說，我們要麼是見到了世外高人，要麼是見到了一個被遺棄的可憐兮兮的山民。「海龜甲」說，三十多年前，我父親和全村的人都搬遷到山下去住，如果還有人在這兒留守，準是一副野人模樣。喜歡讀點克里斯蒂的「海龜乙」開始發揮想像說，也許住在這裡的人是一個流竄到山頭避難的殺人犯呢。他們這樣胡亂猜想著就到了那戶人家的大門口。「海龜甲」敲了幾聲門，沒人應聲，又隔著低矮的土牆喊了幾聲。不一會兒，就有人趿著拖鞋踢踢踏踏跑出來。門吱呀一聲拉開，露出一個小男孩的半邊臉，他用異樣的目光看了看三人說，太公說了，他不想見外邊來的人。「海龜甲」說，我們不是外人，我父親早年也是這個村的，告訴你家太公，我們只是來看望一下，沒有別的意思。話沒說完，小男孩已經把門關過來。「三海龜」只好把禮物放在門口，悄悄離開了。

第二天，「海龜甲」開門時，發現門口堆放著昨天送出去的禮物。他下意識地掃視一眼樹林，「哧溜」一下，樹籬後鑽出一條細瘦的人影，斜斜地向竹林那邊跑去；一條黃狗跟著一顛一顛地跑著，身後是輕淺的日光和淡薄的樹影。轉眼間，黃狗已跑到前頭，沒入草叢；而人影已漸漸融入竹林，好像光線再暗淡點兒他的身影就會消失。隨後出來的「海龜丙」像是在外星球發現人形動物那樣，興奮地揮動著手臂，向小男孩遠去的身影打了一聲呼哨。小男孩也不知怎麼回事，回頭望了一眼，繼續往前跑，沒跑幾步，又回頭望了一眼，然後就跟那條黃狗一道鑽進竹林深處，霎時不見了。

為什麼他總是不跟我們說話？「海龜丙」望著遠去的背影嘆息了一聲。雞犬相聞，老死不相往來，這有什麼不好？「海龜甲」說，至少我們知道，這座山上還有一個鄰居。

「海龜丙」說，至少我們知道他們是無害的，他們也知道我們是無害的。

「海龜甲」望著遠山說，在山裡面住著，有時候你會覺得自己回到了古代，如果下雨天你騎馬去拜訪一位老朋友，會是怎樣一件美好的事。

頂好是主人不在家，你又帶著一絲遺憾回來。「海龜乙」倚在門口微笑著說。

小男孩和老人在山的另一頭，他們在山的這一頭，日子就這麼過著。有一天，「三海龜」驚訝地發現，他們的伯恩山犬跟那條黃狗走到了一起；再過些日，他們發現那個小男孩帶著兩條狗一起在溪邊嬉戲。大約過了半個多月，他們又發現小男孩常常帶著黃狗來這邊找伯恩山犬玩。他沒有跟「三海龜」說話，但跟伯恩山犬似乎很能玩得來。直到有一天，「海龜甲」興奮地宣布：小男孩終於跟我開口說話了。那天，「海龜甲」把狗食分給那條黃狗的同時，也把一片牛肉乾遞給小男孩。小男孩問，這是什麼？「海龜甲」說，是牛肉乾。小男孩說，我不吃這個。過了一會兒，小男孩注視著他腳上的皮鞋說，你們的鞋子跟我們的不一樣。「海龜甲」說，你們穿的是布鞋，而我們穿的是牛皮鞋，當然不一樣。小男孩子瞪大了眼睛問，什麼是牛皮鞋？「海龜甲」說，就是牛皮做的鞋。小男孩又問，牛可以吃？「海龜甲」答，當然可以。再問，牛身上的皮也可以吃？再答，可以，如果有人願意吃的話。小男孩點了點頭，還是不依不饒地問，既然牛皮可以吃，那麼，你們腳下的牛皮鞋也可以煮了吃？「海龜甲」一愣，說，牛皮是牛皮，鞋子是鞋子，不一樣的。

「海龜甲」說，這小男孩的腦子裡裝著許多跟我們不一樣的想法。

「海龜乙」說，應該反過來說，是我們的腦子裡裝著許多跟他不一樣的想法。我們的腦子是那麼複雜，而他是那麼單純，小小年紀，在山裡面住著，還不知道這世界上有那麼多新奇的玩意兒。

「海龜甲」說，照這麼看，我們把電腦帶到山裡來，對他們也是一種冒犯。

是的，「海龜乙」說，跟他們保持一點距離是必要的。

一個雨夜。有人來敲門。篤篤篤。很急。「三海龜」同時起床，一個手執電筒，一個手執獵槍，還有一個空著手去開門。門一開，雨水就隨風潲進來，一個老人跌跌撞撞地進來，頭髮和鬍子被風吹作一團，只能看見半邊臉。老人把黏搭在嘴角的一綹鬍鬚撩了一下，劈頭就問，你們這兒可有救急的藥物？我那曾孫發高燒了，額頭跟火爐一樣燙，身上直發汗。

「三海龜」怔怔地看著他，老人立馬作了自我介紹：我叫阿義，住北山的。三人聽了也就明白，眼前這位老人就是那個小男孩所說的「太公」了。「海龜甲」簡單地問了一下病況，立馬去樓上找來降燒的西藥。老人接過藥說，之前給孩子喝了一服中草藥，頂不住，越發厲害了，聽說西藥見效快，就指望這個了。

外面風雨大作，「三海龜」就撐著傘打著手電筒把老人護送到家。這裡的山村是通電的，但老人家中實在沒什麼可用得上電的家用電器。夜晚照明的，還是油燈。屋子裡的陳設很簡陋、古舊，只有一張桌子兩條凳子幾件農具，照例是一些手作物什。進了臥室，撲面就是一股濃烈的草藥氣息，跟屋子裡的黑暗混成一團，懶洋洋地湧動著。小男孩蜷縮在一張老式的圓額床裡，喊著冷啊冷啊。「海龜甲」伸手一摸他的額頭，手指顫抖了一下，立馬收回。

阿義太公說，這孩子從來沒有這樣子發過高燒，怕是昨晚被幾隻慌蚊蟲叮咬的緣故。

「海龜丙」問「海龜甲」，慌蚊蟲是什麼蟲？「海龜甲」說，這裡的方言，指那些飢不擇食的蚊子。

阿義太公說，看樣子他得的是六月客。這一回，連「海龜甲」都不明白「六月客」是什麼意思了，就問，什麼叫「六月客」？阿義太公說，是一種六月間生的病。這山裡以前有人發過這病的，很厲害，如果沒有及時救治，會死人的。

「海龜甲」覺得，山裡人到底是淳樸的，居然把病也當作了客人。他早年就聽說父輩們是把麻疹稱作「小客」，把天花稱作「大客」的。不過，這「六月客」他還是頭一回聽過，也是頭一回見過。看樣子，這孩子即便服了藥，一時半刻也難退燒，因此就對阿義太公說，既然病是客人，來了要善待，去了要慢慢送。我這藥就是送客用的，你放心。

吃了退燒藥，小男孩的高燒就跟潮水似的慢慢退了下去。然而，到了凌晨時分，高燒又來了。就這樣，退了又升高，升高了又退，反覆無常，但每回都能降下一點點。

「三海龜」吃過早餐後就放下手頭工作，過來看望。他們都注意到，阿義太公手裡有一本厚厚的舊書，上面寫著：Holy Bible。「海龜甲」問，你是信基督教的？阿義太公瞪大了眼睛問，你說的是番人教？呃，我不信這個。「海龜甲」又接著問，你可曉得自己手裡拿的是什麼？阿義太公說，不曉得，我只記得小時候生了病，阿爹就把這本書拿在手上，後來我的病好了，阿爹就把這本書鎖進櫃子裡。「海龜甲」把書拿過來，翻了翻說，這是一本英文版的《聖經》，你爹看得懂？阿義太公搖搖頭說，也不曉得他看懂看不懂。翻到《新約》時，「海龜甲」看到了一張外幣，說，這裡面居然還有錢呢。阿義太公說，這是鷹洋。「海龜甲」仔細辨認了一番，說，這是墨西哥幣，你們家怎麼會有這種錢幣？阿義太公說，我們家有很多事連我也說不清了。「三海龜」聽了這話，也沒有追問下去。

阿義太公坐在那裡，一直沒闔過眼。「海龜甲」安慰他說，沒事的，燒要慢慢退。這「六月客」也不是好侍候的。阿義太公說，這孩子身上的病真是難纏的客，想趕也趕不掉呢。如果藥物不行，我就去請山那邊的師公來一趟。「海龜甲」見他憂心忡忡，又用溫度計測量了一遍小男孩的體溫，指著水銀柱說，高燒還在，但比昨晚低了一度。師公嘛，不必請了。阿義太公聽了，用手摸摸胸口，好像有什麼東西剛剛落下了。他問「海龜甲」，你會說本地話，祖上叫什麼來著？「海龜甲」報上了祖父的名字。阿義太公點點頭說，是我族弟。自從族人搬到十幾里外的山下居住之後，我就跟他們極少來往了。阿義太公又問另外兩位，你們是上海人嗎？「海龜丙」聳了聳肩反問，為什麼說我們是上海人？阿義太公說，瞧你們那派頭，就像是上海人。三十多年前，我們這兒倒是來過一位上海老闆，穿一雙牛皮鞋，鞋跟那兒有一塊小鐵片，走起路「滴扣滴扣」的。全村的人一聽到這聲音，就曉得上海老闆來了。

阿義太公說，這位上海老闆在渡口村那一帶辦了一個礦燈廠，把村上的男女老少都帶下山去了，這裡面也包括阿義太公一家七口。之後許多年，他們到底去了哪裡，為什麼一去不回，他都無從知曉。有傳言說，他的兒子得病（什麼病不詳）死了，兩個孫子也在意外事故（什麼事故不詳）中喪生，但沒有人證實這些事是否屬實。忽然有一天，有人把一個陌生的小男孩帶上山來，交給他，說是他的曾孫。阿義太公說，他都是個土埋半截的人了，往後怎麼把這孩子拉扯大？那人二話不說，就走掉了。從此，這孩子就跟阿義太公相依為生。那一年，阿義太公已年逾八十。

三人聽了阿義太公的一番話後，都有點兒替他擔心：如果有一天，他突然撒手走了，扔下這孩子孤單一人怎麼辦？但阿義太公好像沒想過「死」這個字。阿義太公說，有位「先生」曾給他算過命，說他如果能跨過八十八歲這個坎兒，還能再活十二年。他接著伸出十根手指，一字一頓地說，我今年已經八十九歲啦。

三人從阿義太公家出來，又開始同往常一樣辯論起來，他們關注的是，阿義太公是否能活到一百歲，那一天，他的曾孫是否還留在山裡面。

也許有一天，阿義太公會把整座山當作王位那樣傳給他的曾孫……

也許有一天，他的曾孫會放棄這裡的一切跑到城裡去謀生……

也許有一天，他的曾孫在城裡賺了足夠的錢又想回到山裡面居住……

那一刻，他們的猜想似乎延伸到了一條彎曲的山路的盡頭，突然變成白雲、飛鳥在陽光點染的天空任意飄蕩……

隔日傍午，阿義太公給「三海龜」送來了一籃土豆。他說，這孩子的命也真是懶賤，吃了兩天藥高燒就不再復發了，這世上還果真有救命的靈丹妙藥呢。

自此，阿義太公跟「三海龜」之間有了來往。不過，「三海龜」整天都忙於工作，阿義太公也不好意思叨擾。即便來了，也很少說話，只是像影子一樣，在陽光裡悄無聲息地坐著。狗也是，懶懶的，不出聲。阿義太公也不許小男孩打擾他們，但小男孩總是以帶狗糧給伯恩山犬的名義偷偷過來。他只是跟狗玩。用「三海龜」的話來說，小的跟小的最能玩得來。

山南山北，兩戶人家，各有各的過法。

阿義太公一早起來，照例要巡山。這麼多年來他把整座山當成了自己的家，無論山底下的地有多深，山頂上的天空有多高，彷彿也都有賴他的看顧。每天有事沒事四下裡遊走一圈在他已成習慣，跟他同行的，有時是那個小男孩，有時是那條黃狗。無一例外。

至於「三海龜」，幾乎足不出戶。他們為了掘到眼前的第一桶金，可以忍受孤獨，以及孤獨帶來的種種煎熬。幾個月後，他們的軟件產品得以成功開發之後，原本可以開香檳慶賀一番的，但跟他們合作的公司竟在金融海嘯的衝擊之下宣布破產了。由於這些軟件是為那家公司量身定做的，因此也就無法再轉賣給別的公司。「三海龜」自然沒想到金融海嘯會從美國的華爾街一直波及到中國的山旮旯裡。「海龜甲」給父親發短信說明自己目下的窘迫境況時，少不了詛咒、抱怨，並且很專業地用「非理性癲狂」這個詞來描述這場危機的根源。

除了無聊，他們不知道怎樣應對以後的日子。於是，他們想到了阿義太公。因為天氣不錯，他們決定去看看阿義太公和他的曾孫。

半道上，「海龜丙」突然提出了這樣一個似乎經過深思熟慮的問題：世界金融危機會影響阿義太公的生活嗎？

我想會的，「海龜乙」說，在全球化的時代，我們把手放在這裡的任何一塊岩石上都能感受到金融海嘯的衝擊。

我想不會，「海龜甲」說，無論世界怎麼變化，阿義太公還是阿義太公，仍然可以吃他自己種的菜，過著神仙一般的日子。

進了阿義太公的院子，他們才停止辯論。

阿義太公擱下手頭的竹編，迎上來問，今天怎麼得閒來我們這兒坐坐？

「海龜甲」說，那陣子，我們每天早晚工作，忙得不可開交，連禮拜天都變成了禮拜八。

阿義太公說，在我們這兒，每天都是禮拜天。

「海龜甲」說，對我們來說，禮拜天是不存在的。

阿義太公呵呵笑道，你們是忙人，我是閒人，你想想，禮拜一跟禮拜天，雖然相隔只一天，但說到底還是不一樣的啊。

「海龜甲」苦笑了一聲說，看樣子我們以後也要天天過禮拜天了。

阿義太公不知道這話裡面的意思，轉身掇來了兩條長凳，讓他們坐了下來。接著又端上了一罈酒，擺上了四副碗筷。桌子上只有兩盤菜，一盤田魚乾，一盤鹹菜根。阿義太公說，今天難得請你們吃頓便飯，你們就不必推辭了。「海龜甲」抽了抽鼻子說，小時候吃過這鹹菜，氣道不好聞，味道卻好得很。說著，搛了一片，放嘴裡，細嚼一番，隨即用本地話讚道，鹹兼淡，正好呢。阿義太公很高興，說，我家還有一缸鹹菜根，你們到時候可以帶點兒回去。其他兩人也不客氣，也都吃起了鹹菜。天在片刻間黑了下來，外面的風也大了起來，院子裡的木門忽地一下被風吹開，發出吱嘎吱嘎聲。小男孩子正要跑出去關門時，阿義太公說，別關門，把風放進來。

一陣山風捲走了屋子裡的熱氣，嗚咽數聲，就躥進山谷裡去了。這時候，山背後升起了一枚碩大的月亮，彷如一朵白梅在牆角綻放。在這樣一個平靜的夜晚，他們聽著山谷裡攪動的風聲，咬起菜根來似乎也格外帶勁了。

渡口村村長得知兒子第一回在生意場上遭遇了挫敗，次日就上山來看望。與他同行的，是一位「先生」。這位「先生」會起課，會拔牌*，還會看風水，手指掐掐，點點，就能說出一大套叫人不得不信服的話來。這位「先生」還會一種早已失傳了的「調人」的法術。什麼叫調人？就是放蠱，但跟外間的放蠱在心眼手法上又不一樣。

「先生」瘦長，背微駝，不戴墨鏡，沒留鬍子，面目也算白淨，有一個發亮的前額和一雙彷彿能洞穿一切的眼睛。他從房屋的青龍頭（東南角）繞到白虎尾（西北角），站定，指著遠處說，對面山上有一座信號發射塔，跟這邊的屋子正好是對衝的，於你們不利。「海龜甲」說，發射塔離我們那麼遠，從科學角度來看，應該不會有電磁輻射吧。

＊溫州民間占卜方式：三張紙牌內繪有歷史人物，賣牌者可據此推斷求拔牌者的流年運氣。

「先生」說，發射塔是電磁煞，在五行中屬火，火與心血管恰好是對應的。長此下去，遲早會對身體不利。「先生」走到屋前一塊道坦裡，畫了個圈說，這兒，對，以後就在這兒挖口池塘，水可以剋火。

走到山的另一面，「海龜甲」指著一座老房子對父親和「先生」說，這就是阿義太公的家。阿義太公不在家，院門敞開，幾隻家禽踩著滿地翻晒的乾草進進出出，一副怡然自得的模樣。

「海龜乙」舉頭望著屋頂說，我怎麼感覺東山上那座發射塔對衝的是阿義太公家的煙囪？

是的，「海龜丙」點點頭說，不然他家的屋頂為什麼會寸草不生？

他們模仿著「先生」的口吻說話。

但阿義太公的屋前有一堵牆，「先生」說，這堵牆擋住了煞氣。

這堵牆是家廟的牆，廟毀了，只剩這一堵牆，斑駁的牆面至今還殘留著老宋體的「主義」兩個字。那是半個世紀以前有人用毛刷子寫的。據村長回憶說，那個年代，人們天天讀報，大談「主義」。唯有阿義太公一心種地，不談「主義」。阿義太公有句名言：胡蘿蔔沒有胡蘿蔔主義，西紅柿也沒有西紅柿主義，茄子沒有，空心菜也沒有。因此，村上的人就稱他是「沒有主義的阿義」。談「主義」的人後來都跑到山下去了，阿義太公抱持「沒有主義」，留在山裡面，獨來獨往，無牽無掛，跟山上的古樹一併活著。

「先生」看完了阿義太公那座屋子的朝向後又帶著「三海龜」走到東山山麓，回頭觀望山形。正說話間，他們遠遠就看見阿義太公跟小男孩從另一邊過來。阿義太公走得很慢，那樣子，不像是走，而是移動。一寸寸地移動。「先生」喚了一聲「阿義公」，阿義太公就停住了腳步，仔細辨認。

是李山人？阿義太公問。

「先生」說，我是李山人的兒子，家父五年前就歸道山了。

阿義太公「哦」了一聲，就跟他攀談起來。曾孫怕見生人，就在前面不遠的地方催喊：走歸，走歸，快點呶……阿義太公苦笑著說，這話好像是在詛咒我早死呢。「先生」說，這叫童言無忌，你不必放在心上的。阿義太公嘆息一聲說，到底是老了，老年人最怕有人催他「走歸」了。我這老寒腿，現在是一年不如一年了。「先生」也順著阿義太公的話說，老年人，走路慢一點總是好的，跌倒了，很難將息，不像年輕人，在床上躺幾天就能活絡過來了。阿義太公說，你說得對，走得慢一點，是為了走得更長久一點。阿義太公回過頭來看看那個曾孫，料想他已等得不耐煩了，便模仿他的口吻吆喝了一句「走歸，走歸，快點呶」。

走慢點才好啊，「先生」望著阿義太公的背影，對「三海龜」說，你們瞧瞧阿義太公走路的姿勢，這是一種莊重的緩慢。我從這慢裡面看到了現代人一直嚮往的慢生活。

風當然是從南邊吹過來的。村長說，山裡的風好得很，可小時候待在這裡居然不曾覺著它的好。吃罷早餐，村長和「先生」擬定了一份以十二年為期的房屋租賃合同，交「海龜甲」打印成幾十份，準備帶到山下，找那些遷至山外的村民一一簽訂。下山之前，村長把兒子叫到跟前說，從今天開始，「先生」就是你們仨的導師。他會傳授你們生財之道，你們一定要言聽計從。別以為自己念了幾年洋文，就有多了不得。人家「先生」的道行遠遠在你我之上，我這些年之所以能把盤子做大，全仗「先生」的點撥。現在他願意幫你忙，是你修來的福氣。

兒子做軟件開發雖然沒虧多少錢，但把一段大好時光都搭了進去，心中正暗自懊悔，這時節父親不僅願意出手相幫，還給他指明一條生財之道，他還有什麼不願意接受？對眼前這位「先生」他原本也不怎麼恭敬，但這兩天相處之下，感覺他有點像電影裡的魔法師，掌握了一門神祕學問，能在某個不易察覺的時刻釋放出某種超自然力量。

一天清早，小男孩急匆匆跑過來說，太公生病了。

「三海龜」過去看望時，阿義太公正坐在牆根下，神情古怪，眼珠子只是瞪著前方，一動不動。「三海龜」試著在他眼前揮了揮手，他的眼珠子卻依舊跟木刻似的。阿義太公說，今早起來，他就感覺眼睛裡像是揉進了蛛絲，把兩顆眼珠子都縛住了。問，能看見東西？說，能。但眼珠子就是動不了，既不能向左轉，也不能向右轉，只是在中間定著。左邊的人跟他說話，他就只能把頭轉向左邊；右邊的人跟他說話，他就只能把頭轉向右邊。

「海龜甲」問，為什麼會這樣？

阿義太公乾笑一聲，說，你們去問問那天過來看風水的李先生就曉得了。

你的眼珠子動不了，跟「先生」有關？

三十年前，我們這村上有個寡婦也是跟我一樣，平白無故地眼睛就定住不動了。她看了不少郎中，就是治不好。後來有一天，李山人，也就是「先生」的父親經過我們這個村，說自己能治好婦人的眼病。婦人信了，就跟隨他來到山下，坐船去了他那座冷清殿，李山人倒也沒騙人，從藥箱裡取出一顆鈕扣般大小的物什，交給了婦人。說也神奇，那物什平日裡就放在茶米裡養著，拿出來看也很平常，但一放進眼皮底下，它就會跟活物似的骨碌碌滾動，把眼睛裡的蛛絲一下子就舔乾淨了，然後就從眼皮底下自行滾了出來。三天後，婦人回到山上，跟我們說起了這件神奇的事，獨獨不提李山人在這三天裡都幹了些什麼。當然，這種事，我們村的人差不多都猜想得到的。

你的意思是說，你的眼睛出現這毛病，「先生」也能治？

我老了，不中用了，神衰鬼弄人的事也不是沒有可能。你們回頭轉告李先生，什麼時候帶著那件家傳寶物專程來一趟，我一定感激不盡。

「海龜甲」回來後就把阿義太公的原話轉告「先生」（轉述中，他有意略去了寡婦隨同李山人下山那一段隱私）。「先生」先是一怔，繼而一笑，說，他曉得感激就好，三天後，我自然會過去一趟。

為什麼非要等到三天之後？「三海龜」還是不明白。

三天後，「先生」果然帶著「三海龜」去見阿義太公。阿義太公的眼皮耷拉下來，眼圈發紅。「先生」來了，他好像視而不見，依舊坐在牆根下，不發一言。「先生」把阿義太公拉到一角，不知道嘀咕些什麼。他們過來的時候，阿義太公就對小男孩說，過了夏天，「先生」把你送到城裡的學堂念書，你去不去？小男孩把頭搖得跟撥浪鼓似的。阿義太公面露難色說，孩子這些年跟我在一起生活，捨不得離開呢。再說，小廟神沒見過大香火，突然跑出去見世面有些怕怕的。「先生」說，孩子的事我會安排，你就照我的意思去辦。「先生」接著從口袋裡取出一顆鈕扣狀的物什，說，之前聽說你的眼烏珠子無緣無故地定住了，我也沒少費心，這兩天我下了一趟山，借了這顆珠了，你只需要把它放在眼皮底下滾幾下，眼珠子自然就能動了。阿義太公照他這麼做，不過須臾，眼珠子果真就能滾動了。

我不明白的是，「海龜乙」自言自語地說，上帝造人為什麼非要讓眼珠子滾動？

也許這跟地球自轉偏向力有關吧。「海龜甲」作了貌似科學的回答。

他們閒聊的時候，「先生」又把阿義太公拉到一邊嘀咕了些什麼。阿義太公先是搖頭，然後點頭，之後就獨自一人進了屋子。沒過多久，他就拄著一根手杖從屋子裡出來。一屋子的人都瞪大了眼。阿義太公穿的竟是一件舊兮兮的西裝，裡面的襯衫上還繫了一條繩子般的領帶。阿義太公說，我從箱子裡面翻找了好久，才找出這身舊衣裳來。「先生」說，你沒有下過山，怎麼會有這一身洋裝？阿義太公說，是我爹留下的，他早年在城裡的一家布店當過阿大先生。「海龜甲」問，什麼是阿大先生？「先生」翹起一根拇指說，這你就不懂了吧，阿大先生就是商鋪裡的總管。「海龜甲」輕輕地哦了一聲，說，老人家原來也是富二代呢。阿義太公說，你還別說，我爹當年從上海出差回來，還帶回了幾句洋文。滿口培林、司底克。小後生，你是留過洋的，應該知道的。「海龜甲」做了一個擦額頭的動作說，似乎聽懂一點。「先生」解釋說，我們這裡的人以前買了洋貨，常常是跟著洋文來念，軸承念作培林，手杖念作司底克，是這意思吧阿義太公？阿義太公說，留洋學生學問大著呢，我怎麼敢在人家面前顯擺？「先生」扯了扯阿義太公的衣角說，再去翻翻箱底，還有沒有更舊的出客衣裳。阿義太公應了幾聲「好，好，好」就轉頭進了裡屋。過了許久，他就穿著一身涑綠布做的長衫慢騰騰地出來了。銀白色的鬍鬚垂及前胸，隨風飄動，仙氣一下子就出來了。「先生」見了，立馬上前一步，恭恭敬敬地喊了一聲：師父。阿義太公嚇了一跳，說，你怎麼稱我師父？「先生」說，從今天開始，你就是我師父了。阿義太公說，師父這稱號怎麼可以隨便叫的？「先生」說，這不，就差這一拜了。說著就跪了下來。阿義太公一時愕然，不知道該說什麼好。「先生」說，我叫你師父，你就是師父，從今天開始，你就是我師父，我就是你徒弟了。「海龜甲」垂著雙手，站在一邊看，仍然是一頭霧水。

「先生」出了門，看見院子裡一隻長腳雞走著鶴步，便說，雞有鶴相，就是雞裡面的鶴了。這雞像是聽懂人話，邁著闊步走出院門外，一副很有風度的樣子。

過了半晌，「先生」轉頭跟阿義太公說，我之前在山上轉過一圈，發現這裡有不少古樹。阿義太公說，千年以上的古樹有一棵，五百年以上的古樹有四棵，兩三百年以上的古樹就說不清了。「先生」說，好，你就帶我去看那棵千年古樹。

樹是古的，路是新的。這條路是阿義太公一個人修的。阿義太公七十歲以後就開始做這樣一件在他看來意義非凡的事。一個人，花了十幾年時間，修一條山路，也不知道為了什麼。路的盡頭是幾座古墓，像是祖墳。邊上有一棵古樹，古賢般靜穆。

阿義太公穿了長衫為什麼會有古人之風？現在我終於弄明白了。站在一邊的「海龜甲」說，因為阿義太公時常跟這些古樹待在一起，自然而然地就有了古樹的氣息。

沒錯，「海龜乙」說，這棵古樹居然長得跟阿義太公很像。

「先生」讓阿義太公盤坐樹下，然後從各個角度打量了一遍說，你以後什麼都不必做，凡是有客人來了，你就在這棵古樹下盤坐就行了。阿義太公問，就這樣簡單？「先生」說，難道還要請您老人家給客人掇凳遞茶不成？阿義太公有點不敢相信自己的耳朵，愣了半晌，想說點什麼，卻又忍住了。

「先生」說，別人問你一些事，你大可不必回答，但你可以這樣。說著就做了一個「掀髯一笑」的動作。阿義太公也跟著做了一個「掀髯一笑」的動作。「三海龜」見了都豎起拇指說，這動作真夠帥氣。之後，「先生」還教會阿義太公打坐的姿勢。阿義太公就那麼一坐，神態舉止活脫脫一個現世神仙。「三海龜」又做了一個「拇指點讚」的動作。

過了一陣子，村長就帶了一位設計師和一支施工隊進駐山中，把那些老房子裡裡外外修葺了一番。「先生」說，這些爛木頭、破磚頭，以前沒用，現在有用了，以後都是可以生金生銀的。「先生」接著就跟「三海龜」談起了「生財之道」，很具體，很鮮活，都是「三海龜」在大學課堂上沒聽過的。在廚房裡，「先生」突然舉起一把鍋鏟說，現在你們要做的，就是使勁在網絡上炒。能炒多火，就炒多火。如何把這座冷清山炒成名山，少不了你們仨，當然，也少不了一個主角，阿義太公。有了名山和名人，這山就不是石頭山，而是金山銀山。

做法也很簡單：他們把阿義太公的照片傳到網上去，再添了些介紹文字，事情就成了。

沒過多久，網上又出現了這樣一個視頻：一棵古樹下，一個白髮長鬚的老人坐在草席上，那樣子就彷彿坐上了魔毯，正準備迎風飄飛起來。坐著坐著，他就解下了頭上的方巾，放在一邊；過了一會兒，他又解開了腰帶，放在一邊；再過一會兒，又脫下道袍，放在一邊。接著，他就做了一個要把什麼東西安放樹下的動作，但眼明心細的人也許會注意到，他手裡什麼都沒有（也許他手心裡有一種看不見的東西，只是無以名之而已）。然後，一陣風吹來，他的身體開始緩緩離開地面……

這位耄耋老人就是阿義太公。他在網上有個響亮的道號：古鏡山人。

又過了一陣子，「三海龜」接待了幾位慕名而來的修行者。其中一個絡腮鬍男人自稱是瑜珈行者。他穿的雖然是布衣和草鞋，但左手的老菩提，右手的老蜜蠟，以及脖子間的南松一百零八串珠子，合起來少說也值個十幾萬。一看即知，此人來頭不小。來頭不小的人出手也闊綽，他看了山形，二話不說，就從「三海龜」那裡租了一套老房子，打算在此居住三四個月，而每個月大約有三大時間要在野外搭建一個簡易帳篷，過一種辟穀生活。所謂辟穀，絡腮鬍男人說，就是讓自身處於一種適度的飢餓狀態，據說這樣做可以重啟人體的免疫系統。「三海龜」給這位神祕的修行者拍了照片與視頻，配上文字，一一傳到網上。此人只因偶爾比別人少吃幾頓飯，也就被人目為世外高人了。

還有一人，是來自某座海島的居士，平日裡喜歡坐在一棵古松下發呆，偶或開口，就是滿嘴佛話，有時還會雙手合十，念幾句禪詩。同時過來的另一位，好像不是來體驗修行生活的，不過，他喜歡在腰間別一把斧頭，裝扮成樵夫，整天在山裡面轉悠，也不知道為了什麼。

這座山上有十幾棵古樹，現在，這些古樹都有人供養了；這座山上有幾十座老房子，現在也都變成了民宿。尤其是節假日，來山中過慢生活的城裡人越來越多，這錢也就跟山泉一樣源源不斷地流進「三海龜」的口袋裡。山裡面沒有銀行，因此，他們就把錢大把大把地塞進一個倒扣的搗臼裡。除了他們，沒有人會知道這個祕密。

再說阿義太公和他的曾孫。

入秋之後，「先生」就把阿義太公的曾孫送到城裡一家寄宿小學念書。彼時阿義太公心下雖然有些不捨，但權衡利弊，他還是點頭同意了。阿義太公對「三海龜」說，這孩子出身貧寒，沒指望他將來也像你們那樣出國留學，不過，念點書總不是壞事。退一步說，書念不好，也不打緊，回來了，就把這座山交他看管。「海龜甲」說，這山我們會替你老人家好好管著，你就放心讓他去念書吧。阿義太公還有什麼不放心的？「先生」都當著大家的面拍胸脯作了保證：只要阿義太公願意配合他們做山裡面的「現世神仙」，孩子的撫養費以後就由他們資助，直到大學畢業。這筆帳，無論怎麼算，都不會虧。還有一樁事，「先生」也替他著想了，那就是阿義太公日後要是歸了道山，他會執弟子之禮，把他安葬在古樹邊上的一塊牛眠寶地。至於那座老房子，以後可以留給他的曾孫，也可以翻建成一座讓阿義太公配享的本地爺廟。

眼下讓阿義太公高興的是，曾孫剛識了幾個字，就比先前更懂事了。每隔一週，他就會把電話打到山上，問候太公。曾孫的生活有了著落，阿義太公也樂得做空手閒人了。有時阿義太公接到「先生」的電話，就立馬換上一身新買的道袍，施施然回到樹下，兀自盤坐。雖然是秋老虎的天氣，但山裡面還是清涼的。

阿義太公坐在一陣清風裡，不禁感嘆，世上光陰好。

寫於二〇一五年春夏之交

黑白業

第一日

苜蓿街的人管年輕的和尚不叫和尚，而是叫和尚子。洗耳就是竹清寺的和尚子。和尚子，過來吃一碗茶吧；和尚子，買一把梳子吧，還俗了之後用得著它哩；和尚子，嘻嘻，摸過水月庵的尼姑麼？和尚子，和尚子，他們都是這麼叫的。

和尚子洗耳，俗姓李，名奉賢，小字阿多。阿多初中畢業後，家裡供不起他念書，就跟隨表叔出來打工。表叔和竹清寺裡的方丈相熟，先是雇來打短工的，後來見叔侄倆幹事利索，就讓他們留下來，打理寺廟後面的幾畝菜地。阿多和表叔吃住都在寺廟裡面，天長日久，廟裡的和尚也就把他們當成了自家人。畢竟是吃人家嘴軟，平素不念幾句經也怪不好意思的。表叔大字不識，常常會把經念歪掉。表叔念經時，阿多就在一邊指點。洗耳記性好、悟性高，很多經文念了幾遍就會。表叔說他有佛性，是胎裡帶。表叔說，阿多，你乾脆做和尚罷。阿多問，做和尚有什麼好處？表叔想了想說，做和尚有三大好處：年輕時不會被人戴綠帽，老了不會看見自己的白頭，再說了，這一輩子也不用為自己的吃飯犯愁，俗話說得好，和尚無兒孝子多，單是廟裡供奉的豬頭就叫你吃不完了。是啊是啊，做和尚有那麼多好處，阿多有什麼理由不做和尚？方丈見阿多也著實聰明伶俐，就讓他入佛剃度，給他取法名洗耳，還發給他三衣一缽、一份戒牒。兩年後，方丈破例保送他去閩南佛學院念書。洗耳念的是專科，主修天台宗、淨土宗兩門課程。洗耳的成績門門優異，他的畢業論文還在一份權威的學刊上刊登過。畢業那陣子，洗耳的同學為分配工作忙著託人找關係。洗耳卻沒一點動靜。洗耳答應過方丈，學成之後一定要回竹清寺來。出家人是不能打誑語的。就為這，洗耳至少錯過了兩次機會：一次是出國的機會，那回有位海外高僧來佛學院招生，一眼就相中了洗耳，那人遞給洗耳一張名片，上面的頭銜是：東南亞佛協諮議委員會會員，斯里蘭卡佛協理事；還有一次是留校執教的機會，佛學院的幾位執事曾在執事會議上提出要讓洗耳留校，以後表現好的話，還可以給他評助講的職稱。這兩個機會擺在洗耳面前，但他都拒絕了。跟洗耳同一屆畢業的同學大都找到了稱心的工作。有的還分配到泰國、馬來西亞、斯里蘭卡、緬甸等地的寺廟。只有洗耳一人仍然選擇回竹清寺。那時候，方丈和尚雖然已經圓寂了，但洗耳為了報答師父的知遇之恩，還是願意在竹清寺待下去。

論待遇，竹清寺也不比別處的大寺廟差多少。寺廟裡新近訂了各色報刊、裝了閉路電視，過得跟世俗生活一般無二。和尚子們也不清淨，一個個都想在這裡賺足了錢，再還俗討個齊整媳婦。賺錢的法子比先前多了。香客上香，三支以內免費，但要先掏錢買這裡的梵唄光盤、佛經之類的。遊客上了鐘鼓樓，忽然心血來潮要敲幾下鐘，那也是要錢的。這裡還有一個素菜館，一到中午就有人站在門口招飯，一盤素菜的價錢比「湖上居」還辣。寺廟裡的和尚子還拉起一支隊伍扛起七八條槍棒，組成了武僧團，附近的僧眾想要過安生日子，都得拜他們的碼頭，向他們交保護費。寺廟是旺氣了，口碑卻大不如前。鎮上的人都說，現在的竹清寺已經不是從前的竹清寺了，現在的竹清寺簡直就是一個黑社會組織。新來的方丈和尚從前是跑江湖賣藝的，現在即便披上了僧袍，也還是黑社會老大的面孔。竹清寺的和尚子們全都不是吃素的。

洗耳跟他們都不同，我行我素，所以也就顯得落寞一些。

這一天，和尚子洗耳騎著一輛電動摩托車從農貿市場採購回來，經過一家冥器鋪時，瞥見有人從那裡面探出頭來向他招手。洗耳刹住車，回過頭來，見是一個瘦長的老人，被一個少婦攙扶著，步履蹣跚地走過來。老人沒有叫他和尚子，倒是很恭敬地合掌行了一個禮，叫他一聲小師父。洗耳也合十回了一個禮。小師父，還記得我麼？老人神祕兮兮地說，前些日你給我的亡友做道場時，我跟你打過一個照面的，你還送給我一串小佛珠，跟我結了佛緣。沒等洗耳細想，老人就拉著他的袖子，用低啞的聲音說，能借個地方說幾句麼？洗耳遲疑了一下，就把車子推到路側一棵柳樹的涼蔭底下，鎖上，撥出鑰匙，等著老人發話。老人帶著一臉惶然說，小師父，我有難了，這一次我是決計逃不過了。洗耳把老人細細打量了一番，此人氣色不太好，病相已流入皮內肉外，恐怕真的是凶敗之兆，就說，看老人家的氣色，莫非是得病了。

正是，老人點了點頭說，小師父，你說這世上還有比我更倒楣的人？我蹲了二十多年的監獄，出來後原本以為自己可以在家納福了，誰曉得去醫院體檢時，醫生說我已經得了晚期肝癌，料想這也是前世的惡業，今生的果報了。現如今，我沒有別的牽掛，只想問一聲小師父，像我這樣失手殺過人的人，在陽間雖然已經受了牢獄之苦，死後是否還要照樣打入十八層地獄？

不錯，洗耳說，《地藏經》上是有這樣的說法：殺生害命的人將來要受到短命的報應，至於說下地獄，經書上也寫了，即便偷些穀米、衣裳，死後也要下地獄。殺人作惡的業力太大了，自然要在地獄裡經受千百億劫的痛苦。這些也都是經書上說的。哎，哎，我不敢亂咬舌頭，否則就要遭受口舌生瘡的報應了。

洗耳的回答深深地刺傷了老人的心。老人忽然低下了頭來，自言自語地說，我這二十多年的面壁懺悔原來也不頂用，我還是要遭天譴的，我還是要下地獄的，我這人真是不幸哪。

洗耳怔怔地站著，不知道該怎樣安慰老人。在人來人往的街頭，竟然會有人拉住自己的袖子，跟他探討死後下地獄的問題。他覺得有些不自在了。那一刻，有人在街心的大榕樹下跳起了街舞，有人穿著旱冰鞋來回滑動。四周都是那麼喧嘩、動盪，可是沒有一個人會想到自己死後是否要下地獄的問題。鄧麗君的〈甜蜜蜜〉從身後的唱片行裡飄送過來。洗耳每回聽到鄧麗君的情歌就感覺舌頭甜得發膩。有時他也難免發出輕聲的感嘆，說世俗的生活多麼美好。

現在，這個好天氣裡竟無端地添了一抹陰鬱的色彩，洗耳的心裡怪怪的，很想儘快結束他們之間的談話。眼前這個老人正沉浸在憂傷和絕望之中，彷彿大水已經漫過他的雙肩，隨時都會把他帶走。老人穩定情緒之後抬起頭來，問道，你說說看，像我這樣的人在陰間大約還要判多少年的刑期？

洗耳掐指算了算說，若是打入十八層地獄，它的刑期相當於陽間二十三億億年以上。這個數目超乎老人的想像。老人眼下肉枯，聽了洗耳的話，眼圈微微有些發紅，有如一朵枯萎的喇叭花。

這是命，他說，我命裡也許要坐一輩子的牢，就因為我提前釋放，觸犯了上天，所以就設法重重地懲罰我，讓我得上不治之症，還讓我下地獄。照小師父剛才的說法，我這陽間的二十多年刑期還抵不上陰間的一個零頭呢。

有沒有可以減免刑期的法子？站在老人身邊的少婦問道。那女人其實一直站在老人身邊，可她開口說話時，洗耳卻微微吃了一驚，彷彿她是剛剛從老人身後閃現出來的。她的目光滿含期待，洗耳不敢去接她的目光。

洗耳沉思了半晌說，多念《地藏經》興許可以減免將來的刑獄之苦。不過，即便是第一層地獄的刑期也相當於陽間一百五十三億年。

老人苦笑了一聲說，我是沒有來世的了。我現在即便是天天數豆、掐珠計數念佛也消除不了這一生的業障啊。早些年，有個算命的說我前半生要在牢裡過，後半生沒處著落。想想也是要墮入地獄繼續坐牢了。他說得沒錯啊。

女人噙著淚水說，阿爹，他們說我長著剋夫傷父的面相，難道這些也都是真的？

老人打斷說，胡扯，那個戴蛤蟆鏡的張山人說的全是瞎話，你莫聽他的。前些日子也是他說我耳朵比眉毛高，一定會長命百歲的，可我連六十這道門檻也跨不過去了。

說起面相，洗耳也忍不住看了女人幾眼，她面色紅潤，眼睛清清亮亮的，看不出什麼神情帶煞的跡象。他的目光收回時，有一種久違的悲憫忽然湧上心頭。

老人見洗耳面露窘色，也就沒有繼續聊下去，他雙手合十向洗耳說了聲謝謝，就拉開了步子。洗耳騎上摩托車時，女人忽然回頭問他，小師父，你可有名片？洗耳當即掏出一張名片，上面寫著寺廟的名稱、法號、電話號碼。洗耳遞上去時，特別聲明，這是我們方丈的名片。少婦看著名片自言自語地說，哦，你就是竹清寺的和尚子。

和尚子，和尚子，這女人到底還是叫出口了。

第二日

洗耳，沏茶。

方丈和尚脫下米黃色的夾克衫，換上一件僧袍時，朝門外嚷了一聲。

門外傳來一個清脆的聲音：茶已沏好，擱在桌子上呢。

我是讓你給客人沏茶，方丈和尚說，客人剛剛打來電話，說她已經到了山門。

方丈和尚剛吃完早粥，摸著大肚皮，在屋子裡來回踱著步。兩根香腸般肥厚的手指捏著一根小牙籤，小心翼翼地挑著牙縫裡的肉屑，被煙熏黃的指甲修剪過了，卻仍然帶著菸味。檀木桌上有一本功德芳名冊，上面寫著捐贈者的名字、贈物的名稱以及捐款的數目。方丈的目光在每個人的名字上停留了許久，又游移到窗外，一副怡然自得的模樣。

清晨的竹清寺彷彿入定的老僧。寺廟在青山的懷抱之中，離雲很遠，與世俗的煙火倒是很親近。山腳下的市聲隱隱可聞。

洗耳沏完茶後又回到自己的房間，盤腿靜坐。房間極小，只有一桌一椅，伸手可觸四壁。房間小，洗耳也沒有抱怨。洗耳說，房間譬如衣裳，容膝即安。小有小的好處，沒有人會想到這裡搶他的位置。幾年下來，洗耳已把坐功修煉到家了。拿師父當初的話來說，是把尖屁股磨成了扁平屁股。屁股底下現在也不需要墊上那麼厚的蒲團了，坐久了也不會感到腿麻腰痠了。洗耳打坐，還有一個習慣，喜歡鬆開褲帶，讓身心放鬆，所以，遇到什麼急事，一不留神褲子就嘩地一下掉下去了。聽到走廊裡響起腳步聲，洗耳趕緊繫好褲帶。

客人來了，原來就是昨天在苜蓿街上碰到的那名少婦。我們又見面了，女人神情陰鬱地說，我爹回家以後就起不來了，我這番是代他來進香還願的。

女人向方丈室走去，留下一種與檀香很不一樣的奇妙氣味。

洗耳，納經。

過了半支香的工夫，方丈又扯開嗓門嚷開了。納經是指接納死者家屬的捐贈物。方丈卻以為，凡是收下捐贈物，都可以統稱為納經。洗耳聽了不覺啞然失笑。

洗耳把褲帶繫緊了一些，低頭走進了方丈室，雙手像一本經書那樣攤開，接過女人手中的一尊玉雕佛像、一個紅包。方丈和尚說他向來手不沾錢。不是嫌銅臭，而是把錢看得極淡。錢是什麼東西？方丈說，錢便是眼前掠過的這一片浮雲，就像他說自己看到女人，滿腦子便是骷髏。可洗耳見過他在私底下數錢。方丈的手指在茶缸蓋裡蘸了一下，把錢數得嗶嗶作響，比帳房先生撥打算盤還快。

洗耳，磨墨。

方丈捲起袖子，隨手拿來一根毛筆，等洗耳磨勻了墨汁，就飽蘸濃墨，在展開的白紙上寫下了「禪心」二字。方丈和尚也愛舞文弄墨，平素只寫這兩個最拿手的字。「禪」字垂筆很長，「心」字像打坐和尚的屁股一樣，呈扁圓形。有些香客還把方丈的墨寶拿到街上的字畫店用綾絹裝裱，掛在家裡的中堂。因此，這一帶凡是見到「禪心」二字的，大抵出自竹清寺方丈的手筆。

寫了「禪心」二字，方丈又鈐上一方鮮紅的大印。晾乾後送給了那位女施主。

洗耳，你來把女施主的捐贈記在功德芳名冊上。

方丈從筆筒裡抽出一根小狼毫交給洗耳。在方丈看來，寫大字是一種本領，而蠅頭小字就不起眼了。可見，字是越大越好的。方丈不屑於寫小字，就讓洗耳代筆。洗耳拈著這根小狼毫，工工整整地寫上女施主的名字和捐贈物的名稱。女施主在一邊誇獎說，小師父的字跟人一樣俊，若不是已經出了家，我倒真想給你物色一個對象。

洗耳聽了不禁感到脊背微微有些發熱，臉也紅到了脖子根。

方丈提議跟女施主合影留念，女施主欣然答應。方丈從抽屜中取出一個照相機，交給洗耳。女施主和方丈站在鏡頭前，擺好了姿勢，兩人各執條幅一角。女施主身穿一襲繪有牡丹圖的旗袍，字畫相映，格外醒目，彷彿是她特意為了配上這幅字才穿上的。洗耳舉著照相機，透過孔眼，多看了女人幾眼。

照完相，方丈又揚聲說，洗耳，送客。

方丈立下的規矩：凡有客人登門，一個和尚迎來，另一個送往。洗耳就負責送客。若是貴客，方丈送一百步，而洗耳要送出三百步，也就是剛好到了山門。洗耳把女施主送到山門時，看見不遠處蹲著一隻老黃狗，睒縫著眼睛，有事沒事地叫了幾聲。那是廟裡的放生狗，大約是到了更年期，狗的脾氣近來變得不大好，逢人就叫。寺廟裡的和尚有幾回想打牠的主意，說是「黃胖人想吃狗肉，狗想吃黃胖人的肉，倒不如早早將牠宰了吃」，他們動手那天剛好被洗耳看見，只好拋下繩索悻悻地走開了。狗也知道感念，見到洗耳就搖晃著尾巴，叫得歡。有狗擋道，女人不敢出門。洗耳微笑著說，你不必害怕，牠面相凶惡，但從來不會咬人的。女人退縮到洗耳身邊說，牠還衝著我叫哩。洗耳說，牠不是衝你叫，牠是對著那堵牆壁上的墨字念南無阿彌陀佛。女人噗哧一聲笑了出來，心底的怯意也減了幾分。洗耳破例一次，送客人出了山門。女人從老黃狗身邊經過時，突然攥住了洗耳的手。女人的手又濕又滑，洗耳感覺是在觸摸一條鰻魚。

女人走遠後，她的影子卻無端地落入洗耳的心底。

晚飯之前，洗耳沒有像平素那樣淨手。吃過飯後，也沒有淨手。焚香時沒有，翻經書時也沒有。洗耳把自己的左手看了又看，有時還用右手輕輕地觸摸一下。

晚些時候，幾個和尚子把洗耳偷偷叫了過去。原來，一群人正攏在一起津津有味地看毛片，一個個不但眼睛放光，連身體髮膚似乎也都有了光。洗耳想退出來，卻又被他們按住。他們說，洗耳，你見過女人的身體麼？來，來，把你的手伸過來摸摸，這兒，那兒。有個和尚子說起了葷笑話，說是有個和尚子去嫖女人，先看前面，看了又看，連連稱奇，說她分明是像水月庵的尼姑；接著又看後面，更是驚奇，說女人的身體從後面看原來跟小師弟也是一個模樣的。聽笑話的人都哄然大笑。洗耳也笑了，但他們衝著洗耳笑時，他就收住了笑容。洗耳還聽師兄們講過另一個笑話。先前寺廟裡來了一位女香客，美若妖物。許多正在做功課的寺僧都紛紛跑過去偷覷。頌經堂裡只剩下一個行走不便的老法師和一個小和尚。老法師對心神不寧的小和尚說，如果有一隻鳥讓你心猿意馬，那麼你就把這隻鳥射掉；如果是一張臉蛋讓你方寸大亂，那麼你就把這個美人頭割下來。小和尚說，師父呀，如此殺生豈不觸犯了佛門戒律。老法師用木魚敲了一下小和尚的頭說，蠢牛，你難道不會用意念殺死它們麼？小和尚聽了拔腿就跑，還丟下一句話：師父呀，我用意念殺死你了，我要出去瞅瞅了。洗耳道行尚淺，不能用意念殺掉眼前的女人和心底裡那個喊他「小師父」的女人。他甚至不敢拿正眼看畫面中的女人，但他還是忍不住瞟了幾眼。這些勾人魂魄的尤物啊，洗耳想，簡直就是殺人的利物。洗耳的身體一點點膨脹了，有血氣蕩漾開來。隨後從畫面出現的，是一個毛髮濃亂的男人，他的雙手比雙腿更迅速地奔向這個女人。他們在地毯上滾了一圈又一圈，彼此間緊緊地摟抱著，像是要交換身體。女人的嘴唇殷紅欲滴，微微開啟時吐出蓮花般鮮紅的舌頭，舌尖顫動著，從上唇到下唇舔了一圈，又往裡捲縮，從上牙舔到了下牙。她的牙齒跟皮膚一樣出奇地白。眼睛裡露出的那一點寒光也是白的。這種野性的、近乎誇張的表情讓洗耳一陣陣地顫慄。他感覺她的牙齒和指甲會在那一瞬間變長，像刀片一樣鋒利，無所顧忌。他甚至擔心她會吃掉眼前這個男人。

哎喲，洗耳都看痴了，有個和尚子在洗耳眼前揮動著手說，你們快來看洗耳，跟點了穴似的。另一個和尚子也起鬨說，洗耳定是被點住死穴了，他完蛋了。

洗耳漲得滿臉通紅，那一刻，他閉上了眼睛。洗耳不敢想得太多，很快就打住了邪念。

這一晚，洗耳有些心神不寧。他一閉上眼，腦海裡就閃現出那個趴著的女人。她為什麼會進入那個房間？是被人哄騙，還是自己主動闖入？這就不免要揣測一番了。睡覺時，洗耳夾緊了雙腿。

第三日

吃過午飯，洗耳照例要去菜園。洗耳每天要做的也就兩件事：佛事和農事。而師父說，農事即佛事，兩件事其實也就是一件事。無論種豆或種瓜，種下的都是佛性啊。

洗耳端著一個簸箕，向菜地裡撒肥料，彷佛這些瓜菜都是活生生的雞鴨，他要撒給他們穀物吃。菜園裡有空心菜、甘藍、馬齒莧，也有少量的山藥和馬鈴薯。洗耳吃的菜都是他自己種的。洗耳的表叔離開寺廟後，這幾畝菜地就由他一手打理。表叔教會他種菜的知識，很受用。像芟草、壓蔓、爬蔓、疝瓜、除蟲，他樣樣都會。

過午的太陽照不到這片菜地，有個赤著膊子的老和尚正躺在樹蔭底下的草席上納涼。仰面朝天躺著，全是一派俗態。一件濕漉漉的衣裳就掛在枝頭，迎風飄動。老和尚形容枯瘦，彷佛脫盡了葉子的枯樹。他是剛來的掛單和尚，已在寺廟裡住了些日。據洗耳所知，他是持過午不食戒的。他吃午飯的時間總是比別人早，吃完之後就懶洋洋地四處走動，或者是哪裡也不去，到了哪裡就把席子鋪在哪裡。

掛單和尚伸了個懶腰對洗耳說，你真是有心人，天天來照看這些瓜菜。

洗耳說，是啊，沒有人看管，這菜園早就要荒廢了。

洗耳看見一棵青菜上有一條鼻涕蟲在蠕動，就蹲了下來，伸手去捉。背後忽然又傳來那個掛單和尚的聲音：除蟲咧。

洗耳說，我除的是害蟲。

掛單和尚說，害蟲也是蟲，牠也是有生命的。更何況，害蟲益蟲也只是人對牠們的看法，在佛看來，每一條蟲都是平等的。

洗耳想想也有道理，趕緊鬆開手，把那條鼻涕蟲拋在地上。

掛單和尚說，你把牠拋在地上，等於是要讓牠餓死，這跟殺生又有什麼區別？

洗耳又把鼻涕蟲重新放在菜葉上。

掛單和尚又說了，如果你把這些菜交給廚房裡的火頭，難道就不擔心有人把蟲子吃進肚子？

洗耳看著鼻涕蟲，拿也不是，不拿也不是。他暗暗有些惱火地說，依你看，我應該怎麼做？

掛單和尚說，很簡單，蟲子需要的也不過是一小片菜葉，你就把那一小片菜葉撕下來給牠。

洗耳照著他說的把菜葉和蟲子一併放在地上。蟲子依舊懶洋洋地躺在菜葉上，渾然不知自己那一刻險些喪命。洗耳又看了看躺在那張草席上的掛單和尚，不覺失笑，說，牠不僅是一條害蟲，還是一條懶蟲哩。掛單和尚微微一笑說，懶蟲最有佛性了。

洗耳覺得這個老和尚說的話有點意思，就跟他說開了。

掛單和尚說，這座寺廟裡除了那幾尊泥塑的菩薩，恐怕就你一人還能夠堅持佛性一直吃素吧。

洗耳說，前任的方丈師父也是吃素的，但寺廟向來沒有實行斷肉制，他允許別的弟子在一個月內吃一頓三淨肉。這一任的方丈就不太講究清規戒律了，有幾個和尚一回到家裡就開始吃葷了。他們雖說是出家人，但照樣做男女俗家事、照樣吃肉喝酒。除了偷吃放養的雞鴨，他們有一回還把放生林裡的長生狗給宰了吃。阿彌陀佛，那個智明師叔還把一坨香噴噴的狗肉放在我的碗子裡，說吃吧吃吧，狗肉可以壯陽道哩。

掛單和尚指著山坡上正吃草的牛羊說，牛羊都是吃素的，你吃了吃素的牛羊不也是等於吃素？

洗耳說，你這話就不對了，凡是動物，身上都有三分毒素。師父說了，動物若是死於驚恐或憤怒，牠的身體就會分泌出一種毒素，我們每日若是吞食這些毒素就等於是慢性中毒，將來恐怕也會像動物那樣死於驚恐或憤怒。

掛單和尚又問，你沒吃過豬肉、鴨肉，但你吃過豬血、鴨血？

洗耳說，豬血呀、鴨血呀，會汙染我們的血液，我們吃牠們身上的血，身上就有牠們的血氣了，師父說了，佛事是不能帶三分血氣的。

掛單和尚靜默片刻，從懷裡掏出一樣東西說，我這裡有一包菜籽，你把它種下去吧。

洗耳接過來問，是什麼菜籽？

掛單和尚說，我的法號叫苦瓜，這菜籽也叫苦瓜。

洗耳說，苦瓜好，可以清心敗火。

掛單和尚說，還有一好，苦瓜自己內心苦，可你若是把它跟別的菜一起炒，不會把苦味傳給它們。

洗耳說，一切苦都是因為有煩惱，難道說苦瓜也有煩惱？

掛單和尚說，那是因為我們覺得它苦味，才叫它苦瓜。苦瓜自己卻不知道甜或苦，因此也就沒有煩惱了。

說到這裡，掛單和尚突然又轉向沉默，凝神注視著地上的某一點。洗耳驚訝地問他，你在看什麼？掛單和尚說，我在看一條爬蟲。洗耳在地上掃了一眼，沒看見什麼爬蟲的影子，就說，我這眼拙，眼眶裡長的都是肉，你說的爬蟲在哪裡？咦，我怎麼就沒有看到？

掛單和尚說，你當然不會看到，牠現在還像種子一樣正埋在泥土裡面。

洗耳又追問，可你分明說自己看見了，難道你長著一雙天眼？

呆子，掛單和尚說，你來看看，這泥土表層的土粒現在都鬆動了，不是有一條爬蟲正在裡邊拱動？不過一會兒，一條蚯蚓果然破土而出。洗耳拍了拍腦袋，心底暗想，原來，每一寸泥土都是有血肉氣息的。

掛單和尚淡淡一笑說，見明不見暗，見近不見遠，見前不見後，這都是人的侷限啊。

洗耳忽然發覺，這掛單和尚不是一般的和尚。他那眼睛是純淨的、專注的。他看一條爬蟲的目光，是佛陀看水，或看一切水月的目光。平靜，無欲，有著洞穿世俗的透澈。

第四日

如是我聞。一時佛在忉利天為母說法。爾時十方無量世界不可說不可說……

洗耳敲著木魚，口中念念有詞。他念的便是《地藏經》。

老人十分平靜地躺在一旁的床上，還沒到拆帳、移靈的時辰，老人身上還蓋著平常所蓋的被子，只是臉上多了一方白毛巾。自從那天在大街上相遇後，洗耳便知道他已經不久人世了，卻沒料到他會走得那麼突然。洗耳是看著老人閉上眼睛的。老人臨死前對洗耳說，你給我念一段開路經，讓我早早下地獄吧。

我的爹呀——老人的女兒忽然拖長聲調哭了起來。

洗耳對老人的女兒說，你慢些哭，免得你父親還留戀家眷，不忍離開。洗耳又對那些剛剛吃完了飯、抹著滿嘴油腥的鄰居們說，你們暫時不要靠近亡者，免得他的靈魂沾染了油腥味。

中午時分，做法事的和尚都到齊了。他們念的還是《地藏經》。和尚分三班，一班出聲，兩班默念，兩個時辰後輪換。從中午一直念到晚上，吃飯的間歇，就改用錄音磁帶播放經文。

僧俗分開用餐，和尚們單獨在樓上的廚房吃。一支香的工夫，他們就吃完了，聽到下面敲鼓的聲音都先後下樓去了。洗耳犯了胃痛病，所以比別人吃得慢些。他正扒著碗裡的飯時，聽到隔壁的房間裡傳來吵架的聲音。吵架的不是別人，正是老人的女兒和女婿。

老人的女婿說，你之前就答應過我，等你爹死了之後就辦離婚手續，怎麼？你現在反悔了？

老人的女兒說，我爹的屍骨還沒寒透呢，你就跟我提這事，你是不是成心要把我氣死。

你死了，我們也就不用離婚了。

你放心，我不會這麼輕易就死掉。除非你殺了我。

你以為我會像你爹當初那樣愚蠢，一刀把你娘給捅死？我才不想坐牢哩。

我娘不是我爹殺死的，我娘是撲過來撞到我爹的刀子上才死的。

哼，說得好聽，他沒殺人為什麼平白無故就坐牢呢？

是我爹承認自己有罪的，是我爹自己要求坐牢贖罪的。

我才不會跟你扯這些雞巴事。給我一句話，離，還是不離。等你爹送走了之後你就給我一個明明白白的回話。

老人的女婿甩掉一樣聽起來很清脆的東西，就氣咻咻地出來了，在樓梯口跟洗耳撞了個滿懷。老人的女婿對洗耳說，和尚子，你是出家人，比我們想得開，你去勸勸她，叫她知道一點羞恥，別糾纏著我不放。說完他就噔噔噔地下樓去了。

洗耳原本不想管這些俗家事，但他那一刻忽然想起了師父說的一句話：救度一個人就是救度眾生。這麼一想他就進去了。女人絞著手指坐在黑暗中，一聲不響。她身後是一個心形的壁鐘，閃爍著棗紅色的幽光（裡面的電能已經耗盡，指針怎麼也無法爬到十二點那一格，因此它只能定在九點那一格上）。因為是帶著誠心來的，洗耳沒有考慮太多，開口就問，女施主是否有什麼難解的心事？洗耳怕她沒聽清楚，又補充說，女施主若是不覺得我多管閒事，就不妨跟我說說你的苦衷，也許佛法能幫你化解煩惱。女人不作聲，洗耳就轉身向門外走去。女人忽然叫道，小師父慢些走，我有些不明白的問題要請教你。女人把頭髮掠向兩邊，露出一雙淚汪汪的大眼睛。女人問道，小師父，你知道我丈夫為什要逼迫我離婚？洗耳想了想說，恕我冒昧地說一句，是不是他在外面有了女人。女人苦笑一聲說，他不是因為在外面有了女人才跟我離婚，而是因為要跟我離婚才有了外面的女人。他只不過是故意用這種激將法逼迫我離婚的。洗耳說，那麼，問題就出在你們兩個人的身上了。

不，女人說，問題還是出在他身上。自從他在事業上徹底失敗之後，他就變了，變得自私、冷漠、性情古怪。這些年來他一直過著遊蕩的生活。別人問他做什麼時，他就掏出一張安利直銷員的名片，你也知道，這份工作根本不適合他。事實上他什麼名堂也沒幹出來，不過是拿安利直銷員做做幌子而已。他是很自卑的，那些忙碌的人漫不經心地看他一眼，他都會覺得手足無措。他的脾氣一天比一天壞了，對什麼東西都覺著厭倦，包括現在這種婚姻生活。說到底，他是厭世的。他這人有時叫人可怕，有一回，我們站在一塊懸崖上，他突然轉過身來對我說——

洗耳，快點下來啊。樓下有人催喊。

小師父，我不應該跟你說這些私家話的，女人嘆息了一聲說，是啊，我為什麼要跟你說這些？洗耳退到門口，雙手合十說，我法名叫洗耳，原本就是要洗耳恭聽的。你把苦衷說出來，也許能讓心裡更寬慰一些罷。說著他就敲著木魚匆匆下樓去了。

第五日

譬如三千大千世界，所有草木叢林稻麻竹葦山石微塵，一物一數，作一恆河，一恆河沙，一沙之界，一界之內，一塵一劫……

和尚念經的聲音依舊在屋子裡悶悶地迴盪著。

女人依舊坐在昨天坐過的那個地方。安利直銷員突然走過來，十分粗暴地抱起她，一隻手伸進她的裙子，像是在黑暗中摸索電燈的開關。女人的眼睛亮了一下，朝他啐了一口。安利直銷員在臉上胡亂抹了一下，露出陰鬱、古怪的笑容。他輕輕地咬著她的耳朵問，你跟那個和尚子都說了些什麼？

女人不吱聲，女人一直不吱聲。牆上的壁鐘也是一直沒吱聲。安利直銷員把女人按倒在床上。女人像一具屍體那樣平躺著。安利直銷員費了很大的勁才把她的雙腿抬起來，扛在自己的肩上。但女人突然翻了個身，趴在床上，一動不動。他十分利索地戴上橡膠套，就彷彿把一塊肉放進一個塑料袋裡。進去之後，他又好像沒了激情，看起來僅僅是完成幾個非常機械的動作。

你為什麼總是喜歡背對著我做這種事？

我不想讓你這樣看著我的臉。

不，是你不想看我，你腦子裡有別的男人是不是？

你好了？我不想解釋。你好了？

你近來幹什麼事都是背對著我，吃飯背對著我，睡覺背對著我，做愛也是背對著我。

我不想解釋。也沒有必要解釋。

可我能感覺得出來。我進去之後，就知道你腦子裡想什麼了。

你好了？你好了？

我知道你已經對我沒有一點感覺了。我也是。

那就儘快結束了吧。

好吧，就這樣結束吧。

他們只是微微出了點汗，就轉過身來各朝一邊。床中間空出來的那一部分似乎已被一個想像中的人所占據：男人想像中的女人和女人想像中的男人。所以，確切地說，那張床睡的是另外一對男女。

和尚念經的聲音依舊在屋子裡悶悶地迴盪著。

告訴我，那個和尚子都跟你說了些什麼？

你這是婚內強姦你知道？

你可以去告我。

哐啷。

誰？

也許是一隻貓。

一隻偷葷的貓？

你說的每一句話都像是帶刺的。

告訴我，那個和尚子都跟你說了些什麼？

第六日

女人打開門，一個光頭探了進來。

你來了，果然沒失信，女人說，和尚子，你到這裡來怎麼手頭還拿著一個木魚？

和尚子洗耳說，這是我們的法器，我們當和尚的，手不能離法器，口不能離佛號。

能不能讓我看一下你手中的木魚呢？女人提出了一個小小的要求。洸耳坐下把木魚放在桌子上。女人的手伸過來，撫摸著那個木魚，喃喃地說，嫁給一個朝三暮四的男人，還不如跟了和尚子，作他的木魚。

洸耳不敢正面看她，目光掠向一邊。但他分明看見女人修長的手臂上有兩枚呈橢圓形的淡黃色印記，彷彿少女的乳暈，顯然，這是她小時候種的卡介苗。

女人起身從酒架上取下一瓶紅酒，滿滿斟了一杯，問，和尚子，你喝過酒麼？洸耳聽了滿臉通紅，倒像是剛剛喝過酒。女人端起手中的酒杯說，有時我想，我如果變成了酒，讓你喝下去，感覺出我的痛苦，那該有多好啊。女人湊過頭來，把酒杯送到他唇邊，貼著他耳邊輕聲說著。她說話像微風吹拂，讓他耳目清爽。

洸耳忽然回過頭說，我好像聽到屋子裡有人走動的聲音。女人抬起眼睛說，是窗外的衣裳被風吹動的聲音吧。洸耳的目光越過女人的頭頂游移到窗外，陽台上空還晾著幾件衣裳，空蕩蕩的褲管在風中飄動，彷彿有人突然躥上了陽台，正要破窗而入。

洸耳試著喝了一口，一股辛辣的味道從舌尖一直滾入胃底，洸耳嗆了幾口，趕緊捂住嘴，像是說錯了什麼話。洸耳又接著抿了一口，感到內氣外行，一孔一毛便都有了酒味。女人問他，有感覺了？洸耳認真地點了點頭說，有一點。女人盯著他看，彷彿她的目光能剔掉他的皮肉和骨骼，直接探入他內心深處那個隱祕的部分。在洸耳面前，女人顯得孤單而無助，她的眼睛告訴他，她需要一個給她安慰的臂彎。那一刻，洗耳幾乎被自己隨時作出獻身的想法所陶醉。

洗耳看見女人的手像蛇一樣從酒杯和木魚之間伸過來，突然抓住了他的手。他想掙脫出來，卻被她抓得更緊。他的手指從中慢慢地抽出來：先是拇指，繼而是食指，然後是無名指和小指。但她依然緊緊地攥住他的一根中指，讓它在自己手指圍成的小洞裡靜靜地待著。他的動作十分僵硬，那樣子就像是他的身體的一部分卡在她的體內。他讓手指在某個小範圍內來回滑動著。

女人輕輕地吐出一個詞。這個詞是帶有黏性的，立時把他的注意力黏附在上面。但洗耳接著就聽到身後忽然響起了輕盈的腳步聲，進來的是安利直銷員。他究竟是一直躲在屋子裡，還是剛剛從外面進來，他不得而知。他只知道，更麻煩的事已經擺放到他面前。洗耳不敢跟他對視。他也不知道自己的目光應該放在哪裡。女人卻很沉靜，淡淡地問他，剛剛睡醒？安利直銷員捋了捋蓬亂的頭髮，呵出一口濃烈的酒氣。他指著洗耳問女人，他就是你要找的那個男人？一個和尚子，看上去倒是挺清秀的。

洗耳連忙擺手說，不，不，我原本是來做法事的，我沒有那個意思？

安利直銷員露出狡黠的微笑說，你知道自己剛才說的話犯了五戒中的哪一條？說謊。

不錯，洗耳低下了頭說，除了殺生、偷盜，我還犯了妄語、邪淫、酗酒三戒。

安利直銷員說，你不用向我懺悔，我是不會介意的。她已經不是我的女人了。我現在跟她的關係只是鄰里之間的關係。你們繼續做你們的法事，我這就出去。安利直銷員走到門口又踅回來，很有禮貌地說，打擾你們了。

洗耳坐不住了，他帶著木魚站起來，想走。女人說，你留下。洗耳說，我必須走。女人帶著命令的口吻說，你必須留下。

第七日

洗耳坐在陽光下。

整座山丘呈現出接近半圓的弧狀。弧圈內是層次分明的梯田、碧綠的菜畦、寧靜的池塘、一些安詳自足的牛羊；弧圈之外是一片碧藍的天空，幾絲浮雲，初夏的陽光傾倒下來，滿山滿谷都是亮白的顏色。

太陽越升越高，熱浪伴隨著蟲子的滋滋聲飄散開來。洗耳依然坐在瓜菜中央，頭頂著陽光，青色頭皮上先是出現了一層油光，後來連油光也不見了，腦袋瓜子變成了一坨泛白、乾硬的東西。洗耳像敲門一樣敲打著自己的腦袋，彷彿腦袋裡面的另一個自己一直拒絕他進來探訪。

一個小沙彌問一個老頭陀，他在做什麼？打坐入定？

老頭陀說，他好像在懲罰自己。

小沙彌又問，他犯了什麼戒條？

老頭陀搖搖頭說，只有他自個兒曉得哩。他這樣坐在太陽底下，連頭皮都要烤出青煙來了。到了中午，烈日當空。洗耳依然雷打不動地坐著。一個小沙彌跑過來對洗耳說，洗耳，有位女施主要見你。

洗耳說，我誰都不見，告訴她回去吧。

小沙彌又一溜小跑進了寺廟的側門。過了半晌，小沙彌又跑了出來。氣喘稍定後說，洗耳，女施主說她非要見你不可，你要是不答應，她就在如來佛祖面前一直坐下去。

如來如來，如何來就如何去吧，洗耳說，你告訴她，我是出家人，跟她終歸是有緣無分的。

過了半晌，小沙彌又回來傳話：女施主說她已經跟丈夫離了，她要跟定你了。你種菜她也跟你種菜，你敲木魚她也跟你敲木魚。她還說了，你若是不答應，她就一頭撞死在佛祖面前。另一個小沙彌也上來勸道，洗耳，我勸你還是帶她走吧。

洗耳說，你去告訴她，我不過是一條為人助渡的船，乘客既然已經過了河，就不必把船也帶上岸。船隻能在自己的河流上渡人。

兩個小沙彌搖搖頭走了。

還有幾個小沙彌的影子依牆立著，有動有靜，極似皮影戲，忽然響起一陣咳嗽，他們都跟麻雀似的散開了。出來的是方丈和尚。他對洗耳說，洗耳，你不能待在這座寺廟了。要麼你獨自一人悄悄走掉，要麼你帶著這個女人馬上離開。

我沒有能力帶她離開，洗耳說，我跟她之間什麼也沒發生呀……

兩個銅板才會碰得響，你自己做的事自己最清楚，方丈哼了一聲說，你想想，這種傷風敗俗的事要是被哪個記者捅出來，登在報上，我們竹清寺的百年清譽就毀在你一人手中了。

方丈對報紙很是敬畏。因為他平素愛看報。看社論，看社會新聞，看花邊新聞。方丈無聊的時候連訃告和廣告也看個遍。方丈擔心的是某一天某一份報紙的某個版面會突然爆出竹清寺的醜聞來。再說，那個女人要是真的血濺佛頭，他這一身袈裟都要難保了。

洗耳跪在地上，抬起頭，露出乞求的目光說，方丈，求求你了，讓我留下吧。

方丈拂了拂衣袖，氣咻咻地說，你走吧，算是我求你了，你趕緊走吧。

洗耳說，如果你不允許我住在寺廟，就讓我在這塊菜地裡搭一座小茅廬住下吧。

方丈說，這座菜園也不需要你照看了，你走吧。

方丈磕掉腳跟上的泥土就向廟裡走去。

掛單和尚來了。穿百衲衣，手持一缽。洗耳跪在他面前說，苦瓜師父，你帶我走吧。我不能在這兒常住了，我也要尋個別處去掛單了。我不能在這兒繼續待下去了。我必須離開。苦瓜師父，你帶我走吧。

阿彌陀佛，掛單和尚露出無奈的笑容說，我和你一樣，想要渡人到彼岸，卻常常會有一種無力感。這世間沒有一條船可以在陸地上渡人啊。

我明白你的意思了，洗耳說，渡人者不能渡於人，莫非這也是一種嘲諷了。

洗耳，我笑你太痴，掛單和尚說，何來渡人？何來渡於人？在苦海之中，人人既是共渡，亦是自渡。譬如將這菜園比作一舟，你我皆是同舟共渡。譬如舟覆，你我只能自渡。

可是，洗耳說，你我同舟，這到底是一種緣分了。

是啊，我們是有緣分的，掛單和尚說，你看這陶缽，原本只是一團泥土而已，它興許能長出好看的花草，長出耐吃的穀物，而現在，它卻托在我的手中，我與它就這樣結了緣；你再看這手杖，它原本只是一株棗木樹，若是沒有人把它砍削，它興許還是一株長在庭院裡的棗樹，每逢秋天還能結出些許果子來，現在它卻握在我的手中，它與我也就結緣了。我身邊的一花一葉、一木一石，凡是為我們所取用，都是為了證求緣道。

掛單和尚從懷中掏出一本書說，你與我有緣，所以我就把這本書送給你，這本書裡寫的是一個和尚從出家到還俗，中年以後再度出家的故事。早晚無聊，你就拿來翻翻吧。

那是一本封面用牛皮紙包裹的書，邊角周正，裡面的紙張有些泛黃。

掛單和尚說完之後就走掉了。陽光從樹隙飄落他的肩頭，靜若菊瓣。

然後是，那條老黃狗搖晃著粗壯的尾巴過來，在洗耳身邊默不作聲地坐下，陽光灑落一身，看上去像一尊鍍金的佛。

傍晚時分，洗耳站了起來，向南邊張望了一眼。對那條老黃狗說，咱們走吧。

遠處是村落，有煙火浮動，山是一片佛頭青。

二〇〇七年四月初稿
二〇〇七年四月二稿
二〇〇七年九月定稿

異人小傳

左手・右手

上帝造了男人與女人，這男人與女人便弄出了無數小男人與小女人；上帝在人身上造了左手與右手，這左手與右手便在世間生出許多事端來。在西方人眼中，右手象徵善良、靈巧、權威；而左手意味著笨拙、邪惡、柔弱。《聖經》中時常可以看到，上帝所喜悅的人，便坐在上帝的右手，反之就從左手打入地獄。我們的魔術師也喜歡模仿上帝，常常讓通往左手的路徑變得無比幽暗，而右手了了分明。東甌城有個怪人，面相不怪，言談不怪，怪就怪在那雙手。光是看手相，其實也沒什麼可怪的，甚至可以說，這雙手在品相上足以與鋼琴家的手媲美。佛家有「三十二種相好」之說——相好，就是好相——手指纖長，亦是其中一種好相。這怪人的雙手既然有好相，人們也就忽略它們的怪異之處。從表面上看，這雙手就像孿生兄弟，實則互為仇敵。怪人出生之後，左手便常常趁右手沉睡之際，用指爪摳右手皮肉，有時把右手抬起來，擱在火盆上。現在我們知道左手和右手怪在哪裡了。左手時常有行惡的衝動，而右手時常有行善的力量。事實上，左手行惡，是不知惡之為惡，正如右手行善，不知善之為善。它們的所作所為，乃是各憑天性。彷佛左手離惡念更近一步，而右手與善根更親近一點。這雙手的主人很是為此苦惱，於是就向一位看手相的老先生請教。老先生說，你這左手與右手在前世就已經結下了夙仇，它們分別長在兩個仇人的身上，而今卻長在你一人身上。問，如何解開左手與右手之間的夙仇？老先生說，他也沒法子解決這個難題，不如去法華寺，向智仁法師請教。智仁法師見了怪人的雙手，連連稱奇，說，你暫且住下，每日聽我說法，以圖化解左手的戾氣。他把心安住，遂在廟裡住下。與佛借個蒲團，向和尚借本經書，跟香客話些家常，日子也就這麼過來了。怪人聽老和尚說法的時候，一直把自己的左手綁著，藏在袖子裡，以免多生事端。某日，夜深人靜，老和尚說了一通佛法之後，讓他伸出左手來。怪人說，我已經將它綁了，不敢解開。老和尚說，你不解開左手的繩子，也就無法解開它與右手之間的仇恨。聽了老和尚的勸說，他就將繩子緩緩解開。稍頃，左手恢復了往日的血色。老和尚正在念一段經文時，左手突然像虺蛇般從袖間竄出，攫住他的喉嚨，中指彎曲的骨節抵住他的喉結，致其窒息而死。坐在一旁的小沙彌不覺大駭，都躲到柱子後面去了。怪人也被左手的瘋狂舉動嚇得面色慘白，右手意欲扼住左手，但左手仍存殺氣，哪裡還阻攔得住。怪人無奈，疾步跑到香積廚中，右手抄起一把菜刀，使勁一揮，就砍落了左手。左手在地上彈跳了許久，直至黑血淌完，方如死魚般凝然不動。這怪人斷了一隻手，心中惡念頓消，從此一心向佛，就在法華寺出家了。但每每獨處之時，他的右手還是常常伸到左邊的袖子裡，似乎對自己當初一氣之下揮刀斬落左手的事仍存愧意。有人來了，他來不及縮回右手，便看了看天色說，這天氣也真夠冷啊，手放在袖子裡就不想伸出來了。

快刀·慢刀

東甌有位刀客，家貧，獨身，長著一臉苦極相。某日清早出了市門，正打算坐船去朋友家借錢。到了小南門埠頭，忽見河邊有一尾大鯉魚正在垂死掙扎，心中想，今日去見朋友，正愁沒有禮物，不如將這條鯉魚提到他家，也好作個下酒菜。伸手去抓魚時，他恍惚看見魚眼中竟映照出一把刀的影子，仔細端詳，又沒了。他遲疑半晌，就把魚摜進河中。魚得了水，游得十分歡暢。刀客坐船時，發現那尾魚仍然尾隨其後，不即不離。捨舟登岸，魚在清水裡游，人在涼風中走。走著走著，腰間的小刀忽地跳脫出來，潛入水中，與魚同游。稍傾，魚隱而不見，刀又跳回到他腰間的木鞘。他摸了摸刀柄，竟摸到了兩顆魚眼。訪友不遇，他就在道旁小店飲過一巡。眼看天色已晚，他就找了一家驛站邊的小客棧將就睡一宿。熄燈之後，忽聽得木鞘中發出幽細的沉吟。拔出刀來，在黑暗中細細打量，只見刀上閃爍著斑斑魚鱗，刀柄上的魚眼宛如兩顆明珠。仇人說，你的仇家正向你這邊走來。刀客打開門，果然看見仇人已手執一刀站在門外的月光中。仇人說，人們都說你使的是快刀，我不知道有多快……刀客沒等他說完，就拔出刀來，那一瞬間，手上掠過一絲獨異的快意。仇人按住沒入腹部的刀柄，拔腿就跑。刀客好像想起了什麼，就追了上去。仇人站定說，你要補我一刀，給我一個痛快麼？刀客說，不，我要向你討回我的寶刀。仇人冷笑一聲說，刀在我身上，拔出來之後，我就會立馬死在你面前，莫非你想讓我蒙受這種羞辱？刀客說，我是刀客，丟了這把寶刀，往後就沒飯吃了。仇人嘆道，究竟是你的刀重要，還是我的尊嚴重要？刀客說，好吧，你拿去吧。他在刀柄上輕輕地推了一下，仇人就仰面躺下，像被釘在地上一樣，不能動彈了。一陣風吹來，凝結的殺氣緩緩散開，直至消融於夜色。刀客拍了拍手掌，刀便帶著仇人的鮮血跳回到腰間的木鞘。但從此以後，他每晚睡眠方酣時，就會聽到木鞘中發出淒厲的哭聲。

讀信的人

周子芥客居東甌多年，因為沒有固定工作，所以居無定所，一年半載就要搬一次家。好在他的隨身家當不多，大致如東野先生那樣，借車載家具，家具少於車。今年冬月，他又從東門搬到了西門，租住的是一位新同事家的老房子，雖然略顯破敝，但房租便宜、地段清靜，故而也沒有計較太多。此地之於彼地，喧靜的相隔，對他這樣一個睡眠不佳的人來說是很重要的。更何況，他這些年來已經習慣於客籍與地著之間或消或長的隔膜，住地偏僻一點反倒更覺自在一些。清掃房間時，他從一個舊式櫃子裡拉出一個小木箱，一看，原來是純手工信箱。輕輕一晃，裡頭似乎有什麼東西。他很好奇，就取來一把鉗子，打開那副鏽跡斑斑的銅鎖。裡面竟是一堆落滿灰塵的信箚。信封都是長方形套函，分兩層，外層是皮紙，內層是有些泛黃的毛邊紙，很顯然也是手工製作的。信封上以蠅頭小楷寫明了寄信人與收信人的地址和名字，字跡異常娟秀。巧合得很，收信人也姓周，想必就是這棟屋子的舊主人了。從信封正面或反面所蓋的那方表明接收時間的郵戳來看，寄信人差不多是每隔一年寄一封信。奇怪的是，這些信都無人拆閱。周子芥細數了一下，總共有十二封信。他打開了最早發出的一封信，這封信出自一個名叫朱芫芷的年輕女子的手筆。她與那位周先生似乎有過一場不為人知的師生戀，故而信中仍舊以先生相稱。讀著讀著，一個老掉的世界，一段無言的舊時光就宛然浮現在眼前了。從這封信中，他了解到，那位朱女士已經得知周先生病故，但她還是不忘初心，堅持給他寫信。第一封信的落款時間是民國廿二年，第二封信是民國廿三，及至寫到民國三十四年信就中斷了。周子芥在燈下漫然翻閱，心頭布滿夜氣與哀意。讀罷這些信，也不過一個多時辰，但他感覺自己像是度過了悠長的歲月。那個女人寫這些信的時候，他還沒有出生呢；而他讀到這些信的時候，那個女人想必早已經下世了吧。讓他不解的是，十二封信，擱在這個舊信箱裡長達七十年之久為什麼無人拆閱？那個女人明知無人回信，為什麼還要如此執意地給故人寫信？這些疑問都積壓在他心頭，無法消除。夜已深了，陋巷深處隱隱傳來幾聲犬吠。周子芥從箱子裡找出多年未用的文房四寶，給那位或許早已不在人世的朱女士寫了一封長信。信寫完之後，他驚訝地發現，自己手上竟出現了通常被人們稱為「老年斑」的褐色斑點，不過片刻功夫，老年斑已經爬到臉上，他幾乎要摔掉鏡子驚叫起來了……

一直躺在床上的人

郵遞員李確騎車經過一座山村時，忽爾迷路。樹林中籠罩著從地心透出的奇異的寂靜，夕陽給遠山抹上一道柔和的光暈。咣噹一聲，他從自行車上跌落，墜入一個深洞。他醒來時，發現自己正躺在一張柔軟的大床上。眼前是一個燈火輝煌、無比寬敞的大廳。他不知道此地是牢房還是宮殿，此刻是白天還是夜晚。他坐起來的時候，就有人陸陸續續進來，向他問好。李確問，你們究竟是什麼人？我為什麼會在這裡？他們肅立床前，一律噤聲不語。李確起初以為自己墮入地獄，心中不免大駭。後來見人人面相和善，也就釋然——權當自己是被亂夢打昏，苟活於現世。他在床上一連躺了幾天，感到渾身難受，因此就提出了洗澡的要求。很快地，有四名壯漢端來一個巨大的澡盆，放在床中央，隨即有人上來給他寬衣解帶。他裸身蹲伏大澡盆中，猶如堅冰的疲倦在暖湯的激蕩下一點點化掉了。李確浴罷，進房間探望他的人越來越多，也不知奉誰的鈞旨，從何而來。有人看了看他的面色，有人給他搭脈，有人給他吃食，有人陪他下棋，有人手持唾壺，一動不動。總之，人人都畢恭畢敬，有著垂直的傾聽。但李確再度抓住他們的袖子問到諸如「你們究竟是什麼人」、「我在哪裡」之類的問題時他們就退避一邊，依舊是默不作聲。李確過著幽閉的生活，不知今夕何夕。屋外沒有一絲聲音透進來，也無風聲，也無雨聲，甚至連他往昔所嫌憎的市肆的喧嚷也聽不到了。因此他想，這裡大約遠離人境，與烏有鄉接壤了吧。有幾回，李確起床，企圖衝出那些層層包圍著他的人群，但他們很快就以禮貌的態度把他推回到床榻上。他對數量構成的整體力量心存忌憚，因此不敢盲撞。生活在這個大得有些過分的大房間裡，他時而感覺自己如帝王，時而感覺自己如囚徒，時而哭，時而笑，時而沉默，時而咆哮，但那些人都佯裝視而不見，聽而不聞。李確頭腦昏沉，胃口不佳。他自忖：我是否得了什麼病？如果真有病，那麼，大病從死，小病從醫，將就著把日子過完吧。但每日定時過來給他檢查身體的醫生十分明確地告訴他：他的身體沒有什麼大病小恙，一切正常。李確說，既然我沒病，就不必讓我天天躺在床上，就跟等死的病人一樣吧。醫生沒有回答他的問題，就背著藥箱離開了。李確看著那些在床前晃動的人影，自言自語地說，你們為什麼要讓我一直躺著？我還要躺多久？依然無人作答。晚飯之後，有人在他床後的牆壁上貼了一對「紅雙喜」，有人在床邊的桌子上點燃了兩根紅燭，接著，就有人給他送來一個長得跟水果般甜美的姑娘。一個自稱「司儀」的長者為他主持了婚禮，並且對他說，今晚你可以跟她一起剪燈花，如果有雅興，明朝醒來還可以給她畫眉。姑娘寬衣解帶，登上床榻之後，那些人依舊沒有離開，像幽靈般圍繞著婚床。但李確對他們已經滿不在乎了，呷了幾口酒，血流加速，情變為欲，遂將姑娘攬進了被窩。在眾人的喝彩聲中，他享受到了一種混合著恐慌的逸樂。當然，姑娘從被窩裡鑽出來之後就變成女人了。她給李確生了三男一女，但孩子們從未見過天日。李確再也沒有向周圍的人提一些諸如「你們是什麼人」、「我在哪裡」、「我還要待多久」之類的話。夫榮妻貴，肉食者食肉而終。

忘掉自己名字的人

杜步歸，中學歷史老師，記憶力驚人，能一口氣背出每個朝代的起訖時間、年號以及每個帝王的名字，但有幾回，他竟忘掉了自己的名字。這事據說跟他早夭的胞兄有關。他原本有個哥哥，得了一種俗稱「七日瘋」的怪病，不幸夭折。母親想到自己身上掉下來還沒多久的一塊活肉，就這麼埋進土裡面，心裡面不知有多悲傷，因此，她決定把孩子的名字留下來。也就是說，杜步歸是借用了早夭的哥哥的名字。杜步歸長到七歲的時候，上學堂正好及齡，有一晚夢見有個小男孩立在床頭，要向他討回自己的名字。杜步歸問，你是誰？小男孩說，我是杜步歸。杜步歸說，我才叫杜步歸。小男孩說，不對，我比你早生，我是你哥哥，是我先用這個名字。杜步歸醒來後問媽媽，我叫什麼名字？媽媽說，你叫杜步歸。杜步歸說，不對，杜步歸是我一個哥哥的名字，我不要了。媽媽說，你們兄弟倆共用一個名字有什麼不好？媽媽給他穿上了衣服，杜步歸賭氣不穿，媽媽搧了他一記耳光，他才低下頭來，屈就於媽媽的意願。於是，他的名字就像衣服

一樣，穿在身上，伴隨著他出門了。老師和同學們都叫他杜步歸，他聽著聽著，也就順耳了。杜步歸這個名字，的確給他帶來了一連串好運。從小學到大學，他的考試成績一直名列前茅。杜步歸在大學裡暗戀過一名外校的女生，他常常在暗地裡跟蹤她，卻不敢表白。有一回，女生突然停住腳步，猛地回過頭來，微笑著問，你叫什麼名字？杜步歸在那一瞬間居然忘掉了自己叫什麼。可那個女生竟쀖然一笑說，你不說，我也知道你叫什麼名字。幾天前，我收到了一封信，下面署名杜步歸。如果我猜得沒錯，這人就是你了。從此，杜步歸就經常給那個女生寫信。有一晚，那個久違的小男孩再次站在他床前，要向他討回名字。杜步歸說，我現在正在用杜步歸這個名字給女朋友寫信。這是一個能給我帶來好運的名字，我不能歸還你。小男孩說，我在那邊用得著這個名字，如果你不打算還給我，我就會厄運不斷。小男孩捂著臉，哭泣著走開了。杜步歸從夢中醒來，忽然忘掉了自己叫什麼名字，還好，有人走進寢室，報出了他的名字。杜步歸在每一個地方(包括身上的每一個口袋)都塞滿了紙條，上面寫著三個字：杜步歸。後來，杜步歸結婚，生子，在一所中學過著平淡的教書生涯。某日，杜步歸騎著自行車經過一座荒遠小鎮，黃昏時分小酒館飄出的酒香勾住了他的雙腳。於是，下車飲酒。連喝七盅，大呼一聲：爽！踏月出了鋪子，酒勁方始上來。此時要是回去，生怕老婆抱怨。遂又騎上車，打算繞城逛一圈。他的整個身體歪斜在車上，東搖西晃，如坐船裡。駛入小梨園，忽被樹枝絆住，落車，在梨園中一座老墳邊倒下，竟連睡三晝夜。醒來後，忘了歸路，也忘了自己的名字。

吃石頭的人

那人抱起一塊石頭，說，這就是肉。眾人都笑了。他們說，他想吃肉都想瘋了。但他仍然帶著嚴肅的表情說，我說它是肉就是肉，你們不相信我也沒法子。有人搶白道，除非你吃下它。好，那人說，我只有吃下它，你們才會相信我的話。眾人搖頭，說他真的餓瘋了。那人捧起石頭，狠狠地咬了一口，嚥下，嘴角居然流出了一抹油。眾人的目光都聚集在那塊奇妙的石頭上。有人上前，舔了一口，說，果然是肉。此時，石頭表面突然散發出一股肉香。他們都流下了口水，想吃。但那人立馬把石頭收回來，說，因為你們不相信這是一塊肉，所以，饒是有誰長著一副鐵齒也咬它不動。有人上前咬了一口，險些磕掉了牙齒。那時正是一九五八年，東甌城鬧飢荒，人們腦子裡想的就一件事：吃。沒餓死的，形如骷髏，唯獨那個吃石頭的人，吃得身寬體胖，活像廟堂裡的彌勒佛。鄰舍們暗地裡詛咒說，胖頂個屁用？人越胖，死後的蛆蟲越多。大約是因了人們的詛咒，過了數年，東甌城裡的人過上有吃有喝的日子之後，那個吃石頭的人忽然就瘦了下來。一日，他看到糧管所裡的一架磅秤，就站了上去。一看數字，斤兩居然沒有短少。他甚至疑心，自己的體重沒有減輕，是心情沉重的緣故。那人終究放心不下，就去看醫生，說明情況。醫生望聞問切，查不出個所以然。那人又去省城檢查。X光片出來，醫生納悶：那人的胃裡居然塞滿了石頭。醫生給他動了手術，取出了體內的石頭。不多久，石頭復生。那人無奈，到山裡去找一位法力甚大的巫師。後來聽說，巫師也治不好他的病。那人帶著絕望，索性跑到荒無人煙的山坳裡面。多年後，曾有人在深山草寮裡見過他，那人每天起來，頭一件事便是把溪裡的石頭搬到屋裡去，然後又把石頭一一丟進溪流。那人說，他必須不停地往窗外丟石頭，才能把身體裡的石頭驅逐出去。他到底活了多久，就沒有人知道了。

寂寞的理髮師

理髮師的頭髮長到秋草那麼長時，才發現整整一年都無人光顧理髮館了。除了理髮師本人，屋子裡唯一會動的是一條金魚。寂寞的理髮師對著一面日益暗淡的鏡子，舉起手中的剪刀，一寸一寸地剪去雜亂的長髮。之後又舉起剃刀，沿著清晰可見的髮際線，一點點刮去那些硬直的髮茬，且滿足於剃刀帶來的冰涼的快意。慢慢地，一顆肉球般的頭顱就在鏡中浮現出來。剃刀從耳廓穿過時，刀鋒一轉，陡地一下切入耳根，圓兜圓轉地沿著頭顱四周轉了一圈，揭開了一張血淋淋的頭皮。隨著剃刀的深入，頭顱中露出了魚子醬般的腦漿、交叉的經絡。那些細如鎢絲的神經，微末的細胞，似在張皇地等待著；還有一些散碎的靈光，閃回、停頓、跳躍著。理髮師無意於研究X和Y染色體，以及顳葉區解決高等數學難題的可能性。剃刀繼續深入顱縫，意欲撬開顱骨，但這塊安置頭頂的石頭內封存著古老的靜默，那裡面似乎隱藏著什麼不可知的物事。其表面有灼傷的痕跡，至於如何灼傷，什麼時候灼傷，被何物灼傷，他渾然不知。理髮師把手伸進溫熱的腦漿，一點點地搜索著，忽然，抓住了其中一顆腐爛的肉核。理髮師哭了。他將肉核小心翼翼地取出，放在一個盛有福爾馬林的玻璃缸裡；然後，對著鏡子，重新塞回腦漿，理好經絡，牢牢地包上一層頭皮；頭髮呢？也用黏合劑一一黏上了。咣噹，咣噹——有一陣清脆的撞擊聲從鋼筋水泥的叢林那端反彈過來。理髮師猛地驚醒，摸摸頭顱，尚在，還冒著惡夢帶來的寒氣。金魚缸內的小魚兒不知在什麼時候已經吐泡了，他呆呆地望著，疑心這條死魚就是腦子裡那顆已經腐爛的肉核。隔著一層玻璃，理髮師感覺自己從來沒有如此接近透明的虛無。寂寞的理髮師將椅子搬出屋外，坐在冬日一枚老舊的太陽底下，無力地吸吮著孤獨。風呼呼地吹著，理髮師的腦子裡再也沒有舊日戀人的影子了。

佟祕書

某局祕書，佟姓澍名。在同事眼中，佟祕書做事本分，脾氣溫和，可他們還是覺著此人有幾分怪。怪在哪裡，他們也說不清。佟祕書走路與說話一樣緩慢。局長外出例行公事，不大喜歡帶他同往，相比之下，局長走路時節奏快、步幅大，彷彿國家之急務全賴他一人去打理。佟祕書若是慢騰騰跟在後面，局長必會惱火。佟祕書嘛，局長說，他只適合坐在辦公室裡寫點公文。

佟祕書與同事之間也不大來往，有人與他並排行走時，走著走著，就發現他已落在後頭，一副若有所思的樣子。佟祕書下班之後，通常是夾著公文包徑直回家。從單位到家門口也不過一里地，可他每每總是坐三輪車。門一關，家人也不知道他在做些什麼。除非碰到萬不得已的事，通常情況下他很少出門。父親給他起了個綽號，叫佟小姐。吃飯的時候，家人就喊一聲「佟小姐，吃飯啦」。早些時候，佟祕書就發現自己右腿的骨骼還在生長，現如今已比左腿足足長出了五釐米，坐下來察覺不到長短，但只要走動，身體就會向一邊傾斜，也就是說，他的右肩明顯高於左肩。這樣，他右腳邁出後，左腳就怯生生地跟在後面，讓腳尖輕輕一著地就抬起來。如是循環往復。他加快步伐時，行走姿勢就有點不太雅觀了，但也談不上殘疾。他一度懷疑自己是否變成了殘疾人，後來又擔心別人是否會把自己當作殘疾人看待。他偶爾也會沿著離家不遠一條傾斜的大街散步。街道兩邊地勢偏低，走起路正好合拍。佟祕書唯一的戶外運動是登山。舉步之間，別人也難以察覺到他的雙腿有什麼異樣。

番僧

《山海經》記載：甌居海中。這塊島嶼說大不大，說小不小，因為皇帝不愛，兵家不爭，漸漸地也就與世隔絕，變成一個獨立的小王國，名曰東甌國。某年，有番僧浮海來到東甌國。捨舟登岸，見山河整潔，花肥樹壯，心裡甚是喜愛，於是就在山根結廬，天天念些別人聽不懂的經文。起初，甌民將這位高鼻深目的番僧視為怪物，不敢親近。不出數日，他們見魚鳥都出來窺經聽法，便帶著幾分好奇前來拜會。番僧與他們相熟之後，常常向他們學習甌語，了解風土。某日，番僧上山採集果子，忽見一名小婦人正牽著一頭水牛向他招手說，吾要小解，你能否幫吾解開褲帶。番僧雙手合十說，誰給你繫上這褲帶，就讓誰來解吧。小婦人說，好吧，你就幫我牽著牛繩，我去方便一下就來。說著小婦人就把繩子遞過去，番僧接手後，往身邊一拽，才驚覺這是小婦人的褲帶。那時小婦人的褲帶被抽走了，袒露下體，略帶一些嬌羞。番僧心動，遂與之合。十月後，婦人竟產下四胞胎，皆高鼻深目。此事傳到東甌王那裡，益奇，就差人把番僧及其妻孥帶入宮中。王說，東甌建國五十年來，國力日盛，但人丁逐年減少。為鼓勵生育，國家設置了專門機構，由一種叫做媒官的地方官吏掌管男女生育之事。本國頒布法令，男女宜早婚早育，男人的性功能與精液含量，女人的排卵期與月事週期，每月皆須上報。有些男女結婚兩年後，若是依舊沒有生兒育女，媒官就來過問。至於寡婦，若是年齡尚輕，務須在兩年內再蘸，鰥夫也不例外。多子多孫的人家，國家予以褒獎。人丁不旺的人家，就要受罰，罰什麼、怎麼罰，都有一定之規。每逢仲春之會，媒官就會搖著木鐸來到市肆或鄉間，了解婦女生育狀況。某地人丁不足，男女都要在這個季節奉旨造人，夙夜匪懈。如若不從，媒官就派人過來抓人，讓男女強行交媾，整個過程也都作了詳細記錄，交由媒官存檔。即便如此，婦女懷孕的機會還是為數不多。這事讓東甌王甚是苦惱。番僧聽完東甌王的一番講述，就說，我有生兒育女的祕術，可在國中傳播。王說，好。番僧自此還俗，服色飲食也跟其他甌民一樣。只是，他的言行舉止終究與常人有些不同。入冬時，他在園子裡撒了些種子，用泥灰覆蓋。次年春天，泥土中便有一物勃然怒長。入夏，此物盈尺，男人啖之，感覺周身真氣流轉。一年後，東甌之地時常可見一些孕婦邁著鴨步，呈壺狀，散緩移動。番僧還俗後不到一年，即擢為卿相，薪俸遠遠高於朝中其他官員。這是東甌某鄉計生委主任吳信禮講述的，照錄在此。

木心

夏日午後，暴雨如注，一老者邁著蹣跚步履來到一座小廟避雨。老者頭白面焦、衣裳破敝，一望便知是一個窮人。老者先是在門口簷下靜坐，看雨一時半刻沒能停下，便拖著雙腿走進殿內，在一個蒲團上坐了下來。這座小廟香火不盛，殿內亦無人走動。老者注視著面前的佛像，撫著雙腿長嘆了一聲。那尊佛忽然開口問，你在嘆息什麼？老者目光愕然地望著佛說，你的腦袋是木製的，我的雙腿也是木製的，可你卻被人供奉起來，過著無憂無慮的生活。佛聽了，笑道，我原本是不說話的，你跟我有佛緣，所以我今天破例開了口。老者問，你說我們有佛緣，這話又怎講？佛說，你也許不知道，我的腦袋和你的下肢都來自同一株樟樹，只不過，樟樹的主幹部分做成了我的腦袋，枝杈部分做成了你的假肢。老者摸了摸那一段木頭說，既然是來自同一株樹，為什麼它們的命運會如此不同？佛說，你還有什麼不能滿足的？自從你裝了木肢，免去了人世間的諸多災禍，你難道不曾察覺麼？老者雙手合十說，請佛明示。佛說，你年輕時，縣裡面到處拉壯丁去前線打仗，你卻因為斷腿躲過了這一劫；及至盛年，很多人都要為家人的吃飯問題四處奔波，你卻可以不勞而獲，吃到國家的救濟糧；再說現在，活到你這個年紀的老人中有不少得了痛風或關節炎，你的雙腿卻安然無恙。之前有個老縉紳到我這裡訴苦，說自己飽受痛風之苦，真想切掉了雙腿。想想這些，你還有什麼不滿足？老者聽了，敲著那段木頭說，同一株樟樹，給你帶來了智慧，卻給我帶來了痛苦，這是為甚？佛說，你使勁敲一下自己的木肢，它有痛苦的反應麼？沒有。所以，你的痛苦不在這根木頭上，而是在心上。老者問，如果我的心也用木頭製造，是否就沒有痛苦了？佛說，心若是木知木覺，還能稱其為心麼？老者說，我要的是一顆沒有痛苦的心。佛說，好吧，我從你的木肢上各取一段，捏合成你的心。天色近晚，暴雨歇了，老者帶著一顆木心離開了寺廟。自此以後，老者無論遇到什麼事，都是一副無悲無喜的樣子。他的妻兒病故、孫子早夭，他也沒有流過一滴眼淚。鄰舍們都說，他的心難道真是木頭做的不成？

怪耳

打鐵巷有一對姓瞿的父子，長著一雙相同的兔耳。街坊鄰居都說父子倆有異相。有異相者多有異稟。父親老瞿是釀酒師，將耳朵貼在桶壁，聽酒冒泡的聲音，即知熟否。老瞿死後，這一門技藝及身而絕。酒廠倒閉，兒子小瞿便進了一家自來水公司，做一名測漏員。某夜，小瞿帶著測漏儀器，行經西門老街，忽然停下腳步，貓身，將耳朵對著一個窨井的蓋子，猛聽得馬蹄聲由遠而近；他趕緊伏下身子將耳朵貼向地面，聽到馬蹄聲後還伴隨著一陣幽細、密集的腳步聲。不過片刻，地底下傳來鐵器碰撞聲、馬嘶聲、哭爹喊娘聲。不知過了多久，廝殺聲息止了，唯有秋風嗚嗚作響……有一種黑暗與夜晚無關，但它彷彿可以將一個人吸進去。小瞿搖晃著站了起來，看見一輛汽車的遠光燈冷冷地掃射過來，他舉起雙手，作投降狀。那輛汽車沒有理會他，只是漠然地駛過，尾光燈一甩就在巷口消失了。俄爾，沉寂裡傳來男子長嘆、婦人嗚咽、嬰兒啼哭。有人斷喝一聲「斬」，立馬有刀呼地一聲掠過，刃口與血肉及骨頭磨擦的聲音恰如秋風吹過木葉，人頭落地的聲音與一隻怪鳥長唳的聲音（抑或是某個人怪叫的聲音）幾乎在同一瞬間響起，那顆頭顱滾動數下，定住，哼一聲「有點痛」，即告無語。人群頓作騷動。馬蹄聲從人叢中穿過，漸遠漸細。人們說話的聲音一點點向四處飄開，然後在風中一點點消散、湮滅。貓狗遠遁，蹤跡荒涼。寂靜中遠鴻有聲。隔山的虎嘯，僅僅是比雞鳴犬吠更響亮一點的聲音。與之呼應的，是古廟的鐘聲，罩著無邊無際的雨聲，繼之以雞聲，繼之以馬蹄踏過木橋的聲音、車軲轆輾過青石板的聲音、鬧市吆喝的聲音、討價還價的聲音，然後便是譙樓的鼓聲……小瞿回過神來，瞄了一眼手錶，有點不知道自己身處何地了。回頭四顧，街市闃然，建築物的龐大陰影罩過來，有些駭人。他不曉得自己是如何回到家中，如何開門，如何解衣睡下。清晨醒來，鳥聲清脆得像一記巴掌，打在耳朵上，他驀地坐起來。手腳俱全，眉目如故。什麼都沒走樣。上午，小瞿又去了一趟西門老街，向一位精通地方掌故的長者打聽老街的歷史，長者說，一千年前，這裡原來是一片古戰場，刀兵過後，就成了墟墓。自明迄清，這裡一直都是秋決的地方，之後是屠宰場，之後是肉鋪，之後是南北貨集散地。漸漸地，也就是成了一條有煙灶聚集的街市。前些年，舊城改造，一些住簡易棚的民工曾在夜間覷見荒地裡突然飄過幾粒鬼火，像是有人提著馬燈在行走。小瞿把自己的奇遇和長者的一番話說給公司的同事聽，人皆不信。

周童

周童，某郵遞局臨時工，常戴綠帽，嗜酒，醉後喜歡爬到樹上睡覺。村上的人都說他身上有貓性。周童還有異食癖，喜歡吃老鼠。他說：魚在水中，沒有搶人的吃食；而老鼠不同，常常跑出來偷吃這偷吃那，人不吃鼠，而吃魚，怎麼也說不過去。遂以大啖鼠肉為快事。周童家從未鬧過鼠患，穀倉滿滿的，顆粒不少。鄰居們都悄悄地說，周童身上或許真的有貓性呢。某日薄暮，周童喝得爛醉，顛蕩而歸。經過赤腳醫師謝某的診所，門窗關著，屋角半樹夕陽幾欲燃燒起來。

周童雖然大醉，爬樹功夫卻十分了得，倏地一下，已躥到樹上，身體軟綿綿地掛在樹幹上，隨風晃動。這株樹恰好對著二樓的窗口，因此，周童只須抬一下頭就可以瞥見屋內的一切。其時，謝醫師正對一個脫光了衣裳的婦人說，把你的下肢抬高一點，再抬高一點。謝醫師口吻清淡，說的是「下肢」，而非「大腿」。婦人的大腿剛剛抬起，又急遽放下，指了指窗外說，我家男人找過來了。謝醫師提著褲子跑到窗口，見周童正躺在樹上呼呼大睡。謝醫師伸手做了一個向下按的動作，然後砰的一下關上窗戶，放下竹簾。過了些日，村上的人經過周童家門口，發現他的右腳纏上了繃帶，就帶著揶揄的口吻問，周童，聽人家說你去謝醫師家捉姦，反倒從樹上掉下去摔斷了腿，有這回事麼？周童淡然一笑說，從樹上摔下來這事沒錯，可你們曉得其中的緣故麼？沒等人發問，周童就接著說，那天我喝了點酒，摸錯了門，上了謝太太的床。我們剛做完活兒，謝醫師碰巧出診回來，我趕緊從他家的窗口跳到樹上，一不小心就摔斷了這條腿。村上的人都說，周童雖然吃了暗虧，但嘴上到底還是討了便宜。如前所述，周童有異食癖，亦有奇行，有時會無緣無故拿起木棍，抽打門前的一株垂柳。木棍跟樹有仇麼？沒有。周童跟樹有仇麼？也沒有。周童不說話，人莫能測。有一天，人們發現郵遞員周童在一棵老樹上吊死了自己，頭上還戴著一頂綠帽。周童卒年三十四，屬虎。虎屬貓科。

老木匠鄭祥福

我早年是個浪蕩子，讀書不像個相公，種田不像個長工，後來在父母的逼迫之下好歹學會了一樣木工活。那個當兒，我最快樂的事便是扛著木工箱去鄉間做細木活。借此機會，我常常要找些寂寞的寡婦。我還牢牢記著我跟伊初次見面的情形。那日春陰，風跟今朝一樣好。我哼著小曲經過一段慢坡時，瞥見有個婦人在樹上垂掛著。我趕緊跑過去，見伊雙腿使勁蹬著，舌頭還沒有吐出來，就從工具箱裡取出利斧將那根上吊繩割斷了，婦人落在地上，嘴裡一徑地嗚咽著。我俯身要將伊拉起來，伊卻推開了我。這時我才看清，伊長著姣好的面容，眉毛細長得像柳葉。風是這麼好，我卻不能將伊攬進懷裡。後來我便常常過來看伊。但伊總是用午後的貓的眼睛看著我，夾著幾分輕蔑——目光掃到我臉上，我的眼睛立時就變成了鼠目。伊說，世間的男人都是壞的，只有耶穌是個好男人。伊想到天地間尚有這一人在，心便寬坦了。有一晚，伊給我講了一個故事：一個北風呼嘯的夜晚，一個逃犯破門而入，雙手直向伊撲過來，似把風甩在了門後。伊退縮到牆角，拿起板凳，與逃犯對視著。逃犯說，我餓，給我一塊肉吃。伊說，我是從不吃肉的。逃犯從牆上取下一塊玉米棒塞進嘴裡大嚼之後，便將伊摁倒在地。後來呢？伊說，後來逃犯就成了伊的第二任丈夫。伊講完這個故事，便接著說，世間的男人都是壞的，只有耶穌是個好男人。每回我來伊家的時候，伊就給我燒飯、燒洗腳湯。伊還給我備好了一張床，雖然窄小，但正對著南窗，涼風吹來，覺著神仙的床榻也不過如此。有一回，伊突然對我說，我們不能在一起了。但我不依，還是要死守著伊不放。第二天一早，我醒來的時候，發現自己竟睡在一具黑漆漆的棺材裡。我從墓穴裡鑽了出來，看到墓碑上有一行歪歪斜斜的陰文，寫著：柳氏之墓。我不曉得柳氏是何許人，便向附近的村民打聽。有人告訴我說，柳氏早在一年前就上吊死了。原因呢？是伊跟一個從牛棚裡逃出來的「黑五類」畫家「搞破鞋」被人揭發了。搞了也就搞了，畫家卻將伊的容貌和身體描畫了出來。畫家和伊被人戴上了帽子，拉出去遊街，回來當晚，畫家便上吊自殺了。伊將他的繩子解下來，套在自己的脖子上，也跟著去了。此事發生在一九六七年三月。時隔四十年，老木匠鄭祥福在彌留之際講述了這個故事。時年七十九歲。

二〇一二年寫於覺簃

長生

有一陣子，我喜歡去河邊走走、坐坐。河流的悠長與時間的閒散，在悄然散落的陽光裡，彷彿有著對應的關係。散著手走路，看著自己的影子緩緩移動的樣子，這一天也就在不知不覺中拉長了。無聊的時候，我會隨手拍幾株樹或一些野花野草什麼的，發到微信群裡。於是，就有人說我是個閒人。閒人，沒有大事可幹，通常會把時間消磨在手機遊戲上、女人身上或是幾件可有可無的物事上。可我就是喜歡閒逛。

我在一家不大不小的公司上班，曾經給幾位不大不小的部門經理開過車，兩年後我換了崗位，不必再駕車四處奔波了。我買了一輛電動摩托車，每天打卡上班，過著兩點一線的單調生活。年初體檢時，我發現自己的脂肪肝超標了，卵磷脂小體也在逐步減少，諸如此類的小毛病一點點出來了，醫生說，這都是久坐的緣故。於是我棄車徒步，每天沿著河堤走半個多小時的路到公司，雖然多繞了點路，但也值得，這樣既有助於鍛鍊身體，又可以調整生活狀態（有時候我還可以在散步途中發現一些鮮為人知的樂趣）。我的生活節奏就這樣慢下來了。

這陣子，我常常看到一個老人划著一艘小船（當地人稱之為河鰻溜）往返於河面。他不釣魚，不擺渡，也不做航運賺水腳錢，就是在河裡划過來划過去。我一度以為他是這裡的河長，後來發現不是。這年頭，河面舟楫早已零落，我所能見到的船也大都是馬達轟鳴的機動船，手划船是極為罕見的。因此，當它出現在鋪散著大片陽光的河面，不免顯得有幾分突兀。有時一隻白鷺飛下，落在船頭，跟他對視著，沒有一點驚懼的樣子。船在動，那是一種靜止的移動。我沒有比它走得快一些，也沒有更慢一些。只不過，我是用雙腿散步，船是用雙槳散步。那一刻，我感覺自己的雙腿跟船槳之間似乎真的有了某種呼應。

陽光溫暖如手，漫不經心地撫摸著流水和兩岸的石頭。我的目光被那艘小木船牽引著，有了一種連自己也說不清楚的寂寞之感。不多久，小木船竟緩緩向我這邊偏斜過來。水鳥騰地一下從船頭飛起，一帶遠山在雲下浮動著。聽得竹篙觸石的聲音，我便下了一級踏埠，用探詢的口吻問道，老人家，能借你的船坐一程？

你要坐我的船去哪裡？

我猶豫了一下，聽到自己漫不經心地答道，去南邊。我所說的「南邊」是在小鎮的另一邊，我回答那句話的時候，正好有一陣南風朝我吹過來。

我上了船，左右搖晃了一下，迅即穩住。船上光潔無垢，中艙鋪著一張龍鬚草席，因此我便脫了鞋子，放在一塊墊布上，那裡還擺有一雙布鞋，沾染了泥跡和苔蘚的顏色。我把一張鈔票遞給老人，他卻把票子對折一下，放回我口袋。老人說，我是閒來無事，划船玩玩的，你也不必付錢的。這不，我也碰到過像你這樣的年輕人，覺著好奇，就過來坐我的船。我想到哪裡，他們就跟著我到哪裡。他們坐車是有目的地的，坐船就不同了，可以隨我東飄西蕩的，說話也一樣，天南地北，胡說一通。隨即，老人彎下腰來，打開船上一個樟木箱的蓋子，掏出一包蠶豆和一瓶酒，問我，自家燒的米酒，能喝上一點？我說，我已經戒酒了。他又從樟木箱裡掏出保溫瓶和茶葉罐子說，如果你沒什麼要緊事，就坐我的慢船，陪我聊聊天，喝喝茶吧。他給我倒了一杯茶，然後回到船艉，一邊划船，一邊跟我閒聊，好像我們已經認識好多年了。這大概就像人們所說的，初見有如重逢吧。

老人說，前陣子他常常看見我在岸邊低頭趕路，這陣子卻不曉得我為何散起步來了。我告訴他，我原來上班都是從這邊路過，現在對手頭這份工作已經膩煩，不想上班了。老人聽了也沒深問，只是說今天天氣如何如何好，那些悶在屋子裡的人不出來走走是很可惜的。我跟老人尚不熟悉，當然沒有必要告訴他我想辭職的原因。事實上，我也談不上有什麼苦衷，只是不想老待一個小地方。生活越來越單調乏味，跑出去的願望也就日甚一日。至於去哪兒，我還沒打定主意。

沉默有頃，老人突然像想起什麼似的，跟我作了自我介紹：我叫長生，是這個鎮上土生土長的，土得不能再土了，不會坐車，至今還沒出過遠門呢。

不知道為何，我與長生聊天時，語速也慢了下來。我想我的語速已接近於流水的速度、船行駛的速度。從河中央看兩岸風景，跟站在岸的這一邊看那一邊，畢竟是不一樣的。那一刻，水在流動，船在流動，目光在流動，思緒也在流動。在流動中忘掉了水程的遠近。船過十間橋，長生指著岸上的一排高樓說，這鎮上五百年以上的物什還剩三樣，你可曉得？我搖搖頭說，我從來沒聽長輩說過。長生說，這三樣物什現在可以看到兩樣，喏，就是那座橋邊的大榕樹和樹下的一塊石刻照屏。還有一樣？我問。長生指著岸邊的服裝貿易市場說，從那裡過去，有一座胡宅大屋，正屋頭門台外有一個道坦，現在已經變成市民活動中心，那裡有一棵大榕樹，樹下有一口五百年古井，那口古井原本是地主伯胡醒石祖上留下的。胡醒石是誰？沒等我發問，他已經說開了。提起老古早的事，他的目光就跟流水間的落葉似的，一下子就飄遠了。

長生的父親是一個殘疾人，雙腳不能走路，就以槳代腳，在水上做起家來。那艘船是一種叫做「河鰻溜」的內河貨客船改造而成的，炊膳設在後艙，父子倆平常就睡中艙，中艙立篷，可以推拉。家是不繫之舟，但他們飄來蕩去，不出塘河一帶。塘河以北是一條橫亘著的大江，江水無常，他們不敢過江去討飯吃；內陸河不免惡風浪，卻是可以測知、躲避的，父子倆託命於水，倒也無妄無災。長生的父親每經過一座村莊，就開始敲梆；見岸邊有人拿東西出來，便伸出一根掛著布袋的竹竿。施捨的東西要麼是一捧米，要麼是一些剩菜冷飯。長生的父親收回布袋之後，都要雙膝跪地，唱幾句利市歌。有時候，長生的父親還會向岸上的人家要一點米糠或麩皮，往後看見鴨子遊近了，就給牠們撒一把。塘河一帶的人大都認得長生父子，說起來，也常常會為他們的身世感嘆幾句。儘管如此，岸上的人也沒有進過敲梆船，而船上的人也沒有上得岸來。唯一坐過敲梆船的人，大概只有地主伯胡醒石了。

那年夏天的午後，胡老爺穿一件無袖的綢衫，搖著一柄帶墜子的摺扇，慢悠悠地走過來，貓著腰鑽進船篷，坐定，拋下一枚銀元，說，走。長生的父親問，去哪裡？胡老爺說，風從哪個方向吹過來，你就往哪邊走。長生的父親明白，胡老爺要他划「倒風船」。長生的父親划動木槳時，胡老爺便迎風坐著。未幾，胡老爺從布袋裡掏出一包蒜香豌豆、半壺黃酒，一壺茶，擺在桌子上。胡老爺從攤開壓平的紙篷包裡撮了幾顆花生米，遞給長生。長生瞥了一眼父親，見父親搖搖頭，他也跟著搖搖頭。胡老爺問，你多大了？長生說，九歲。又問，沒上過學堂吧？長生點了點頭。船划到柳蔭間，一陣河風吹來，胡老爺連連讚嘆：好風，好風。長生笑了一下，趕緊捂住嘴。長生一直在船上住著，從來不覺著風有多好。胡老爺飲下一淺杯，深深地吸了一口氣，頗有些借風下酒的意思，喝得興起時，便拈著鬍子，嘴裡念念有詞。長生不明白他在念什麼，但覺著好聽。本城的人都知道，胡老爺早年在日本留過學，回國後跟幾位鄉紳合辦了一座學堂，還捐了一百畝地做學田。胡老爺常做一些憐貧恤孤的善事，跟下等人也沒擺過什麼架子。那年頭，富人家坐花船「蕩湖」是常有的事，但胡老爺偏偏喜歡坐長生父親的敲梆船，也不拘遠近，在河上度過一個美好的下午，就照例拋下一枚銀元。

鬥地主、分田地那年，胡老爺首當其衝，人被抓去，書被燒掉，書房前的兩株白玉蘭和金桂被伐倒做了柴禾。胡老爺在批鬥會上雖然把所有的罪行都歸到自己名下，但四個兒子還是脫不掉干係，幸得鎮上賢人二三替胡家說了幾句公道話，他們才免於陪鬥。鎮上的人把胡老爺批鬥了一陣子後，實在玩不出花樣了，就拉到野外槍斃。長生說，胡老爺是他這一輩子見過的最有風度的一位大先生。臨刑那天，他跟父親一起划著船去西郊外的河灘邊觀看。胡老爺被人押送著緩步過來，他穿一身羽紗長衫，把頭梳理得一絲不亂，一副要出遠門的樣子。行刑的時候，胡老爺向行刑者和那些踮著腳看熱鬧的人鞠了一躬，然後轉身，向天地鞠了一躬。一聲槍響，幾隻野鴨子便撲楞楞飛了起來。胡老爺死後，沒人給他收屍，讓寒雨澆淋。長生的父親說，胡老爺是個好人，但好人沒好報。長生的父親把船划到河心時，又掉過頭來。長生說，他父親這輩子從沒上過岸，但為了胡老爺，他破了一次例。長生的父親在岸邊挖了一個坑，把胡老爺草草掩埋了。

長生說，他爹替胡老爺殮屍，從來沒有告訴任何人，但胡老爺的後人終究還是知道了。

胡老爺有四個兒子。長子伯遠曾留學日本，學的是造船技術，回國後曾在上海一家造船廠當技師。土改後，胡伯遠受牽連，到鄉下放鴨，之後又進了一家鄉鎮造船廠當技師。他會拉大提琴，也會拉大鋸。但長生從來沒聽他拉過什麼大提琴，只是聽他說過：會拉大提琴的人，拉起大鋸來，聲音要比別人悠揚。

胡老爺的次子仲遠是個好玩之人，平素喜歡種花、養狗、熬鷹、遛鳥，土改後莫名其妙地做起了獸醫，之後又因為莫名其妙地治好了鎮長老爹的疑難雜症，就變成了可以掛牌接診的名醫。

胡老爺的三子叔遠是個乏善可陳的敗家子（富人家通常都會出這類敗家子），早年混跡市井染上了賭癮，一發不可收。贏了錢，他便穿上破衣裳，為什麼？怕人家借錢；輸了錢，他便穿上早年的一身西裝，又為什麼？好去借錢。

胡老爺的喜子（本地話裡「四」與「死」諧音，「四」字也就念成「喜」了）胡季遠是個名氣不薄的書畫家，自號柿葉山房主人，在山裡買了一塊地，可居可遊，屋後種了幾株柿樹，柿子熟了，分贈鄰里或朋友，自己不怎麼愛吃，但玩經霜的柿葉。怎麼個玩法？就是在殘葉上寫寫畫畫，然後隨風拋撒到山谷裡去。後來也不知為何，他竟連畫筆也扔掉了，甘願去做油漆匠。

這四人，後來跟長生都結下了不解之緣。

長生在十二歲之前一直跟隨父親，過著浮家泛宅的生活。十二歲那年，父親突然病倒了。長生把船划到十二間橋，朝橋堍喊了幾聲「胡醫師」。一個白臉長身的人就從一家藥鋪走出來。胡醫師就是胡老爺的二公子仲遠。

胡醫師帶來了一個大柑，遞給長生的父親說，吃一個吧，是「重五柑」，潤潤喉。長生的父親說自己什麼都吃不下，也不想吃。他把大柑遞到長生手中說，「重五柑」勝羚羊呢，你到一邊吃去吧。長生收下了柑，捨不得吃，捧在手裡，被陽光照著，呈金黃色，彷彿帶有一絲暖意。胡醫師給長生的父親檢查身體時，臉色有些凝重。他寫了一張紙條，囑長生去衛生院取一種藥物。

長牛回來後，胡醫師沒跟他說起父親的病情，卻問道，長生，往後你想學門謀生的手藝？沒等長生回答，他又接著說，我哥哥進了一家造船廠，手下正缺人，你如果願意，我可以介紹你做他學徒，好歹也可以混碗飯吃，總比現在跟著你父親過乞討的日子強吧。

長生看了看胡醫師，又看了看父親。父親點了點頭。

胡醫師說，長生你收拾一下行李，現在我就帶你去造船廠。

長生說，阿爹病倒了，沒人照顧，我怎麼可以在這個時候出走呢？

胡醫師說，沒事的，你爹這幾天就把船泊在這裡的小河灣，我有空過來照顧一下他。

長生的父親也接過話說，我只是得了風寒，將息幾天就好了，不礙事的。

長生上岸時，雙腳竟有些發飄。胡醫師笑著說，長生，你的雙腿直不起來麼？長生敲了敲自己的膝蓋，腿就直了些，可他一走動，腿就鬆垮了，雙膝向外，形成了羅圈腿，這樣一高一低地走著，足底便像是裝了彈簧。他明白，長生的雙腿原本可以伸直的，但因為長時間曲膝坐在船上，雙腿就走樣了。長生穿過一條布滿凹痕的青石板路時，有幾個小孩子跟在他後面，模仿他外八字腳走路的樣子。胡醫師回過頭來，張開雙手，像趕鴨子似的驅散了這群孩子。

到了造船廠，長生見到一個面目與胡醫師酷似的人，他就是胡醫師的長兄胡伯遠，人稱胡大先生。胡大先生聽完胡醫師的介紹，輕輕地「哦」了一聲，摘下鼻梁上的玳瑁眼鏡，把長生上下打量了一番。

胡醫師走後，胡大先生把他帶到作坊，劈頭就問，造船很苦，你吃得了苦？

我不怕苦，長生說，我有的是一身力氣。

胡大先生說，你說自己力氣大，好吧，你可以去挑糞壅田了。

這麼一說，長生就懵住了。

胡大先生說，造一艘船，固然是體力活，但也要用腦子。胡大先生這樣說著，便用手在長生的腦袋上輕輕地拍了一下。

我可以收你做學徒，但有個規矩，得先給你說清楚了。

什麼規矩？

你得給我準備好兩樣禮物。

胡師傅，你也曉得，我們家實在是沒什麼值錢的物什拿得出手。

雖然你兩手空空，但你身上興許有的。

長生把口袋朝外翻過來說，如果有，我一定會雙手奉上的。

我說的兩樣禮物是摸不著的。

那是什麼？

是謙卑和勤快。

師傅說的是這個呀，我有的，我有的。

胡大先生沒有再說什麼，當晚就讓長生留下來，還給他添置了一些簡單的生活用品。

長生在造船廠做學徒，每月食宿免費，逢年過節還能拿一點酬勞。若逢初二、十六，造船廠的老大照例要請大家吃一頓紅燒肉。長生長這麼大還沒吃過紅燒肉，先咬一小口，便有油汁從舌間溢出，滿嘴生香；他把嘴角舔乾淨後，才下第二口、第三口……胡大先生說，他近來患了膽囊炎，不吃油膩，因此就把自己那塊紅燒肉撿到長生碗裡，但長生只是聞著肉香，捨不得吃。匆匆扒完了一大碗飯，他就偷偷用油紙包好紅燒肉，打算帶回船給父親享用。

沒承想，他剛踏上船板，船艙裡面就響起了劇烈的咳嗽聲，然後他就聽到父親聲嘶力竭地喊著，不要靠近，不要靠近。長生跪在外面，一動不動。這時候，河面陡生涼風，船上的爐灶揚起一小束黃塵，布幔抖動了一下，父親伸出一隻枯枝般的手臂說，他的病已經沒有好轉的跡象，現在什麼東西都吃不下了，只求一死。但他也有一個願望，死後如果沒有棺材殮屍，就把這艘破船當作他的棺材，放到海裡去，讓風浪吞沒。

長生旋即登岸，三拐兩拐找到了胡醫師。從胡醫師口中得知，他父親得的是肺結核，會傳染的。胡醫師和父親事先商量好了，讓長生去學手藝，就是為了免於傳染。父親的病情傳開後，周邊那些公婆船上的船戶就惡聲惡氣地驅逐他離開，大概也是怕被傳染。

不到一週，父親就斷氣了。長生依照他的遺願，把他的屍體跟那艘小木船捆綁在一起，送出風急浪高的海口，然後就坐上了胡大先生的舢板船。轉眼間，他就看見父親的小木船一點點小下去，直至被一個浪頭抹平。

站在一邊的胡大先生雙手合十，拜了三拜，接著又抬頭望天，長嘆一聲道，其生也若浮，其死也若休，這樣的歸宿也未嘗不好。

長生不懂這話的意思，但似乎又明白了點什麼。

在長生眼裡，胡大先生跟胡老爺一樣，也是個有學問、有情味的人。

有一天，胡大先生要坐船去龍泉看樹。同行者有造船廠的幾個老師傅和學徒，長生也在其中。龍泉在西北方向，地勢偏高，若是沿甌江走，就得趕早潮時分，順流而上。他們坐的是一種甌江上常見的舴艋舟，船艄與船艉呈月牙形，人坐在船篷裡面，也不感覺江流湍急。胡大先生坐在船艉，跟大夥講述自己當年坐甌江交通船去龍泉做洋布生意的經歷。到了溫溪，正是中午時分。大夥肚子餓了，開始升火燒飯。船錨定之後，胡大先生從溪流裡捕了幾條魚，從岸邊摘了一些野菜，就在船上的江灶艙上做起了菜。飯飽，繼續行船。

一路上山環水繞，每每遇見怡人景色，胡大先生就讓船工停棹，飽覽一番。一位老師傅說，我們這哪兒是去看樹？分明是遊山玩水嘛。另一個師傅也說，一堆石頭，一灘子水，有什麼看頭的？胡大先生說，走山路不看水，走水路不看山，怎麼說得過去？你們看樹不看山水，又怎麼能了解木頭的妙用？胡大先生說起話來，總是藏著什麼叫人半懂不懂的深意。途中有市墟，也要停船，大夥上岸閒逛一圈。因為身上沒帶幾個錢，他們也只是走馬觀花而已。胡大先生不然，他看什麼東西似乎都能看出門道來。他從市頭走到市梢，心靜步緩，彷彿遊山。同行者都沒心思陪他逛街，跑到一座祠堂後面看草台班戲子去了。唯獨長生背著一個布袋，同書僮似的跟在胡大先生身後。東轉西轉，胡大先生轉到了附近的林場，見到了一位跟他合夥做過洋布生意的老友。聊到太陽西斜時分，主人置酒留飯，胡大先生卻藉口有事，匆匆走掉了。經過半山腰的一戶村莊，只見家家戶戶都種著瓜果。胡大先生沒有伸手去摘樹上的果子，但看到地上的果子會彎腰去撿，用手擦拭一下，放進長生背後的布袋裡。這一路過來，胡大先生還認得許多野菜，叫得出名目。看到沒有籬笆環護的野菜，他便彎下腰來摘了幾株，還跟長生講解如何用油鹽調食。他們到了船上，太陽正好落山了。那一頓晚餐有菜有魚有瓜果，二葷三素，居然不費一毛錢。

大夥把肚角撐飽，牙縫塞滿，就散坐在灘頭聊女人。長生年紀最小，鍋碗瓢盆就歸他清洗。胡大先生回到船上，從布袋裡掏出一根菸桿，拍拍船舷，一邊裝上菸葉，一邊帶著惋惜的口吻說，今天我瞄中了幾塊上等的龍泉杉，只可惜手頭沒錢。這樣說著，他又點燃菸，望著不遠處寂寥的燈火說，我有錢的話，就買兩立方的龍泉杉，造一隻舴艋舟，空閒的時候就划著船去沒有人的地方吹吹風。

長生聽了，心裡默想，自己往後若是有了一艘船，也會跟胡大先生一樣的。

船划到龍泉境內，他們就沿著深僻的山路，走進了一片雜木林，胡大先生又向大夥講解每一種樹的特徵與用途。有時候，胡大先生還講幾個有趣的地方掌故。這一路上，胡大先生每經過一處樹林都要駐足片刻。看到桐樹結籽，他就讓大家採集一些散落地上的桐籽。桐籽做什麼？搗成桐油。看到幾根桷木，他也隨手撿來，說這桷木做刮板最合適不過了。經過一戶編織草席的人家，胡大先生又停了下來，向主人討要了一麻袋草席的下腳料。

龍泉之行，大夥都說玩得很盡興。歸途中，長生在心裡合計了一下，這一趟坐水路去龍泉看樹，除了租船費用，其他吃住的費用一概省掉了。帶回來的桷木、桐籽、草席的下腳料，也都是不花一分錢的。胡大先生對什麼事看似不著意，實則處處留心。

閒時，胡大先生近乎散漫地做起兩件事來。

一是搜集一些別人棄而不用的木頭。這些木頭解好之後，就放自家瓦背，教風吹日晒，這叫「漂木板」。夏季颱風過後，暴雨連旬，他看見有一塊木板從上流沖下來，就用長竹篙捋了過來，一看，水杉棺材板，木質極好，捨不得丟，就用鋸子解了，放在瓦背，也不講究什麼忌諱。有一回，長生在胡大先生家蹭飯，無意間看到了從龍泉帶回來的幾根桷木做成的刮板，它們像臘肉似的掛在鑊灶間裡離灶孔最近的地方，作甚？就是讓煙火熏。好的刮板，要熏個兩年左右。胡大先生手上用的刮板都是熏過兩年後呈暗黑色的。

除此之外，有空的時候胡大先生就帶長生等四名學徒去罱河泥。胡大先生打槳，四人持竹竿挖河泥。裝了半船河泥，胡大先生就歇手，從不多取。河泥一時間也沒有派上什麼用場，就倒進造船廠邊上的一個河泥坑裡。長生對胡大先生說，這些河泥要是賣給柑農，還可以換來幾升米呢。胡大先生搖搖頭說，不賣。那麼，長生問，你讓我罱河泥究竟有什麼用意？胡大先生說，我想讓你們每人都感受一下自己造的河泥船是不是受用。

隔了一陣子，長生才明白，胡大先生罱河泥是另有一番用意的。

胡大先生造的木船，要比尋常人講究一點，不但講究造型，還講究外觀裝飾——除了幫船兩側髹漆，在船艉還要畫上一組戲曲人物什麼的。造船廠沒有人會幹這活兒，請的是外面的師傅，也就是胡大先生的四弟胡季遠。如前所述，他原本是個畫家，經過一番思想改造，竟當起了油漆匠。不過，一般的油漆匠在當地只能稱為「油匠老司」，而胡季遠與別人不一樣，他除了油漆，會畫各種物事，人們稱他油匠先生。塘河一帶，職業後面凡是帶「先生」二字的，都格外受人敬重，比如：道士先生、唱詞先生、教書先生等等。胡季遠給造船廠畫畫，不收一分錢。每回畫畢，胡大先生都會送他一船河泥（胡季遠家有一片柑園，八九月間藏好的河泥晒乾了，肥性好，可以趕在冬季撒到柑園裡更新舊土）。河泥的用處就在這裡了。油匠先生胡季遠得了空閒，就來造船廠畫船艉，而長生總是蹲在一旁默默看著。胡季遠問，要學這門手藝麼？長生點了點頭。胡季遠說，那好，以後給我斟酒的活兒就交給你了。胡季遠這人飯前沒有酒潤潤舌頭，就連提畫筆的力氣都沒有了；有了酒呢，容易貪杯，而且多飲必醉，醉了同樣是連畫筆都提不起來，通常是躺在船艙裡呼呼大睡，彷彿去了一回醉鄉。長生見過此狀，以後就學聰明了，給胡季遠打來的黃酒僅半壺，不夠，再打半壺。胡季遠喝了一斤黃酒，止於微醺，這時節畫畫的興頭最高，教長生畫畫也最用心。長生學了一年多，居然也能畫上幾筆了。胡季遠看了，有時點頭，有時則搖頭。點頭，是誇他有了長進；搖頭，是說他沒念過書，再怎麼用功，將來充其量也只是個畫匠。長生也自覺在畫畫方面天分不高，以後也就老老實實造他的船了。

頭幾年，胡大先生造好船之後，長生都要上來坐一下；爾後幾年，長生造好了船之後，胡大先生也都上來坐一下。胡大先生說，樹離開土就死了，變成木頭，可木頭變成船，遇上了水，又會活過來。你造的木船好不好，就看它放在水裡活不活。

有一天清早，新船上水，胡大先生抱膝坐在船頭，望著清寂的河面，突然跟長生重提舊事。胡大先生說，很早很早以前，我還住在一座臨河的大宅院裡，一大早聽到敲梆聲，心頭就有一種異樣的被清水洗過的感覺。我曉得是敲梆船出來討飯吃了，其中想必也有你父親的船，可我從來沒有施捨過一碗飯，也沒拿正眼瞧過。直到有一天，家父提起了你父親——

長生點點頭說，胡老爺坐過我們的船，我這一輩子都記得。

胡大先生問，你可曉得我爹為什麼願意坐你爹的船？

長生不語，胡大先生便接著說，因為你爹的船跟別的船不一樣，它雖然陳舊，但船板乾乾淨淨的，用我爹當年的話來說，就像切豆腐的那塊板。

長生說，我爹說過，人可以很窮，但不能因為窮就把自己弄得髒兮兮的。

胡大先生說，你爹的心地也是乾淨的啊。

那時候，長生覺得，胡大先生也是乾淨的，天空與河流也都是乾淨的。

然而，文革來了，人心也變得不乾不淨了。因為外邊每天鬧革命，造船廠被迫停產。油匠先生胡季遠自此以後沒再來造船廠，再後來聽說出了事——據說是有一回，他讀完一部佛經，忽來興致，按照從右至左的書寫習慣寫了「放下」二字，貼在牆上，結果被人誤讀成「下放」。革委會的人說，既然他要「下放」，就把他下放到黑龍江綏芬河那邊的農場去。從此杳無音訊。胡大先生也大感不妙，對妻子說，這陣子風聲吃緊，我得外出避一避。其時正是九月，庭院裡開滿了菊花。妻子問，要多久？胡大先生說，看形勢，少說也得一年。妻子指著菊花說，明年菊花再盛開的時候你要記著回來看看我們。胡大先生點點頭說，好。次年秋，菊花開了，又敗了，胡大先生仍未見回來。再過一年，油菜花開了，正在收油菜花籽的長生看到胡大先生回來了，那時候才曉得，胡大先生已經瘋掉了。

胡大先生晚年就住在自己造的一艘舴艋舟上。船泊在離村子有點遠的小島附近，那裡豬水頗寬，沒有人煙。他到底靠什麼生活，沒有人知道。長生駕著小船去找他時，他不想見。後來一聽到什麼打槳的聲音，他的木槳便同鳥翅似的，張開來，向清冷的地方划去。有一天，人們發現這艘船連同胡大先生突然消失了。村上的人說，胡大先生造的船變成了宇宙飛船，飛到外星球去了。

文革結束後，鎮上的造船廠開始恢復生產，但收到的訂單以鐵殼河輪與農用水泥船居多。但凡有木船生意，就由長生接過來做。此後十幾年來，長生造木船的數量越來越少。無論怎麼說，有船可做，手藝也就不會荒疏掉。長生的兒子轉眼間也長大了，進了造船廠，不過，年輕人畢竟腦子活泛，也捨得出力氣，什麼種類的船生意好他就跟師傅學什麼。

有一天，長生正在侍弄菜園時，兒子跑過來說，家裡來了一位上海老闆。長生有些疑怪，趕緊拾掇農具，回到家裡，一看才知道這位「上海老闆」不是別人，正是胡老爺的三公子、胡大先生的三弟胡叔遠。見他西裝革履、一身光鮮，長生就估摸著這老賭棍準是又輸了錢，如果他開口借錢，長生就不知道怎麼應對了。胡叔遠跟長生繞圈子說了一大通懷念故舊的客套話之後，就把此行的意圖挑明了：這些年，他跟幾個上海人合夥在浦東辦起了一座造船廠，目下正在搜羅各種人才，他早前聽長兄介紹過長生，因此就慕名而來，聘請他擔任技師。長生問，你造的是什麼船？胡叔遠說，什麼船都造，木船、水泥船、鐵殼船，十噸的、五十噸的、上百噸的，只要有訂單，我們都造。長生說，我年紀也不小了，人又老拙，不想再跑出去折騰了。胡叔遠說，我知道你心裡想說什麼，現在的胡叔遠已經不是從前的浪蕩子了。這樣說著，他舉起一根殘缺的食指說，多年前，我戒了賭，斷指明志。長生「啊」了一聲，久久沒說話。胡叔遠瞥了一眼門外道坦上反扣著的一艘木船說，剛才我見你兒子給船縫填灰時手腳麻利得很，如果你們願意，就跟我一道去上海闖蕩一番吧。長生沉默有頃說，這陣子造船廠生意清淡了，我兒子就老老實實待在家裡，隨我學做木船了。不過，我知道這小子野心大得很，一心要幹大事，不如隨你去外邊打拚一番吧。

長生不曉得自己為什麼會那麼爽快地答應胡叔遠的要求。待胡叔遠走上村口一條大馬路，長生依舊駐足樹下遙遙目送，那一刻，他越發覺得這胡叔遠的背影跟胡大先生極像。當晚，他還夢見了胡大先生，穿寬衣大袖，著布鞋，月亮走，他也走……

兒子走出去了，長生明白，年輕人註定是屬於外面那個世界的。兒子在信中告訴長生，他在上海見識了大船之後，才知道家鄉的「河鰻溜」有多小。短短幾年間，兒子就從一名普通技工變成了部門經理；再過十多年，他就接替胡叔遠的位置，做起了造船廠的老闆。兒子是越來越有出息了，但父子倆見面晤談的時間卻越來越少了。二十年後，兒子的造船廠變成了一家大型集團公司，長生跟他一年間也難得見上一兩次面。

長生問兒子，人忙一輩子為的是什麼？

兒子說，為的是有一天去美國的夏威夷買一棟大房子，每天可以躺在海灘邊晒晒太陽。

長生又問，夏威夷的陽光跟這裡的陽光有什麼區別？

兒子說，太陽只有一個，但不是每個人都可以享受夏威夷的陽光。

果然，兒子不僅在京廣滬買了別墅，還在夏威夷買了房子。有一回，兒子訂好了機票，準備接他去夏威夷住上一陣子（那裡的房子空著也是空著）。長生說，不去，不去。

終究是沒有成行。

長生是個閒不住的人，晚年雖然家境富足，但他每天不做點什麼心裡頭就不踏實。除了在老家後院裡種點菜，他還在三里外的一畝小島嶼上闢了一座柑園，雇人一起打理。長生說，小時候，胡醫師曾饋贈他一個「重五柑」，他一直視若恩物。現如今，他每年都要提一籃柑去看望癱瘓在床的胡醫師。

依舊划船，去柑園，或是訪友。他這輩子什麼地方也沒去，就是喜歡在這條河流上划過來划過去。人與船，分享著流水的寂寞。

陽光照在長生身上，也照在我身上。那時我居然覺得，一個人待在一個熟悉的地方晒晒太陽也是一件挺好的事。偶爾也能看見有人搖船過來，但都是水泥船。我問長生，你造過水泥船？長生說，我這輩子造過各種各樣的木船，卻沒造過水泥船。水泥這東西造船，儘管經久耐用，看上去卻很粗陋。長生停頓片刻，把槳打出一個漂亮的水花說，木船跟魚一樣，只有放在水裡才是活的。

這條長河是南北走向，船穿過小鎮，屋舍漸疏，間雜幾座廊亭廟宇。越往南走，水域越發寬闊，星羅棋布的小島上是一片又一片綠桔黃柑。長生說，這片土地如果不種柑桔的話，也許有一天會生出鋼筋和水泥。

再往南走，就是另一座縣城了。這一路過來，共有二十多座橋，不過，現在已經沒有幾座像樣的石橋了，多的是混凝土橋。長生說，那邊過去半里許，有好幾條巷子都是以橋命名的，這是因為它的前身都是水巷，後來河流變成馬路，橋也就廢了，只留個橋名作巷名了。

長生沒有再蕩槳前行，而是把船划進了一條小河灣，那裡有一座榕蔭覆蔽的小島。喏，這就是我家的柑園了，長生指著前方說，這些老樹結出的柑特別甜，再過兩個月就可以把船划過來摘柑了。長生這樣說著就坐下來，點燃一支菸，默默地吸著。吸完了之後，他又開始划船，兩把石林木做的木槳發出「吱呀吱呀」的聲音。

我平躺下來，隔著船板，能聽到汩汩水聲，彷彿在訴說著這條長河的身世。太陽慢慢西斜，船在陽光和陰影間緩緩穿行，我消受著整個下午的散漫。忽然想起，前陣子有位叫八爪的網友曾約我坐船去前頭那座小鎮的楊府廟看地方戲，吃地道的魚丸麵，我應承下來了，卻一直抽不出時間。這些日得了空，卻找不著八爪了。如果這回坐船過去，戲是看不到了，或許還能在楊府廟旁的老字號店裡熱熱地吃上一碗魚丸麵吧。

寫於甲午冬月

風月談

一

白大生平素不大瞧得起東甌城內九山書社那幫靠寫劇本發家的所謂先生。白大生說，他們出手低俗，卻讓草台班的娘兒們唱出了名，這世道究竟是教人糊塗的。白大生與他們不同，他還要顧及讀書人的本分，平素只寫一些高古雅致的詩文。寫完了，就邀來幾位南川吟社的朋友，聽他朗誦；朋友若是沒空，他就逮住貓啊狗啊，念給牠們聽。白大生讀了幾十年的書，寫了十幾年的詩，落下了讀書人的通病：固執、遲鈍、懶散、愛發牢騷。這樣的人在苜蓿街上也有幾個，心高眼高，但終其一生，沒有什麼大出息，還少不了老婆的抱怨，左鄰右舍的奚落。白大生家中有幾畝地，雇表弟王阿六耕種，年成四六分，除此之外，他沒有別的什麼收入。白大生雖說是東甌城一帶有頭臉的讀書人，卻沒有學會什麼謀生的本事，家道是一日不如一日了。白大生的女人對白大生有著說不盡的怨恨。女人的怨恨有時是通過敲打鍋蓋、倒扣米桶、把衣服捶得山響等一些生活細節表現出來的。更多的時候，女人是像戲子唱「囉哩嗹」似的向他嘮叨。女人嘮叨的，都是一些米碎的事。單是一點小事，她就可以嘮叨上整整一個夜晚。這些日，女人嘮叨的話題與昆吾生有關。確切地說，是與昆吾生的一個新劇本有關。女人談的不是劇本本身，而是劇本外的事。女人說，自從昆吾生賣出了一個劇本之後，他家的女人第二天就到街上買了一件今春最流行的百襇裙。白大生說，人家添了一件新衣裳又干你什麼事？女人說，吾見不著也就罷了，偏偏那騷貨隔三岔五都要打屋門頭經過。回頭再看看自己這一身寒傖相，吾都替你心酸，白大生啊白大生，吾對你沒一點指望了。

女人一嘮叨，白大生就頭大。他輕輕地哼了一聲說，俗不可耐。他覺得，自己的女人本來就俗不可耐，穿上百襇裙就益發俗不可耐了。白大生沒再搭理女人，帶著一臉的陰沉走進了書房。這書房曾更換過幾個很雅的齋名，但裡面的擺設卻陳舊如故。門角和書桌底下堆積著一些廢棄的農具，似乎也算得上是耕讀傳家了。白大生在書桌前坐了下來，發了一陣子呆。書桌上有一個白瓷碗，裡面盛著清水，不是用來喝，也不是用來洗筆硯。這一缽清水，關乎心境。心煩意躁的時候，他常常會注視著它，讓心底裡的雜質慢慢地沉澱下去。心閒氣定之後，他拿起了筆，蕩去滯墨，在一張白紙上畫了幾竿竹子，一下子就感覺兩肋生風，心境也清爽了許多。白大生的女人在廚房裡一邊嘮叨，一邊張羅著早餐。這時，她瞥見一個白衣人朝這邊大門徑直走來，衣裳素淨，微塵不生，他便是白大生的詩友謝一塵，外號「世外閒人」。他進屋後，白大生的女人也沒問他是否吃過早餐。反正這個自稱有仙術的人只消在路上吞幾顆露珠，吸一點霧氣，就能解決肚子的問題了。謝一塵向白大生的女人問候了一聲，她卻霜著臉，愛理不理。白大生的女人揭開蒸籠蓋，一股熱氣騰騰的煙霧一下子就飄散了。謝一塵一大早出門，水米還沒沾過牙，聞到了粥香，就深深地吸了一口氣，忍不住舔了舔舌頭。但他還是十分瀟脫地拂了拂衣袖，從煙氣中飄拂而過，有如仙人。

哈，老謝來了。哈，老白，嫂夫人的臉色真難看，一定是你昨晚沒有好好地服侍她。兩人碰到一起，總要開些無傷大雅的玩笑。在本城，白大生與謝一塵最為相得。凡是謝一塵寫的詩，白大生都稱好；凡是白大生寫的詩，謝一塵也都無不稱好。謝與白曾擊掌為誓，將來無論誰死在誰的後頭，都要為對方寫一篇祭文，勒石為念。他們以為，讓別人寫這祭文終究放心不下。謝一塵一來，白大生就把新近寫的幾首七律交給他看。老謝這人每每讀到好詩，都會激動得熱淚盈眶。這一回雖然沒有流淚，但他照樣要發幾句感慨，說這幾首詩若水月，若鏡花，飄逸極了，精彩極了。他也帶來了自己的詩稿，裡面有一大部分是詠物詩：詠荷。詠梅。詠蘭。詠竹。詠菊。詠筆。詠墨。詠紙。詠硯。詠琴。詠棋。詠詩。詠書。詠畫。詠馬。詠鶴。詠雞。詠犬。等等。白大生稱他的詩氣味不俗。說不俗就是好。白大生平素極少誇人好。他也是有脾氣的。因為近視，所以目無古今。像本城最有名望的詩人葉天問，新近出了一本厚厚的詩集，謝一塵說好，南川吟社的同仁說好，梅溪書院的山長李祈昌說好，國子監出身的張師秦監生說好，縣太爺胡德貴說好，唯獨白大生公然說不好，弄得葉天問極是不愉快。謝一塵的詩風明明是受了葉老先生的影響，白大生卻堅持認為謝的詩在葉之上。可見，好朋友的詩就是好。

兩位老朋友眼下就要出書了，出的是合集。這段時間兩人時常湊到一起，挑了一些自己滿意的詩作，挑來挑去，覺得每一首都很滿意。考慮到篇幅和經費的問題，他們不得不作些取捨。既是出合集，首先自然要在篇幅上平衡一下。這一比較，謝一塵就有些汗顏了。謝一塵寫詩向來沒有一定之規，有時一天能寫十來首，有時一年半載下來也沒幾首。寫了十幾年的詩，總共也不到三百首（這在東甌城的詩人當中只能算是少產）。白大生就不同了，他寫詩跟寫日記一樣，幾乎每日都有東西可寫。十幾年來，晨練（打太極拳）、寫詩，成為他每日不可或缺的課業。日積月累，他居然積攢了五六千首。數量懸殊，出合集就成了問題。為了彌補這一缺憾，謝一塵臨陣磨槍，前陣子躲在竹清寺的寮房裡埋頭寫作，現在終於湊足了四百首。而白大生也理所當然地作了讓步，從近六千首詩中選出了五百餘首。畢竟是好朋友，謝一塵非但沒有因為對方所占的篇幅比自己多而感到心裡不平衡，相反，他還鼓勵白大生湊足六百這個整數。這樣，整部合集也就有了一千首詩。這老謝也不知怎麼搞的，對整數似乎懷有異乎尋常的好感。至於經費，老謝也說了，由他負責籌措。白大生知道老謝本人也沒什麼錢，全仗一位在外經商的表兄。近年來，謝一塵的表兄在江浙一帶販鹽賺了一大筆錢。去年回鄉過年，他捐了一筆錢給村裡造了一座橋、一座茶寮。捐助出書，對他來說只是一筆小數目，他自然是滿口應承了。

接下來，他們探討的便是一些瑣碎的問題了。比如這本書的序，請誰來寫，也頗費思量。謝一塵說，表兄的意思是，他出這點錢不圖別的什麼，只希望謝白二人能讓他和知縣大人胡德貴各寫一篇文章，作為序一、序二。表兄的意思是，他若能與知縣大人的名字並列在一起，自然就能抬高他在鄉黨中的威望。白大生說，表兄的意思吾明白，但吾覺著，請胡大人作序會多少帶些官僚氣息，請表兄作序人家又會說商業氣息太重。以吾之見，還不如請京城裡的賈寶春先生作序。謝一塵說，這事吾也考慮過，賈先生興許會念同鄉之誼給咱們寫上一篇，但賈先生的文章向來是按字來計算稿費，寫短了怕壓不住卷，寫長了又怕咱們私下裡付不起這錢。再說，賈先生的文章前些年還值錢，這些年跟劉子胥先生的招牌字一樣，到處都是，反倒不金貴了，還不如仿效他的風格自己動手寫一篇了事。白大生連連搖頭說，不可，不可，這於文德有虧的。兩人意見合不到一處，都不約而同地轉移話題。繼而談的，是印書紙張的選用。謝一塵說，永豐綿紙的價格實在太貴了，順昌書紙聽說最近也漲了價，選來選去，吾覺著還是江西竹紙好。白大生點頭表示同意，但他又指出：竹紙中有厚薄之分，既然是兩人出合集，篇幅較多，不如用竹紙中那種薄一些的毛太紙。謝一塵搖頭說，毛太紙不行，掂在手中分量太輕，應該選用厚一些的毛邊紙。吾到紙莊打聽過，這兩種紙的價錢不差上下。從成色來看，米黃色的毛邊紙要比乳白色的毛太紙顯得更古雅一些。談到細枝末節的問題，兩人在看法上的分歧就出來了。彼此間都想說服對方，那種壓抑下去的怒氣在故作平靜的談話間隙若有似無地流露出來。謝一塵常常會提到「表兄的意思」，以便提醒白大生：表兄是他謝一塵的表兄，他比白大生應該更有發言權。

謝一塵怏怏不快地走後，白大生的女人就進來了，把盛著幾個冷饅頭的大碗「噹」地一下擱在白大生眼前。白大生伸手觸摸了一下，跳起來說，好呀，你這懶婆娘，饅頭冷了，也不放在蒸籠裡餾一餾。女人剛要走出門（書房跟廚房僅隔著一塊布簾），又猛地回轉身，眉眼一橫說，你算是哪根蔥呀，你以為自己是大老爺，把吾當成灶頭婢來使喚不成？白大生也是火氣衝天，連饅頭帶碗一齊摜到地上，又踩上一腳說，老子要是中了一甲前三名，頭一件事就是休了你這黃臉婆。女人聽了這話，就脫下一隻腳上的粗布鞋，向白大生猛撲過去，一面咒他出門被雷劈，一面用鞋底拍打他的腰背。白大生看見女人手中的鞋子，就想起她那雙大腳。在本城的文人中，用婦人的裹腳布漉酒、用三寸金蓮的弓鞋作腳酒杯，都是一件文雅之事，可眼前這雙大腳卻讓他覺得俗不可耐。白大生不但腳小，手腕也十分纖瘦，論打架未必是他女人的對手，他只能借助嘶聲怒吼為自己製造聲勢。但女人的聲勢之壯反而蓋過了他。漸漸地，他就有些招架不住了。白大生練過太極推手，那種推法斯文了一些，他竟一點也用不上。他被女人從書房逼到了灶角，又從灶角跳回到了書房，把整個家裡攪得雞飛狗跳。這時，表弟王阿六從門外進來，見兩人扭打成一團，就上來勸架。王阿六是莊稼漢，手腕粗，虎口闊。他的一雙大手插在兩人中間，試圖分開他們。女人撲過來時，他的手碰到了女人柔軟肥大的胸脯。白大生退縮到王阿六的身後，女人不依不饒地衝上來，看上去像是要撲進王阿六的懷裡。白大生趁其不備，從王阿六身後溜到門角，奪門而出。他跑了幾步，又忽然覺得這種抱頭鼠竄的樣子有辱斯文，於是又踅回來，彈了彈衣襟上的灰塵，再次站到女人面前，說了幾句多餘的狠話。女人被王阿六的一雙大手鉗住，竟一籌莫展。她向白大生連啐了幾口，就哇啦哇啦地哭訴起來。大約是怨自己命苦，三歲死了娘，嫁個男人八字命中又沒一點財星。王阿六望著地上的饅頭說，表嫂，吾這一大早出來還沒吃過飯，你給吾弄兩個饅頭吃吃罷。女人氣咻咻地說，要吃你就吃地上的饅頭。王阿六嘻笑著說，吾要回頭吃家裡的那兩個又軟又肥的肉包子。女人白了一眼，撇撇嘴說，大清早就要吃肉包子，哼，不怕噎死了你?!王阿六說，噎死就噎死罷，吾要是噎死了，就在家裡的那個洞穴裡葬了罷。女人破涕為笑，戳著王阿六的腦門嗔道，狗畜阿六，你盡說這種不知羞恥的話。王阿六學那戲裡的「侖噔調」說，嘻嘻，吾這就回頭跟家裡的哩啦哩咯鑑。女人聽了笑也不是，哭也不是。王阿六見表嫂情緒穩住了，就跟白大生使了個眼色說，表哥，你就別在這兒撩惹人了，你看表嫂都哭成淚人兒了。白大生看了一眼女人，帶著輕蔑的微笑走開了。

二

白大生跟女人吵翻了之後，鬱悶了好些日。這一天上午，有人送來請帖，邀請他下午未時赴城東文昌閣參加南川吟社的聚會。白大生坐在家中正悶得慌，有了活動，也就樂得出去散散心。白大生經過謝一塵家門口時，打算約他同往，敲了幾下門，都沒人應答。白大生的心中又添了一層疑慮：前些日，他固執己見，說話有些衝，老謝恐怕還在暗暗地生他的悶氣。白大生在謝家門前待了一陣子，也沒見人進出。因此他想，老謝也許早已去了文昌閣。話又說回來，老謝若是獨自去了文昌閣，就說明他真的在生他的氣。本來，文昌閣是可去可不去的。現在他是非去看一看不可了。

文昌閣三面環水，背靠筆架山。但凡到省城或京城趕考的讀書人都要先到這裡拜一拜文昌帝君。文昌閣兩端的翼角十分傲慢地翹著，頂端有一尾文彩橫逸的鯉魚，意思是鯉魚跳龍門（但凡在東甌城裡待久了的人似乎都想跳出去）。文昌閣也是讀書人經常聚會的所在，他們在街上閒蕩時，蕩著蕩著就不知不覺蕩到這兒來了。三五成群，說說閒話，攏攏大夥的心氣。僅此而已。像這一次，來的人就多了，除了南川吟社的人，也有幾位九山書社的。白大生進去後，先是在人群中掃視一圈，看有沒有謝一塵的影子。裡裡外外他都找遍了，老謝不在，他總覺得少了點什麼。這次雅集照例是由老詩人葉天問主持。葉天問已有八十五高齡，後生們都尊稱他為「葉公」。白大生敬重葉公的人品，對他的詩卻頗有微詞。白大生覺得，這個縣城裡詩比葉公寫得好的大有人在，但能夠活到這個歲數的詩人恐怕只有葉公一人。葉公不但活過了別的詩人，而且他的名聲也蓋過了所有的詩人。白大生望著葉公的滿頭銀髮，得出了這樣的結論：名聲的大小有時與白髮多寡有著莫大的關係。想到長壽不能讓一個人獲得好名聲，這對寫詩的人來說會是一件多麼叫人沮喪的事啊。白大生自視很高，他是不打算靠長壽來贏得好名聲的。

葉公邊上，就是那位既寫詩又寫劇本的昆吾生了。白大生向來鄙薄此人。有人說昆吾生的詩也是字字可入律呂，在白大生聽來，那是帶有嘲諷意味的。昆吾生身邊還有幾個不辨香臭、到處用鼻子來尋找同類的詩評家，他們正在跟昆吾生談一些與詩無關的話題。昆吾生是著名劇作家葛臨仙先生的入室弟子，因此碰到昆吾生的人，大約都要說到葛先生；說到葛先生，大約都要說到他的女人。葛先生喜歡收集一些有些年頭的東西，但女人例外。女人是要新的。葛先生當初曾為江浙一帶的女伶編寫過幾個後來使他聲名大振的劇本。葛先生每出一部，都會有一名女伶被他捧紅。現在葛先生年紀大了，就有了淡出的念頭。他在本城的東南角買了一大塊山地，造了幾間竹屋，自號「忘機山農」。除了夏日會在這棟山間小築消暑，平日也偶爾在衙門或花街柳巷走動。朋友們說，他是風塵外物，然而他又是喜愛風塵女子的。昆吾生與葛先生交往頗多，有關葛先生的趣聞也多半從他口中出來。昆吾生說，葛先生經常掛在嘴邊的一個詞就是「無聊」。因為無聊，他總想弄出一點新花樣來打發日子。最近聽說他喜歡上了吐血。葛先生以為，把血吐在美人的香帕上是人生的一大快事。有人難免會產生這樣的疑問：葛先生一身雞皮鶴骨，哪有那麼多血可以吐？不然，昆吾生說，葛先生吐的不是血，而是印泥跟胭脂調和出來的一種紅水。那女人美是美的，卻糊塗透頂，居然以為葛先生真的得了什麼要命的咯血症，嚇得面色蒼白，淚水漣漣。葛先生看著她那副又驚又怕、楚楚可憐的模樣，就愈發得意了。這昆吾生雖說是葛先生的弟子，但有時也會在老師背後說些不敬的言辭。白大生曾聽圈內的人說，他們之間還因為劇本的事發生過小小的齟齬。昆吾生剛出道那年，寫了一個劇本，託名葛先生，然後又以「欲死欲仙社友」為名，替自己寫了點評。葛先生知道此事後大為光火。昆吾生是被葛先生罵過的，且是罵出了名的。自從葛先生擱筆不寫後，昆吾生就被九山書社的同仁捧出來了。他的書雖然沒有像葛先生那樣俏賣，卻也印行了好幾部。

昆吾生剛剛講完葛先生的一些掌故，幾個生性疏懶、不太守時的詩人進來了。於是他們又聊起了詩。還是那老一套的：四言。五言。七言。絕句。格律。四聲。平仄。對仗。次韻。長短句。幾個閒人穿寬鬆鮮潔之衣，在露台上飲酒。喝的是茱萸酒。昆吾生朗誦了自己的幾首近作之後，口出狂言，還摔了一個杯子。那個年頭，率性傲慢的詩人有一個怪癖：寫了一首得意之作就要喝酒，喝酒之後就要摔杯子。昆吾生也是這樣，他每寫一首詩都覺得可以傳世，因此他情不自禁地要摔起杯子來。一年之中他只寫了二十餘首詩，但至少要摔掉七八個杯子。昆吾生家境好，摔幾個也無所謂。但昆吾生的女人見著心疼，就把陶瓷酒杯換成銅製的，昆吾生非常惱火，他說，銅製的杯子有銅臭，酒一入杯就有俗味了。所以，昆吾生照例要用陶瓷酒杯盛酒。杯子照例要摔。自從昆吾生以摔杯子出了名之後，白大生就再也沒有摔過杯子了。以後凡是見著摔杯子的詩人他都格外鄙視。

白大生見不慣那種很熱烈的場面，只是找了一兩個平素聊得來的人聊聊，其餘的人都彷彿視而不見。眾人聊得正酣時，一輛豪華馬車在文昌閣大門口停了下來。車夫掀開藍印花布，從車上下來一個大胖子，後面還跟著一個瘦弱、白淨的小後生，看樣子是他的書僮。大胖子向書僮交待了幾句，就邁著方步向大門走去。葉公、昆吾生、白大生等人都紛紛出來迎接。這個大胖子就是京城十大書坊之一鄭氏文淵閣的董事，名叫鄭忠厚。他看上去沒有一點書卷氣，八字鬚，國字臉，尖刀眉，蝦球眼，其面相屬亦忠亦奸的那一類。這一次到東甌城，鄭忠厚帶來了鄭氏文淵閣刻印的二十多種新書。這些書既不是放在坊間出售，也不是用來送人，而是作為樣本做些展覽推廣的活動。東甌城的書肆中最俏賣的是國子監出的書，其次是金陵徐氏文瀾閣出的書，燕京鄭氏文淵閣出的書也有，但不多見。因此，這位京城來的書商覺得有必要大事宣傳。鄭忠厚申明來意後對大家說，東甌城是他此行的第四站，下一站，他要去另外幾個文風較盛的縣城。鄭忠厚讓書僮把鄭氏文淵閣出的新書像魚乾那樣攤出來，供眾人觀賞。人們翻看著，摩挲著，發出由衷的讚嘆。白大生手中是一本介紹草木蟲魚的書，墨字很亮，很莊重，柔軟的紙張散發著潔淨的木香。他的手指觸摸著毛邊紙的細密紋理，恍惚覺得這便是自己與老謝合出的那本新集子。

這毛邊紙其實也不錯啊，可那時吾怎麼就認死理說它不好？白大生不無自責地想，人有時候固執起來真是沒法子啊。散會後，白大生沒有隨眾人赴松鶴樓吃酒（書商請的客），而是提著兩斤黃酒、三兩花生米來到老謝家。天色已暗，謝一塵依舊沒回來。透過爬滿藤蔓的竹籬往裡細看，屋子裡燈火全無。謝一塵自打老婆被一名小商販拐跑後，兒女都寄養在鄉下父母家，他很少居家過日子，更多的時候是外出求仙問道。以後幾天裡，白大生去紫霄宮、竹清寺、紅葉村、老謝的父母家、張寡婦家找過他，都說好長時間沒有見著他了。

半個月後，謝一塵帶著數百冊剛剛印好的詩集出現在東甌城。這本書收錄了謝一塵的四百首詩，書前還冠有知縣大人胡德貴的和鹽商陳金奶的兩篇序文。裡面除了收入十幾首與白大生唱和的詩作，並沒有一篇白大生的作品。這本書輾轉傳到了白大生的手中，白大生先是震驚，繼而惱怒。震驚和惱怒之後是長久的嘆息。這一天，白大生又把一碗清水擺上了桌子，極力讓自己沉靜下來。那一碗清水不虧不盈，彷彿可以通向另一種澄明之境。慢慢地，他的臉上就顯示出一種對自己的涵養工夫很有把握的樣子。

隔了些日，白大生又收到了老謝寫來的一封信。信中說，由於兩人意見沒有統一，他只好單獨出書，剩下還有一些經費，可供白大生日後出書之用。讀完信，白大生又把鄙夷的目光投向那本詩集。這樣的書，一眼看出便是從那種刻印農家曆的小作坊刻印出來的，紙張間透溢的墨臭還沒化開，聞起來叫人十分難受。這麼一看，他又自我安慰起來，慶幸自己沒有跟謝一塵合出詩集。要是他的書也被弄成這個模樣，非投進茅廁不可。這算什麼書啊，鄭氏文淵閣出的書才叫書。

三

這些日的大事小情總算過去了，白大生難得圖個清閒的心境。他在苜蓿街上閒蕩時，遇上了京城來的那位書商。前陣子，鄭忠厚先去了鄰近幾個縣，事情一了手，他就打算從原路返回京城。旅途勞頓，又加上身體不適，就在東甌城的五柳客棧住下，歇幾天腳再走。站在鄭忠厚身邊的，是他的書僮，手中提著幾包糖葫蘆似的串在一起的藥。白大生想，這大約就是人們常說的富不離藥了。白大生見鄭忠厚臉色灰敗，就問他得了什麼病。鄭忠厚咳嗽了一兩聲說，偶染小恙，不打緊的。白大生說，在客棧煎藥恐怕不方便，不如吾給你帶到家中去煎，吾家就在後巷，煎好了便給你送來。鄭忠厚想了想說，這也好，只是有勞白兄了。他叫上書僮跟白大生一道走，還附在他耳邊反覆叮囑了幾句。白大生心想，這鄭先生做事也恁謹慎，他莫不是怕吾在藥中投了蒙汗藥什麼的。

　　煎好了藥，白大生又陪同書僮提著藥罐來到五柳客棧。鄭忠厚掏出幾個銅板表示謝忱，但白大生堅辭不收。兩人就坐下來聊了起來。鄭忠厚問白大生是否寫劇本的。白大生搖了搖頭。鄭忠厚說，自打遷都北方，南戲在那裡就越來越受冷落了，文淵閣出的幾種南戲劇本淨是賠錢。所以，這一路上有幾個寫劇本的先生要他幫忙出書時，他都婉言謝絕了。白大生告訴鄭忠厚，他是寫詩的，對南戲不太感興趣。鄭忠厚問他有否出過詩集。白大生就把自己出詩集未果的事說了一遍。鄭忠厚說，出詩集純粹是賠本賺吆喝，弄不好非但賺不來吆喝，還免不了同行的惡語中傷。再說了，這年頭靠寫詩出名也不是件容易的事。你要出名，就要到京城來出名。你在一個縣城出了名，只有方圓五百里的人知道，你在京城出了名，天下人都會知道。白大生說，京城米貴，紙也貴，恐怕不是吾輩待的地方。鄭忠厚見他一身素氣的衣裳，知道他是一介寒士，就說，我有一個法子，可以讓你賺些小錢，興許還可以幫你解決出書的經費。一舉兩得的事，白大生自然想聽聽他的高見。鄭忠厚露出詭祕的笑容說，現在不忙說這正事，今晚我請你去金谷園放鬆一下。金谷園是什麼去處，白大生不是不明白。他聽人說，那裡的美酒會把人的腸子吃爛掉，那裡的美女會讓所有進去的男人不服軟也不行。一說到女人，白大生就立馬擺出忠厚長者的面孔來。他說，那種地方他去不得。鄭忠厚問他原因，他就拿聖人的話來為自己開脫。鄭忠厚說，聖人的話，道學家的口實，騙騙老實人罷了。我們這些俗人若是個個都像聖人一樣完美無缺，就很不好玩了。他拿起桌上一枚銅錢說，就像這銅錢，因為外形太圓了，所以就在內裡鑿個方口，所以人人都覺得銅錢好玩嘛。白大生心想，這位鄭先生說的並不是沒有道理。從前因為自己太固執，錯過了不少機會，有時回過頭來想想都後悔莫及。人有時候真的是不能太固執的。

月白路明。白大生隨同鄭忠厚來到金谷園。快到門口時，他又猶豫了。白大生行事向來有分寸，彷彿舉手投足之間都有一把尺子規範著。金谷園的門檻在他眼裡也是一把尺子，門裡門外，人就有區分了。白大生的目光朝四下裡溜了一圈，沒發現什麼熟人。但白大生顯然犯了一個小小的錯誤：他是近視眼，他看不見別人並不意味著別人也看不見他。好在那時正是夜晚，從這裡進進出出的人只能看到模糊的面影。白大生傴著腰，側著身子一腳跳進了那道門檻，接著就放慢了步子。

金谷園所在的山谷間有兩脈泉水。一是溫泉，一是冷泉。洗溫泉可以袪病，遠近一帶，但凡有風濕病、皮膚病的，都會來這裡洗個澡。金谷園的老闆腦子活泛，在園中建了一個大澡堂，把活水從外面引進一方池子。湯氣氤氳，人在濛濛霧氣中走動，彷彿水中模糊的影子。鄭忠厚提議先洗個澡。他和白大生各自伏坐在木桶中，讓溫泉浸潤全身。木桶中升起一股濃烈的藥香，使人丹田暖和。鄭忠厚見多識廣，向白大生講解了藥浴的功能。白大生問他洗一次藥浴要花多少錢，鄭忠厚報出了一個讓他瞠目結舌的數目。在藥液的作用下，白大生的身體進入了放鬆的狀態，那顆激動不安的心也得以平撫了。他光著身子從木桶中爬出來時，看見鄭忠厚正閉著眼睛伏坐在另一個木桶中，水面浮蕩著一片雪白的贅肉，看上去像一隻呆鈍的鵝。洗完藥浴，梳洗整齊，白大生竟感覺身上那件衣裳寬大輕盈了許多。兩人心清氣爽地來到一個正對著後花園的露台，那裡已擺上一桌酒席。鄭忠厚召來十餘名妓女，從中挑揀了兩名作陪。席間，白大生忍不住問鄭忠厚，他在客棧裡說的一舉兩得究竟是怎樣一回事。鄭忠厚故作神祕地笑了笑，岔開話題說，來來，先喝酒，別辜負了眼前這一番良辰美景。

月亮從雲層間露了出來，薄薄的一瓣，卻把整個後花園澆得遍地銀光。此時，白大生已有了微微的醉意，本來就近視的眼睛顯得愈加朦朧。他望著遠處的月光，以為那是滿地江湖。白水多於地，他說，這唐人的詩句寫得真是好。鄭忠厚說，今晚不談詩，只談風月。白大生這時才忽然意識到，身邊坐著的，是一名陪他吃花酒的妓女。起初他不敢太放肆，調情的話也說不上幾句。

嘴角有點乾，就喝點酒；沒話可說，就往嘴裡塞點菜。他和妓女一時間找不到可以閒聊的話題，只好默不作聲地看著鄭忠厚，以及那個坐在他懷裡的女人。他注意到，鄭忠厚有一雙白白胖胖、指骨間生著肉渦的手。他的手有時舉著酒杯，有時飛快地出入於女人光滑的衣料與肌膚之間。他還注意到，他是左撇子，無論喝酒，還是撫摸女人，使用的都是左手。白大生心想，鄭先生既然付了錢，總得在女人身上討些便宜回來。這麼想著，便有一種欲念猶如微風貼身，讓他渾身爽快。身邊那個妓女被他的手指激活了，發出咯咯的笑聲。白大生覺得，眼前這張漂亮的臉蛋是值些錢的，但加上淫蕩的笑，就變得十分廉價了。白大生憎恨女人的淫蕩，所以就在她身上下了些狠手。

兩人興致正濃，黑暗中忽然傳來了朗朗笑聲，呵呵，兩位仁兄在此飲酒作樂怎麼也不叫上小弟？來人便是昆吾生。方才他在門口看到了鄭忠厚的豪華馬車，就進來探問，但他對鄭忠厚卻說自己是聞著書香來的。昆吾生見了白大生，就連譏帶諷說，白兄讀聖賢書之餘不忘嫖妓，真是可敬可敬。白大生反唇相譏說，兄弟你嫖妓之餘不忘讀聖賢書，也是可敬得很哪。在口舌之爭上，白大生有欠靈活，但他有時冷不丁說出的話卻能傷人到骨。昆吾生被他反過來狠狠地挖苦了一番，臉色頓時就變得異樣了。鄭忠厚見兩人之間有些不太對勁，連忙插進話來說，讀聖賢書也好，嫖妓也好，大家彼此彼此。昆吾生毫不客氣地在白大生身邊坐了下來，而且還有把屁股坐熱的意思。白大生忽然間就沒了興致，只顧喝酒夾菜，不作理會。白大生平常吃的大都是蔬食，胃弱量小，一下子吃進那麼多肉食，哪裡消化得了，吃到一半就感到肚子發脹，趕緊捂著肚皮跑到茅房大解。事後回來，見昆吾生還沒走，又照吃照喝。昆吾生跟鄭忠厚談論的是劇本上的事，好像有什麼事要託他辦。鄭忠厚舉起酒杯照了一圈說，先喝酒，正事以後再談。昆吾生也舉起剛喝完的空酒杯，在鄭忠厚面前晃了一下說，這一桌酒席就算是小弟我請的。他這麼一說，白大生就沒了胃口。他索性裝醉，讓身邊的妓女扶他回房。進了房間，妓女脫掉了白大生的外衣和靴子，讓他躺下來。蓋被子時，白大生捉住了她的手。這雙手比起自家女人的手要細膩柔嫩得多，其間的區別就像是竹紙和稻草紙。白大生順著她的手腕往上摸時，昆吾生貿貿然地走了進來，摟著妓女的腰肢說，白兄醉了，就讓他好好歇息，你就陪吾出去吃兩杯。妓女跟白大生對望一眼，就隨了昆吾生手挽著手，出去了。白大生只好眼睜睜地看著他們的身影消失在門外的黑暗中。一團游移的欲望沒了著落點，心就浮蕩起來了。

第二天起來，白大生面帶倦容，而鄭忠厚依然紅光滿面。奇怪的是，他連嗽也不咳了。鄭忠厚把一本書稿交給白大生說，最近我搜到了一部奇書，是幾百年前這裡的一位野和尚寫的，裡面都是一些有趣的野歌子，你給它整理一下，作些點評和箋注。白大生拿過來翻了翻說，這本書吾先前看過，是一本很爛的歌謠集。鄭忠厚說，可我要的就是這本很爛的書。我們書商其實跟那些賣生熟藥材、蝦皮魚乾的沒有什麼區別，我們看的不是書本身的好或壞，而是好賣或不好賣。白大生遲疑了良久說，編注這本書倒也無所謂，但書成之後不能署他的名字。鄭忠厚說，考慮到這本書的銷量，他決定署葛先生的名字。一是借重他的名氣，二是葛先生也編校過類似的書。他與葛先生在京城國子監有過一段交情，只要跟他通融一下，他也會願意署這個名的。鄭忠厚還說，在他臨走之前，他要帶白大生去拜訪一下葛先生。據白大生所知，去葛先生府上的，都是一些響噹噹的人物，就是沒見過衣裳不整的人上他家去過。白大生以為，一戶人家要是沒幾個窮親戚走動，定然是個勢利鬼。既然是勢利鬼，他也就犯不著拿熱臉貼人家的冷屁股。所以，鄭忠厚相邀時，他婉言謝絕了。兩人談妥出書的事，鄭忠厚先付給白大生一半的稿費，限他三天之內交稿。書成之後，付清另一半。白大生拿了五十兩紋銀，忽然間揚眉動目，全身透出一股精氣神來。他夾著書稿經過那道長廊時，瞥見了幾個膚白貌美的妓女。出了門，心裡仍覺得有些丟不開。

白大生回到家中時，女人正赤條條地躺在床上睡覺。一直以來，白大生四體不勤，淡於房事，現在忽然間有了衝動，讓他自己都覺得有些吃驚。他爬上來的時候，女人也沒睜眼瞧他，只是翻轉身子懶洋洋地哼了一聲。白大生進去之前，朝手心吐了一口唾沫，彷彿是在幹一件搓麻繩的活計。女人來了興致，也就不計前嫌，十分坦蕩地接受了。白大生的身體垂直於女人，腦袋有節奏地晃蕩著，那樣子很像是在自家田地裡悶鋤。完事之後，白大生心情舒坦，出手自然也就闊了，他從口袋裡掏出了十兩紋銀交給女人。女人得了錢，喜上眉梢，要他再來一次。那一刻，白大生忽然有了一種嫖妓的感覺。

白大生花了兩天時間就把那部書編注完畢，交到書商鄭忠厚手中。就在他決定去拜訪葛先生的那天下午，從葛府傳來了消息：葛先生死了。白大生心中一寒，喃喃著說，葛先生死得真不是時候。鄭忠厚聽了這則死訊，卻連說兩聲：死得好，死得好。白大生不知道他為什麼會說葛先生死得好。他也不作興去問。鄭忠厚翻了翻白大生編注的書稿，叫書僮拿出八十兩紋銀給他。白大生說，你已給過我五十兩，現在再給我五十兩就夠了。鄭忠厚笑著說，這多出的三十兩是葛先生給你的。白大生聽了，更是丈二和尚摸不著頭。鄭忠厚解釋說，葛先生一死，這書就成了他的遺作，既然是遺作，這書就比先前更值錢了。你懂我的意思？白大生拍了拍頭，哭笑不得。當天上午，鄭忠厚就帶著「葛先生的遺作」回京，留下一箱書交給白大生去處理。打開一看，裡面竟全都是昆吾生託他帶到京城推銷的劇本。鄭忠厚臨行前吩咐過他：要麼把它們當廢紙賣掉，要麼拿回家去當柴燒掉。

葛先生出殯那日，白大生還聽人說起了這樣一段掌故：葛先生彌留之際，要弟子昆吾生給他擬一篇祭文。昆吾生以為，葛先生平素最講究用詞，祭文中自然不能提到「死」字。而與死相關的詞實在太多了：溘逝。作古。疾終。物故。弄堂帳。啟手足。捐館舍。遁化。隱化。遷化。遷神。遷駕。等等。他不知道用哪一個詞最為妥貼。於是他就把這些詞附錄於後，讓葛先生親自過目後再作定奪。誰知葛先生竟用朱砂筆在這些詞上畫了一連串圓圈。畫完了，葛先生也就死去了。這一連串圓圈卻給人們留下很多有嚼頭的話題。有人說，這是功德圓滿的意思。也有人說，不對，這明明是告訴昆吾生，這麼多與「死」相關的詞到底還不如一個「完蛋」。

四

眼看秋試臨近，白大生決定赴京會試。這一趟上京，走的是水路。與他同行的，還有幾個同縣的窮秀才。走旱路自然比水路快些，但訂一輛馬車價錢不菲，實在不合算。那位京城來的書商坐的便是那種豪華馬車，價錢更貴。白大生聽說此君還有龍陽之好（出遠門一定要帶書僮），不走水路走旱路也是正理。白大生他們走的是水路，但不坐官船，而是坐價錢更便宜一些的糧船。船到了省城，逗留一天，又換坐另一艘直達京城的漕船。這樣整整走了一個多月才到京城。京城到處都是屋宇，一眼看不到山，大得叫人有些茫然。京城好，這是無疑的了。東甌城那些不得志的讀書人遭人奚落時，就會梗著脖子白著眼說，吾要是到了京城，中了頭甲，你們就死定了。

白大生跟幾個窮秀才就在京城一家破舊的客棧落腳。四五個人擠在一個房間，房錢大夥分攤。窮秀才們到京城開了眼界，都興奮得闔不上嘴。有幾個跑出去玩了一圈，帶回了幾張邸報，一坐到房間裡就有得聊了。聊的是皇帝和臣子們最近都在幹些什麼，後宮裡都發生了什麼事。白大生沒興趣聽他們閒話散講，顯得分外落寞。這一次，白大生是負恨出來的。他跨出家門口的那一刻，就作出了拋妻離家的打算。白大生沒想到自己的女人跟王阿六早已有了明鋪暗蓋。表弟不但分了他家田地的收成，還要分享他的女人，這就很不夠意思了。跟王阿六這種人幹上一架也沒意思。女人呢，更沒意思，他犯不著為了她跟別人打得頭破血流。那陣子，他常常這樣對自己說，什麼都是空的，只有功名事業才是實實在在的。因此，他就下了參加秋試的決定。這樣也好，他終於可以為自己的出走找到一個冠冕堂皇的理由。赴京考試前，白大生到文昌閣請那位拆字先生給自己測測字。白大生拈到了一個「申」字。拆字先生說，恭喜恭喜，這「申」字拆開來就是一定高中的意思。在旁觀看的讀書人說，「申」字在古時也指男人的臊根，怕是近日會有豔遇了。白大生自我解嘲說，無論是科場高中，還是風月場中得意，都無非是一「舉」驚人罷了。在場的人聽了都哄堂大笑起來。進京之後，白大生除了在客棧裡讀些八股選本，有時就坐在那裡發呆。床鋪很髒，時常有臭蟲出沒。髮叢裡爬進了幾隻蝨子，與書一樣，寂寞時隨手拿來，頗可以解悶。

考試前一天，因為水土不服，白大生得了頭痛病。他從書篋中掏出一把家鄉帶來的灶心土，和水服下，竟也未見功效。第二天，他帶著文具昏沉沉地進了考場，信筆塗鴉一番就交了卷。白大生從考場出來，出了坊門，跟沒魂似的。這一次文戰不利，他就打算在京城找一份差事做做，也好給自己鋪一條後路。沿途打聽到京城裡有個南方人的聚居地，就去了那裡。白大生不喜歡逛衣冠鋪、珠寶行之類的地方，他徑直來到一個雜亂無序的棚戶區，那裡有說書的、玩雜耍的、彈唱的、賣字畫的。人群扎堆的地方有一個大戲台，據說以前南戲都在這裡上演，現在卻破敗不堪，變成了騾馬交易處。戲台左近有一個書攤，一排溜擺著京城幾家書坊刻印的書，但大都是一些過時的書。守攤的老人鬚髮皆白，衣裳破舊，盤腿坐在地上，彷彿一段枯木。白大生在書攤前蹲了下來，隨意瀏覽。無意間發現了幾部由鄭氏文淵閣出的書，其中一本就是他編注的歌謠集，封面上印著幾個大字：忘機山農葛臨仙遺著。老人順著他的目光，指著這本書介紹說，此書的作者便是他的同鄉人。老人的手指乾瘦如柴，留著發黃的長指甲，指縫間布滿了泥垢。你也是葛先生的同鄉？白大生抬起頭說，這麼說你跟吾也是同鄉嘍。老人也改用方言跟他說，吾原本就是東甌城賈橋村人氏。白大生說，你既然是賈橋村人，那麼你一定認識賈寶春先生了。老人抬起渾濁的目光打量著白大生，一字一頓說，老朽正是。白大生一下子繃直了身體，半信半疑地問，你真的就是那個寫劇本的賈先生麼？老人說，吾姓賈（假），名字倒不假。白大生聽說過賈先生年輕時的若干逸事，在他沒見過賈先生之前，想像中的他應該是面色紅潤而微胖；穿戴高古而潔淨；身子骨硬朗，談吐風趣；還應該有一頭好看的白髮。怎麼也不會想到竟是這麼一個可憐兮兮的糟老頭。但白大生還是站起來，雙手作揖，一躬到底。賈先生受了這樣的大禮，竟有些激動莫名。白大生說，先生的大名在家鄉一帶可是響噹噹的。想當年，先生名聲在外，鄉裡的文人每出一部書都指望著先生給他們作序，先生的劇本至今還在家鄉傳抄成誦呢。賈先生聽了白大生的一席話，忽然間老淚縱橫，他反覆地問道，你說的可是真的麼？家鄉的父老真的沒有忘記老朽麼？白大生點頭之後又輕嘆了一聲，他沒想到這麼有頭臉的人物到了晚年，竟在京城一隅幹起了擺書攤的賤業來。看看他那副窮困潦倒的模樣，他的心都涼了半截。賈先生見白大生也是個讀書人，就向他推薦了自己寫的幾本閒書。一本是教人怎樣種藍草的，一本是教人怎樣寫公文的，一本是教兒童怎樣寫正楷的，還有一本，賈先生向他極力推薦，是教新婚夫婦怎樣行周公之禮的。這四本書都是由一家名氣不大的書坊刻印，質地拙劣的程度與謝一塵那本詩集相差無幾。白大生見賈先生的書攤生意清淡，便掏出兩紋錢，買下了那本厚厚的房事寶典，還附帶一份過期的邸報。

白大生把賈先生的書帶回客棧，躺在床上翻看起來。這本書，有點意思，談的是兩個人分別在上面、下面、側面、前面、後面都應該採取怎樣的姿勢。沒有圖解，但可以想像。看著看著，他就覺得渾身躁熱。白大生摸了摸口袋，還有一筆不小的餘數，於是就有了去「放鬆放鬆」的想法。當晚，白大生去了附近一家窯子，剛掀開門簾，就聽見裡面傳出兩個男人用東甌城方言交流心得的聲音。這些窮秀才，一路上省吃儉用，把錢花在這事上卻一點兒也不吝嗇。白大生退出門時，又不無鄙夷地想，這些土包子，也只配跑到這座破窯子跟末等相的婊子們鬼混。白大生要玩就玩大的。他來到了京城一家頂有名氣的妓院。京城的大妓院有著禮遇天下的氣派，進進出出的妓女碰到嫖客，都會點頭致意，個個都像知書達禮的。老鴇見白大生長相斯文，出手又闊，就給他物色了一位纖巧、秀氣的女子。白大生進了她的房間，她卻沒好臉色，在床上一躺，就著床頭的蠟燭，自顧自地看起一本閒書來。白大生脫了衣裳，怔怔地站在那裡，不知道這算什麼意思。女人說，時間寶貴，你還愣著作啥？白大生說，這話應該由吾來問你，吾是客人，付了錢的，你卻躺在這裡看起閒書來。妓女說，我就這德性，你要是看不慣，可以另外叫一個。女人的冷漠反而使白大生的全身激起了不可遏制的欲望。他的貪婪在那一瞬間釋放出來，他脫下了她的衣裳之後，仍在她的皮肉上做著剝筍皮的動作，差點把女人身上的汙垢搓下來。白大生要她翻過身來趴著，她也沒拒絕，只是把雙肘支在枕頭上，書放在兩手之間。她儘量把身體調整到既可以應付他又可以看書的姿勢上來。白大生不耐煩地說，你就不能停止看書？妓女說，不能，這是一本好看的小說，一刻都不能叫我停下來。白大生悶聲悶氣地說，吾是來做事的，不是來打坐參禪的。你這樣一門心思看書，叫吾怎麼做來著。妓女說，我看書使用的是自己的腦子，你做事使用的是我的身體，咱倆誰也沒礙著誰。白大生被她這麼一反駁，竟啞口無言。他想，這妓女看來也不是泛泛之輩，而這種有腦子的女人正是他喜歡的。他停了下來，跟妓女並排坐著。妓女被他瞎折騰一番，卻依然是整頭平臉，一絲不亂。看樣子，她經驗老到，懂得怎樣完好地保護自己。她沒問他為什麼停下來，也沒問他什麼時候再上來。妓女兀自看著書，他看著妓女。他問她看的是什麼書。妓女說，是一本男盜女娼的書。出於好奇，他也跟著一目十行地讀起來，竟忘了來這裡的目的。看了大半，白大生不屑一顧地說，這樣的書，我也能寫。妓女說，你若是能寫，我以後就不收你的嫖資。這話本來是開玩笑說的，沒想到白大生竟動起真格來。他向妓女索要了一副筆墨紙硯，當即揮筆寫了起來。在寫作的過程中，賈先生那本房事寶典倒是幫了他的忙。一個時辰過後，他就寫了洋洋萬言。他很得意，考場失利帶來的恥辱在那一刻似乎都被抵銷了。

妓女名叫素女，是個書痴，尤其愛讀閒書。白大生寫了兩章，她就躺在醉翁椅上讀起來。一路看下來，看到書生爬進小姐的閨房與她幽會時，作者竟無緣無故地拋出了一大段議論，然後就是四首七律。素女說，男女上床之前哪有那麼多話好囉嗦的；男歡女愛時，若是還拉一大堆家常，就不是情人，而是一對老夫老妻了。白大生想想也有道理，就把那些閒雜的話刪去了。讀完兩章，就沒下文了。但素女跟白大生卻有了下文。當晚，素女不再秉燭夜讀，她十分溫順地接納了白大生。白大生一點兒也沒有紈絝子弟的張揚，也沒有市井商販的粗俗。他做得很細緻、深入。書商鄭忠厚曾對他說過，做這事就像吃酒，有些人量大，有些人量淺，每個人都要量力而行。白大生是慢性人，自然要細斟慢酌，而且結合了養生之道。這樣的事也有詩為證，詩中讓他最為得意的地方便是用了險韻。

一來二往，素女與白大生之間也就有了互相傾慕之情。從她口中他才得知，她原本出身書香門第，父親是個書記官，因為對時政發了幾句牢騷，結果被同僚告發，掉了腦袋，全家也遭到連坐。只有她一人被一位在皇宮當太監的表叔救下，倖免於難。她淪落到京城，衣食不周，靠賣唱為生，後來被酒店老闆姦汙，又拐賣到了這家妓院。素女說，她即便當了妓女，也不是那種皮膚淫濫之物。她說妓院裡那些婊子不知有多賤，見了男人就叉著腰說，你帶足本錢了？她說紅杏那婊子每天最多可以接待三十多位客人，從早到晚也沒歇著，她那爛尿窯，也不知搗成個什麼模樣了。像她，就不同了，寧缺毋濫，每天限量接客，多則一兩個，有時身體不適或情緒不佳索性就閉門謝客。她把自己跟紅杏之流一比較，幾乎就是一個良家婦女了。原來，妓女跟文人一樣，也難免同行相忌。白大生知道素女的身世之後，很是同情。見她有從良的意思，就當即表示自己願意幫她贖身。素女說，你拿什麼為我贖身？白大生說，我要用寫書賺來的錢為小姐贖身。素女垂著兩行熱淚說，我看你也是個貧寒的讀書人，靠寫書一時間也很難發家的。官人和我只是露水夫妻，犯不著對我如此認真。聽了這話，白大生益發堅定了信心。

白大生以素女的身世為題材寫了一部書，署名「不題撰人」。此書由素女錄副，以手抄本的形式在妓院中祕密傳閱，但影響範圍究竟不大。想到出書，白大生自然而然地想到了那位鄭氏文淵閣的老闆。當天，他就依照鄭忠厚當初寫給他的地址尋找他的府邸。京城還是大了些，不像東甌城，巴掌大的地方，找起人來方便得很。白大生拐了好幾條街巷，打聽了好幾戶人家，才找到了鄭府。他抓住錫面銅製的門環，敲了幾下，裡面響起一陣犬吠，繼而出來一人，是鄭府的看門人。白大生問他鄭忠厚先生是否在家。看門人說，老爺去圓社踢球去了。問他晚間是否回來，回答說晚上他要宴請幾位球師，要回來也要很晚了。白大生剛來京城，就在邸報上看過這麼一則消息：當朝皇帝喜歡踢球，所以京城一帶的官員和老百姓也都把踢球當作一件高雅的事。踢球踢得好的，就有面聖的機會。

白大生回到妓院，素女興奮地告訴他，他的小說被一個大貴人看中了，決定花五百兩紋銀買下他的書。白大生問她那位大貴人是誰，素女說，就是她那位在皇宮裡當太監總管的表叔。白大生問，太監怎麼也逛起妓院來了？素女說，這你就不曉得了，妓院裡有幾個妓女就是太監包養的。不過，表叔這次來的目的是為皇帝辦事的。在素女的引薦下，白大生見到了那位表叔。他很肥，連耳根也是肥的。臉上白白嫩嫩，一團麵粉似的，長不出一根鬍髭來。表叔也愛談文藝。聽說白大生是南方人，就自然而然地談起了南戲。表叔說，前朝的皇帝是喜愛看南戲的，京城裡每每有新劇本出來，他總要先睹為快。受了他的影響，後宮嬪妃、滿朝文武都跟著爭讀劇本，閒時也能哼上幾句。那個年頭，小說倒像是被打入了冷宮，小說只有被改編成劇本之後才會有人看。表叔說，這一朝的皇帝就不同了，他登基之後，下了一道禁令：禁止朝中官員蓄養優伶，禁止嬪妃們看劇本、哼曲子。但當今皇上倒是喜歡讀一些另類的小說或野史。近些年，小說讀者之所以多起來，跟當今皇上的喜好有著莫大的關係。表叔還說，宮裡有幾位貴人，近來無聊得很，想讀些閒書，故而就讓他到民間收集一些好看的小說呀、野史呀。表叔最後說，他讀了白大生的小說，很是喜歡，決定上貢給宮裡那些貴人閱讀。

要讀閒書的，不是別人，正是當朝皇帝。皇帝好玩，地方上凡有新奇的東西都要上調供奉。拿腳玩的，他喜歡球；拿手玩的，他喜歡麻將牌；取悅眼睛的，就更多了，譬如春宮畫，譬如閒書。凡是有趣的、刺激的、肉麻的，皇帝統統要看。那一天，皇帝讀完白大生的小說，很有些感觸，他把這本書推薦給後宮那些愛嗑瓜子的娘娘們讀，並且很認真地對她們說，世間若是真有素女這樣的奇女子，朕願意為她贖身。

白大生的小說很快就從皇宮流傳到了國子監，又從國子監流傳到了茶寮妓院，一時間京城裡的人都爭相閱讀。只是沒有人知道這部書的作者「不題撰人」究竟是誰。白大生拿了五百兩紋銀的稿費，存進了票號，手頭原有的那一筆錢只是作為日用。為了湊集給素女的八百兩紋銀，他費盡周折找到了京城的書商鄭忠厚，在他的授意下又幹起了未能免俗的營生。平日裡，白大生的生活極為儉樸，住的，因陋就簡；吃的，素多葷少。到了深秋，白大生總算勒緊腰帶攢足了八百兩紋銀。興奮之餘，他從箱子裡翻出那件做客時穿的袷衣，精心打扮了一下，就直奔妓院。他向老鴇打聽素女時，老鴇帶著歉意說，真不巧，素女兩天前就離開這兒了，不如介紹別的姑娘給你認識罷。白大生問她素女去了哪兒。老鴇呶了呶嘴說，你去問我們的老闆。白大生又找到了妓院裡的老闆，說明來意。老闆掏出一封信給他，說是素女留給他的。看了信，他才得知，素女已被劉公公贖走了，聽說還要入選後宮呢。妓院老闆說，那天劉公公來，他沒敢收劉公公的錢，但要了他的一幅墨寶。老闆知道劉公公跟皇帝一樣，喜歡書法，喜歡到處題字。因此就捧上了文房四寶，請他賜了幾個字。老闆說著就拿出那幅字，問白大生，上面那幾個字是什麼意思，寫得怎樣，白大生卻沒心思看。老闆見白大生一副悵然若失的樣子，猜想他一定是喜歡上了素女，就勸慰他說，這事說起來都怪那本叫素女傳的書，自打此書風行京城，就有好事的人過來對號入座，說此素女就是彼素女。這事一傳十，十傳百，很快就傳到了皇宮內苑，皇帝還真把它對上了號，當即給劉公公下了一道朱諭，要把我們這兒的素女召進宮去。這都是哪兒跟哪兒啊，老闆作苦笑狀說，寫書的人什麼不好寫，偏偏要寫一個同名同姓的女人。白大生想起了那天來取稿的劉公公，嘆息一聲說，要怪就怪她那表叔。老闆說，素女在這兒沒親沒戚的，哪兒來的表叔？不對，白大生說，素女當初親口告訴吾，她的救命恩人劉公公就是她的表叔。老闆聽了，從鼻孔裡冒出一聲冷笑說，表叔表叔，一表三千里，我們這兒的姑娘見了有錢的老漢都要叫他表叔的。白大生說，照你這麼說，劉公公非但不是她的表叔，更不是她的什麼救命恩人嘍。老闆說，壓根兒就沒影的事。白大生聽了這話，心中生疑，就把素女的身世一五一十地說給老闆聽。老闆一徑地搖著頭說，你說的這些都不是真的，但跟那本書上寫的倒很相似。莫非那本書的作者也上過素女的當。白大生說，書上寫的素女不正是這兒的素女？老闆跳了起來，嚇，書呆子，你還真信書上寫的？我實話告訴你，素女是我從南方一個窮山溝裡撿來的，我看她身子胚長得不錯，就專門請了一位老藝人教她琴棋詩書畫。這丫頭片子平時看書看多了，滿腦子胡思亂想，居然就編起這樣的故事來了。那本書上說什麼素女出身書香世家，父親被人陷害殃及全家，還說什麼素女進京鳴冤，又被壞人拐賣到妓院等等，統統都是小說家言，不能坐實來講的。白大生沒敢承認自己就是那本書的作者，只是很無奈地搖著頭。

白大生湊集的八百兩紋銀本想是為素女贖身的，現在沒用得上，就想到了出詩集。這一次，他倒是在自己的詩集上署了真名，似乎要憑這樣一部書讓天底下的人都知道白大生其人。書由鄭氏文淵閣刻印，裡面自繪的插圖採用不多見的套印法刻印，紙張是那種昂貴的永豐棉紙。這本書定價五兩八錢，比李杜詩選還要高出二兩三錢。白大生的詩集流傳到家鄉，人們才曉得，白大生在京城裡混出名堂來了。同行中有人表示鄙夷，說一條狗拉到京城溜一圈，回來後興許也會成為一條名狗。也有人不這麼看，他們以為白大生現在理應同賈寶春先生平起平坐了。鄉里的秀才常常寫信給他，請他為自己即將印行的書寫一篇序或什麼的。也有個窮親戚，聽說白大生與宮裡的太監相熟，就託他到宮裡疏通疏通，讓他的小兒子去皇宮當太監，好歹也可以混碗飯吃。

寫於二〇〇四年初春

拳師之死

一

拳師死後一個月，他的女人在深夜裡聽到了沙袋漏沙的聲音。

她身邊的男人也聽到了沙袋漏沙的聲音。

沙沙沙，沙沙沙……沒完沒了。

拳師的女人記得，有一次拳師擊破了一個沙袋後，也是發出這種沙沙聲。

拳師的女人疑心自己剛才做了一個惡夢，她掙扎著從床上坐起來，一臉憔悴，好像已顛沛流離了多年。她身邊的男人也坐了起來，用細小的胳膊摟著她，但她仍然顫慄不止。

是什麼聲音？她有些把握不定地問。

好像是漏沙的聲音。小胳膊男人說。

拳師的女人把目光移向窗外，她的半邊臉沉浸在淨白的月光中，另外半邊臉沉浸在幽深的陰影中。小胳膊男人伸出疲乏無力的手，關掉了床頭那扇窗戶。

漏沙的聲音漸漸變得細小，一如沙子本身。拳師的女人在黑暗中睜大眼睛，那是一種對行將消失的事物充滿憂慮的目光。

小胳膊男人說，別胡思亂想了。他的一隻手伸向她身上橢圓的部分，另一隻手滑入隱祕的三角部分。他們的四肢緊緊纏繞著，皮膚相接處滲出了細密的汗珠。這是他們抵抗恐懼的唯一辦法：在不安的晃動中完成了那樁早已訓練有素的活兒。

拳師的女人仍然無法入睡。她自說自話，一如夢囈。她說，他厲害著呢，他曾在萬人叢中直取「飛毛腿」的首級。「飛毛腿」是苜蓿街上一條著名的惡犬。

二

拳師的女人在尚未成為拳師的女人之前，她就抱定一個信念：總有一天，她會成為拳師的女人。拳師行教，也行醫。這樣的人，苜蓿街上沒有第二個。拳師在苜蓿街上開設了一間中藥鋪，鋪名「杏林齋」，遠近聞名。這一帶的人，凡有五勞七傷的，大都會到「杏林齋」。拳師還年輕的時候，街上有不少俊俏的姑娘喜歡生病，喜歡到「杏林齋」走走。現在拳師老了，名氣大了，很少出診。平時就由幾個手腳利索的徒弟打理店堂。黑底金字的藥名都掛在抽屜上，藥方都寫在徒弟們的腦子裡，拳師對他們是放心的。大部分時間，拳師在鄉下的園圃侍弄藥草。在有事與無事之間，自得其樂。拳師偶爾出診，通常在下午三時許。

拳師的女人在尚未成為拳師的女人之前，就常常來店堂找拳師看病。從頭醫到腳，或是從腳醫到頭。徒弟們說拳師的耐性真好。

拳師對女人說，有空的時候，到我的「芝草堂」，我給你親自煎藥。

拳師的「芝草堂」依山構築，很雅致，很脫俗。拳師在其中，彷彿閒雲野鶴。

那日清晨，女人果然來了，她捧著心口，踩著溪澗上的碇步，一搖一顫地走過來。臉上是偶染微恙後的酡紅。拳師把她帶到半山坡上的園圃。那裡種滿了藥草。女人望著滿坡木葉，目光靜定。

拳師極有耐性地為她解說藥理。山蒼子的香氣襲人。那時正是秋分。

拳師和女人進了「芝草堂」，又踅進廂間。房舍清潔，一屋子都是藥香。案頭擱著《藥草便覽》與《經穴便覽》，女人拿起來翻了翻。便覽，拳師解釋說，就是隨便看看，而不是坐在便桶上看看。

女人抬起頭，正對牆上那幅十四經穴位表。女人說，我這兒痛得厲害，你給我針灸一下。

拳師說，孔穴，不是皮膚表面的某一點，它是立體的，包括了寬度與深度。拳師這樣說時，就拿起一枚銀針，準備插進女人身上的某個要穴。

女人的皮膚很白，溫潤柔軟，拳師化針為指，很認真地指胸點肋，女人咯咯直笑。她說，你們男人，鬼點子真多。拳師聲稱自己並沒有圖謀不軌，他說，我是在依照同身寸的長短量取穴位。拳師彷彿量體裁衣的裁縫，開始研究起女人的身體比例。顯然，她是那種人們常說的「九頭美女」，修長的身段中包含了微妙的數學構造。

女人突然把雙腿盤住拳師的腰。拳師如魚得水，在空氣裡暢遊了一番。

拳師的手指，沿任督二脈而行：從會陰部向前，經腹、胸中央上行，直抵下唇；然後，又從尾骨部位起，經脊背中央上行，經頭部中央下行，直抵上唇。女人性情溫順如鴿子，雙手靈巧如蛇。

那陣子，拳師閉戶不出。有人來訪，拳師總是說自己很忙，抽不出空。

拳師有一個怪癖：每回事畢，總要跑到庭院裡的牆根下解手。拳師說人不可無癖。

拳師的女人發現，那塊牆皮是黃褐色的，有一股腥臭。拳師的女人常常打趣說，拳師其實還改不了山農野老的習氣。

有幾種藥草就是這樣從牆根的石縫間抽長出來的，藤葉叢生，隨彎就曲，拳師能說得出名目來：心形葉片是魚腥草，腎形葉片是虎耳草，肺形葉片是大血藤。拳師指著這些說，以後滿院子都會是綠色的心啊，肺啊，腎啊。

按照拳師的說法，這幾株藥草一半是借助天力，一半是借助肥力。拳師又指著那株老榕樹說：它的葉子為什麼那樣茂盛？那是因為鳥吃榕實的時候，糞便落在上面，葉片見風就長。肥力，拳師的肥力不可忽視。

你見識過拳師的「斷流掌」麼？如果你沒見識過，你就沒資格與他的徒弟談論什麼拳腳功夫；如果你沒聽說過，你就沒資格在苜蓿街上擺攤。

拳師年輕時，曾代表民間拳師到國外打擂台。同行者有天津拳師秦北海、陳家溝拳師楊溪浦、蒲田拳師方大鴻、登封拳師李丹陽、峨眉拳師傅太沖、佛山拳師黃天蜀、永嘉拳師李雨僧、湘西拳師田獨步、江陰拳師謝孤桐等十餘人。

那場比武，苜蓿街人都未曾親眼目睹，他們只知道那是一場很斯文的打架：為了安全起見，雙方都戴套，一個是紅的，一個是黑的。拳師的「斷流掌」雖然未能得到盡情發揮，但他仍然可以在千鈞一髮之際化掌為拳，以一記重拳擊倒了外國拳手。那一場比武，使拳師一夜成名。

拳師從不輕易與人交手，交手必贏。誰被拳師擊中一掌，此人就會從此成為名人。以後的日子，他們提到那一掌，不以為恨，反而引以為榮。是榮幸，也是榮耀。

但凡來找拳師的人，都有「過兩招看看」的意思。拳師只有在非打不可的情況下才會出手。在打鬥中，如果說他還有幾分憂慮，那也只是一拳打出去是否會傷人太重的憂慮。拳師總希望比完之後，雙方還是和和氣氣的。

拳師說，練功，就是練一口氣，筋、骨、皮可練，氣卻難練。練得一團和氣，就是做人的最高境界。你練得一團和氣，江湖就任你獨步了。

一天，一個自稱「小武痴」的後生來到「芝草堂」，揚言要打敗拳師，替父報仇。拳師是仔細地把他打量一番的：人瘦，衣裳掛身上，隨風飄動，像鳥。一看相貌，便曉得他是「武痴」的兒子。「武痴」也是苜蓿街上很厲害的拳師，拳師當初對他的評價只有四個字：拳風很老。「武痴」聽了很不服氣，他說，他說我拳風很老，莫非是說我沒有銳氣了，我倒是要跟他討教幾招。因此，拳師總是儘量避免與他發生碰撞。有一回，他們在村口晒穀場上偶爾碰上了。村上的人都圍著他倆起鬨。雙方都心知肚明，這場比武是躲也躲不開了。那時，「武痴」剛從田間回來，腿上還有些泥巴；而拳師也是剛從半山坡的園圃歸來，手指間仍存泥垢。他們來不及擦拭乾淨，就擺開了架式。正是黃昏時分，炊煙暖暖的，殺氣冷冷的。在旁觀看的都是苜蓿街一帶最挑剔的看客，打鬥不精彩是要喝倒彩的。兩人交手時，拳風拙樸，沒有花拳繡腿。鬥了好幾個回合，仍然難分高下。真正打鬥的只有兩個人，而其餘的人都是用聲音進行比拼。他們的聲音裡充滿了血腥味。拳師跳出圈外，抱拳說，兄弟，咱們都是農民的兒子，活著不容易啊。但「武痴」沒有收手的意思，他說，你不盡力一戰，就是蔑視我，拳師終於使出了「斷流掌」。那一刻，「武痴」如果不是處於低窪（腳板濕滑），或許還能接住那一掌，但是，一切無可挽回了……「武痴」敗在拳師手下，從此在苜蓿街一帶銷聲匿跡。拳師的一掌擊中了他的要害，使他三個月不能下地，十年間未能行房。就在幾天前，他含恨死去。「武痴」的兒子發誓要為父親報一掌之仇。

「武痴」的兒子站在拳師面前，小胳膊細腿，毫無乃父之風。但拳師從未輕敵。人不可貌相，何況是江湖。小胳膊男人或許是深藏不露的。苜蓿街上曾發生過這樣的怪事：一個伏地乞討的跛子，在夜間忽然疾步如飛；一個身體傴僂的老嫗竟能一肩扛起兒子的棺材到法院門口討個說法。

拳師端詳著小胳膊男人的面相，覺得他眉目之間其實並無殺氣，最多也不過是那麼一點少年意氣。再說，他從遠道而來，臉上還有些許倦意。

拳師做了一個邀請的手勢說，小兄弟，酒在甕中，菜在桌上，請自便。

小胳膊男人也不客氣，徑直進了裡屋，劈開雙腿，坐在條凳上，自斟自酌、大吃大嚼起來。

酒足飯飽之後，小胳膊男人又在大瓦屋裡休息了片刻。

比武的時候，拳師的女人也在場。她跟身邊的人說，這後生真不知好歹。

拳師的雙臂患有風濕性肌炎，陰雨天無力，瘦脹。但那一次交手，絲毫瞧不出他的手臂有什麼問題。那幾招，形斷意連，漂亮極了。在旁觀看的行家讚嘆說，拳師用的是北派招術，卻有南宗的意境。

拳師一邊比劃，一邊順便給他的徒弟講解動作要領。拳師說，功夫的要訣是近距離發力，拳到意到，間不容髮。說著就是一個擰腰、順肩，力量從手臂貫注到拳端，虎虎生風。

拳師的女人輕輕地「啊」了一聲，拳師的拳頭恰到好處地落在小胳膊男人的鼻前約一公分的地方。對方還沒反應過來，拳師忽然化拳為掌，在他頭上輕輕拍了一下。這一掌如果真要使上一點勁，小胳膊男人也許就會立馬魂魄歸天了。

一個人遇到強勁的對手，往往是膝蓋先軟。小胳膊男人的雙腿一軟，就跪倒在地了。

拳師對徒弟們說，腰馬，對，腰馬很重要，這是發力點。

拳師終究還有一些老行教的習氣。

拳師覺得小胳膊男人有膽識，有慧根，眼見得他家業飄零，孤寒一片，就索性收他做了徒弟。拳師行教，律例向來很嚴。小胳膊男人改不掉那些花架子，拳師就衝他發脾氣了，你不好好練基本功，憑什麼向我報仇？

拳師要求每個入門弟子都必須從基本功練起：壓肩、壓腿、劈腿、正擺腿、外擺腿……要練得扎扎實實，不得來一點花哨動作。

有一段時間，苜蓿街上的三腳貓們幾乎都能來一個三百六十度的轉體跳。他們為此經常打一塊錢的賭：主要是看誰騰空時手掌拍得響亮，看誰的右腿外擺幅度大。有時他們爭得面紅耳赤，差不多要大打出手了。拳師見了，搖搖頭說，花拳繡腿，派不上用場的。

三

你教會了他，不怕他反過來對付你？

不會的。

你憑什麼這樣斷定？

如果他心裡還有仇恨，就會有一股氣息從他身上散發出來，我可以感受得到。是麼？我得觀察他一陣子才能確證你說的話是不是真的。

拳師走開了，拳師的女人仍在遠遠地打量著那個小胳膊男人。

小胳膊男人在拳師門下苦練了半年的基本功，毫無長進，胳膊還是那樣細小，骨架還是那麼纖瘦。瞅著那些五大三粗的師兄弟，他就難免流露出自慚形穢的神情。

也許是他覺得自己從小到大一直都挺乖順，因此就替自己編造了一些使壞的故事，作為向大夥炫耀的資本。但這些話通過虛弱的語氣講出來，並沒有讓聽者肅然起敬。

倒是拳師的女人偶爾會提著一壺茶過來，跟他聊聊天，聽他講述自己的故事。

有一回，拳師的女人忽然沒頭沒腦地問了一句，你說，腰馬真的很厲害麼？

那是發力點。小胳膊男人模仿拳師的口氣說。

拳師腰粗，甚至可以說有些霸氣。拳師的女人喜歡跟拳師在靜息室裡雙修。女人的雙腿跟藤蔓似的盤繞在拳師的腰間。拳師的馬步紮得極穩，從腰部送出的力量可以源源不斷地深入女人的身體。拳師說過，這就是腰馬的功夫。

靜修室通常是拳師用來單修的：散盤、單盤、雙盤、跪功、靜功……

腰馬真的很厲害麼？拳師的女人再次問道。

小賂膊男人臉紅紅的，不曉得怎麼回答。

這個問題還得向拳師請教了。拳師教的是外家功夫，但他自己練的卻是內家功夫。兩腿一夾，前開後合，腰馬就在那兒了。

那天清早，拳師跟小賂膊男人講解了腰馬的功夫之後，又附帶解說了一些練氣的門道。拳師那天看起來心情不錯，很有耐性地向他解釋「敲空無聲，擊木有響」的原理。拳師說，世上最難對付的，是虛無，從虛無中產生的力量是強大的。向虛無借力，這便是第一義了。

拳師立於園圃，微閉眼，吐納氣息。

木氣與土氣在他身上一點點匯合。

那一刻，拳師的女人從走廊處經過，彷彿一道陽光折射過來，飄飄忽忽，有一種抽象的美。小賂膊男人無端地走神了。拳師的女人看見他目瞪口呆的樣子，掩嘴一笑。

你在看什麼？拳師睜開眼睛問。

我在看那隻飛蟲。

看飛蟲，可以練你的眼神。

小胳膊男人效仿拳師，動了動眼珠子。

晨起練眼神，也是必修課目之一。拳師說，習武之人終究不是書呆子，目不斜視是不太可能的。說這話時，拳師的目光左顧右盼，逢葉追葉，逢蟲逐蟲。高手從來不是死眼珠子。

拳師的女人仍在走廊那一端，遠遠地打量著。

拳師的女人不喜歡竹子，卻喜歡幾片竹影；不喜歡月亮，卻喜歡滿地的銀光；不喜歡連泥帶土的藥草，卻喜歡那一縷幽香；甚至可以這麼說，她不喜歡拳師，卻喜歡他身上的氣息。她整天都像耽於夢幻，說話也像是夢囈。她的身體好端端的，卻非要吃什麼止痛片。

拳師勸她多到園圃裡走走。聞聞藥香，也是有益心脾的。

那日一大早，拳師帶著幾名徒弟入城進購藥材。拳師的女人放下手中的針頭線腦，打算去山坡上的園圃轉一圈。

朝霧還未散盡，一團柔和的灰影在山間懶洋洋地徘徊。草木的幽香在潤濕的空氣中似乎顯得過於飽和了，隨風四溢，彷彿一股清流。拳師的女人對氣味向來是十分敏感的，她禁不住打了一個響亮的噴嚏。

正在清理雜草的看園老人聽到聲音，從草叢中抬起了頭。

拳師的女人覺得老人的面孔酷似她死去多年的父親。那一瞬間，她有些傷感，她想過去跟他聊聊。

拳師的女人向他打了一聲招呼：早啊。

看園老人手搭涼篷，望了望初升的太陽，說，還說早呢，我都已經忙碌好一個多時辰了。

拳師的女人相信，那些老人早起並非為了恭候日出，而是出於對每一個沒落的黃昏的恐懼，看園老人如此，拳師也是如此。

拳師的女人看著滿地的枝枝蔓蔓，似乎在琢磨著一樁心事。但她又似乎生怕別人識破意圖，因此用一些看上去漫不經心的小動作刻意掩飾著。拳師的女人對看園老人說，你能給我摘些毒草麼？

說完之後，她斜著眼打量老人。看久了綠色，她覺得他那雙眼睛也是綠色的。

看園老人很快就為她採摘一些帶有微毒的吳茱萸和肥皂莢，並且不厭其煩地向她說明了兩種毒草的用途。

拳師的女人打斷了他的話，問，還有毒性更烈一點的？

看園的老人露出為難的神色說，曼陀羅草產量極少。未經師父允許，是不能隨便採摘的。

拳師的女人又緊接著問，還有其他的毒草麼？

看園的老人用審慎的口氣問，作什麼用？

拳師的女人說，家裡有幾隻老鼠鬧得厲害，我該治治牠們了。

看園老人很快又給她採摘了幾顆馬桑漿果。紫紅色，比草莓要小。看園老人說，這些果實含有劇毒，老鼠吃了必死無疑。

拳師的女人帶著滿把吳茱萸、肥皂芙和馬桑漿果，回到了「芝草堂」。

那時，小胳膊男人正在院子東南角的大榕樹下練功。過於寬大的衣裳在他身上晃來蕩去，顯得有幾分誇張。拳師的女人覺得，眼前這個小胳膊男人雖然瘦小，手腳倒是蠻利索。她走過去，遞上滿把的藥草和馬桑漿果，低聲說，你能幫我搗藥麼？

小胳膊男人紅著臉，一個勁地點頭。

拳師的女人給小胳膊男人泡了一杯金銀花茶。小胳膊男人坐在一旁，一刻不停地搗著藥。那根木杵被他的汗手磨得發亮。

過了許久，小胳膊男人問拳師的女人，搗得差不多了吧。拳師的女人突然伸出手，按住他那細小的胳膊腕子說，再使勁搗幾下，藥性自然就會越來越強。

她只是輕輕一按，小胳膊男人就難以承受那種來勢凶猛的溫馨了。一個人把自己的力量全部施展到身體表面，他的內在力量就顯得虛弱了。拳師的女人脱掉外套，只穿一件露背的粉紅色短裙。讓小胳膊男人眼睛放光的，似乎不是那片坦露在裙子外面的雪白肌膚，而是遮掩那片肌膚的裙子。拳師的女人指柔足小，十分可愛。

經過了長時間的沉默，拳師的女人忽然向他發問，你心中還有仇恨麼？

小胳膊男人愣了一下，說，沒有了。

沒出息，拳師的女人冷冷地說了一句。嘴角浮現的一抹冷笑，好似冬日掛在林梢的月亮。

可我有些嫉妒，小胳膊男人不顧一切地抱住拳師的女人說，我嫉妒那個整天抱著你的老男人。

憑你，拳師的女人又冷笑了一聲說，你有資格嫉妒麼？

小胳膊男人抱得更緊了。拳師的女人狠狠地甩開他的胳膊。由於身體過於前傾，她的雙腿失去了平衡，膝蓋撲通一聲磕在地上。她索性伏在地上，低聲抽泣起來。

小胳膊男人見了，有些不知所措，只是搓著雙手，來回走動。

四

正午時分，拳師從城裡回來了。

他一眼就看見女人膝蓋上的一片鮮何首烏葉。

拳師的女人沒等他發問，就搶先解釋說，今早去園圃轉轉時，不小心磕到了石頭上。

拳師看著那片鮮何首烏葉問，誰教會你這麼做的？

拳師的女人說出了小胳膊男人的名字，她還特地補充了一句，牆角那幾株何首烏已經結出了又黑又亮的果實。

拳師低頭沉默了片刻，然後問女人，藥茶煎好了麼？

女人指了指那個茶壺。她不曉得拳師最近究竟患了什麼病，神情有些抑鬱。但他說這是小病，吃幾味藥就會好的。那些草藥都是他自己親手配製，她只認得其中的青橘皮。

拳師吃完了藥茶，就踱步到院子外面的池塘邊。靜靜佇立，調和了體內的水火（水與火，二物在五行中最為輕清，調和不當，是會傷身的）。

池塘裡邊的活水，常年流轉不息。一些水生植物自生自滅，只有菖蒲是拳師親手種植的，並得到了他的精心呵護。水波清淺、明淨，可以看見植物纏繞石罅的根莖。有幾株長在露出水面的石頭上。凡是石頭上生出的草，大都需要附點土，但菖蒲是例外的。它受不了一丁點汙泥。拳師小心翼翼地刮掉石面的泥土，把石頭沉入淺水。這菖蒲，是水與石和合而生。

一天，拳師神色嚴峻地對徒弟們說，最近我老是覺得會有什麼事要發生，因此我決定在一個月內閉戶不出。

徒弟們在暗地裡嘿嘿笑著說，人家開門七件事，師父關門只有一件事。

終於有人找上門來了。

就在拳師閉門謝客的那陣子，一名北方壯漢來到苜蓿街，向當地人打聽到了拳師的「杏林齋」。據說那壯漢站在店堂前，很不客氣地衝著拳師的徒弟們大聲嚷道：告訴你們師父，就說長白山的「雪滿頭」要跟他會會。

遞話的徒弟跑到「芝草堂」前問師父，會不會？拳師擺擺手說，不會，不會。

沒過多久，又有人來報，說拳師的大徒弟被「雪滿頭」三拳兩腳就收拾了。大徒弟原本是想給師父掙個臉面的，誰知反倒落得個丟人現眼。那時，苜蓿街上圍觀的人群都發出了一陣噓聲。「雪滿頭」的名聲在苜蓿街一帶從此不脛而走。

拳師的大徒弟被人抬到「芝草堂」時，抱著一條腿連連喊痛，彷彿要以此喚起師父的鬥志。拳師按住他的脛骨內側，裡頭發出輕微的「吱」的一聲。拳師說，這是骨膜損傷，不礙事。說著就給他塗上了活絡藥水，敷上了藥膏。

拳師只問傷情，一字未提「雪滿頭」。大徒弟憤憤地說，人家都已經欺到咱們頭上，師父也該給他一點顏色瞧瞧了。

忍，拳師說，忍是習武者的本分大事，不能丟棄。

但苜蓿街上有人放出話說：長白山「雪滿頭」要找上門來了。

那時，苜蓿街上的小毛頭們都在打一塊錢的賭：究竟是「雪滿頭」的腿功厲害，還是「拳師」的「斷流掌」厲害。

日斜的時候，長白山「雪滿頭」果然來了。院門哐啷一下打開，風貼地捲起幾片落葉，打幾個旋，與黃昏後愈發濃重的陰影抱作一團。拳師剛吃完飯，兀自坐著，被一團寧靜的氣息罩住。眼前這人壯碩如熊，聲音宏亮，顯得底氣很足。

拳師起身拱手說，近來我身體欠安，恕不奉陪。轉身離開時，「雪滿頭」喝住了他，抬起一腳毫不客氣地向他腰部踹去。拳師的手掌像快刀一般沿著斜線揮去，擋住了那一腿，他避開了「雪滿頭」的連續攻擊，閃身踅進了廂間，關上了門。

「雪滿頭」聽見屋子裡傳來宏亮的聲音：承讓了。

那時，「雪滿頭」的右腳像釘子一樣釘在地板上，他試著動一下，腳骨間竟發出了一種類似釘子從木頭裡拔出的聲音。他忍住疼痛，對著拳師那扇緊閉的門破口大罵。

不久，拳師的女人捧著一碗蓮子湯出來。她說，這位大哥，喝一碗蓮子湯消消氣。「雪滿頭」接過青瓷碗時，手指有些微微顫抖。他忍不住瞟了她一眼。那嫵媚的眼神彷彿是可以殺人的。

「雪滿頭」囫圇吞下蓮子湯，只說了兩個字：多謝。

他轉身大踏步出門時，中了拳師大徒弟設置的「絆馬腳」，一個踉蹌摔倒在地。他揉著腳脛，在地上蹦達了幾下。「芝草堂」中圍觀的人都發出一陣哄然大笑。

「雪滿頭」離開時，隔著那扇雕花大窗扔過去一句話：七天之後，我還會找你一決高低。

有好事者後來告訴拳師：「雪滿頭」一瘸一拐回到旅館之後，才發現小腿上有一道掌痕，已腫脹成一大塊。他疼痛難耐，次日就獨自一人坐上人力車來到離苜蓿街較遠的一家中醫院。這位好事者還向骨科醫生打聽過，說此人拍了片，診斷結果是右脛骨下三分之一骨折。醫生建議他夾板復位，但他生怕出去後丟人現眼，就改用洗方。

後來呢？有人說，長白山「雪滿頭」傷勢嚴重，未能等七天期滿，就悄無聲息地離開了苜蓿街；也有人說，他還躲在附近什麼地方運功養傷呢。

於是，苜蓿街上的人都在揣測：七天後，長白山「雪滿頭」真的還會找拳師一決高低麼？

結果是讓人失望的。「雪滿頭」約定拳師比武的前夕，拳師突然失蹤了。苜蓿街上的人說，拳師已經年邁，恐怕不敢貿然應戰，倒不如躲起來，既給別人一種神祕感，又能保全自己的名聲。

一天、兩天、三天過去了，拳師仍然沒有出現。也沒有人再看見「雪滿頭」高大的身影出現在苜蓿街頭。

苜蓿街上有一部分人輸掉了一塊錢，當然，也有一部分人贏得了一塊錢。

五

一個雷電之夜，拳師的女人突然發出一聲尖叫，小胳膊男人第一個破門衝進了她的房間。屋子裡瀰漫著熟悉的草藥味。讓人無端覺得，草藥味中潛伏著一股殺伐之氣。

拳師的女人別轉臉閉著眼睛，手指地上一把沾滿血跡的刀說，剛才有人將這把刀從窗戶裡扔了進來，莫非他想殺我？

刀，是拳師的刀，是他平日出門時隨身攜帶的武器，刀上的血跡卻無從驗明。拳師死了，小胳膊男人自言自語地說，他肯定已經死了。他的目光轉移到了拳師的女人身上。女人已經感覺到他那直勾勾的目光。她低下了頭，收領看著胸前透明的部分。

一道閃電像暴徒般從窗前經過，但它沒有敲碎第二塊玻璃。

拳師死後一個月，那把刀仍在滴血。對於拳師之死，苜蓿街上的人眾說紛紜：有人說，他曾在那晚看見拳師與長白山「雪滿頭」出現在一個荒廢已久的碼頭上，他們以刀劍相搏，拳師受到重創後，在一聲「痛快」中飛身躍入滾滾江流。也有人說，拳師的頭顱已被「雪滿頭」摘走，掛在了長白山之巔。

都是瞎扯，拳師的女人對小胳膊男人說，他的死，說不準也有你出的一分力。她這樣說時，滿臉都是迷人的殺氣。

我也出過力？小胳膊男人手中的筷子抖了一下。

是的，拳師的女人說，如果你心懷仇恨，那麼，筷子也是凶器。

小胳膊男人聽到這話，突然噏下了滿口津液，身體先自發軟了。四周靜極，唯有蟲鳴唧唧，彷彿水面蕩開的一層漣漪。這一晚，拳師的女人跟菟絲子的藤蔓般，不依不饒地纏繞過來。小胳膊男人顯然缺乏讓她滿意的激情。他們的親熱，只是疲乏的親熱。

我已經盡力了。小胳膊男人面帶沮喪。

拳師的女人扭轉臉，冷冷地丟下一句，沒用的東西。

小胳膊男人從被窩中鑽出時，發現自己的鬍子已有十天十夜未曾刮過了。

對小胳膊男人與拳師的女人來說，拳師之死，是一個心照不宣的祕密。而他當初並不曉得，她的每一個細微難察的動作中，都有可能包藏著整個家族的仇恨力量。讓他感到吃驚的是，她居然可以把自己的仇恨處理得那麼得體。

這是一個不一般的女人。她身上有一種柔弱的力量，可以讓他心甘情願做她手中的一枚棋子。他們在一起的時候，拳師的女人教會他很多東西。她總是不厭其煩地對他說：拳師是這樣的，拳師是那樣的。

那個狂熱之後的月夜，小胳膊男人像拳師那樣來到牆根解手。那時，月光滿枝，微風輕拂。他身上流淌著一股說不清的快意。拳師在世的時候，也是喜歡把那些淩亂的、充滿肥力的拋物線拋撒在這裡的。

小胳膊男人剛打了一個尿噤時，忽然聽到地底傳來極其幽細的聲音：臭死了，臭死了。

小胳膊男人拉上褲子，就蹭地一下逃進屋子。他對拳師的女人說，我聽到地底下有人說：臭死了，臭死了。

拳師的女人輕輕地「啊」了一聲，手指停在睡衣的第二排扣子上，迷惑不解。

翌日清晨，拳師的女人把一柄鐮刀交給小胳膞男人，說，你去，把園子裡的藤蔓都給砍了。

小胳膞男人提著鐮刀，大著膽子來到牆根。而拳師的女人就在他身後，遠遠地打量著。

怪異的事就這樣發生了。他的鐮刀剛一碰到那株何首烏藤，蜷縮的藤蔓突然張開，向他纏繞過來。他想逃，後腿卻被何首烏藤絞住，不能抽身。他感到了一種可怕的扭力。他回過頭，揮刀使勁砍，何首烏藤竟然噴出了殷紅的鮮血。

小胳膞男人匍匐在地，雙腿努力往外拔，結果拔出了一個人形的何首烏塊根。它咧開嘴，似乎有話要說。

寫於二〇〇二年酷暑

後記

對於一個多年來習慣於豎排、正體字書寫的寫作者來說，能在台灣出一本正體版小說集固然是合我心意的。因此，即便是編一本薄薄的集子，我也作了反覆取捨。我從各個時期，擷取了幾篇代表性作品，個中或有稚拙之作，但與後來漸趨圓熟的作品相比卻有某種不可替代的真氣。這股真氣，現在是越發稀薄了。發表第一部中篇小說至今，已有十六年(中間有幾年擱筆)。我的中短篇小說總共也就五十來篇，不可謂勤奮，卻也不算疏懶。每隔四五年，我的小說總會有些許變化。但，屢變者體貌，不變者精神。這「精神」具體何指，我也說不上。只是覺得，它跟我的心性應該是對應的。

寫作，對我而言，就是不斷地否定自我。如果它沒有給自己或別人帶來新的驚喜，這樣的寫作就是徒然的。

三十而立的東西，到了四十歲，也許要破一下了，有破有立，方不致「止步於此」；四十不惑的東西，到了五十歲，也許又要在不疑處有疑了；寫詩寫了大半輩子的人，六十聽來未必耳順；七十以後的寫作果真能從心所欲麼？仍然存疑。因此，在小說創作上求變，在變動不居的探索過程中尋找一種新的可能性，是我之所以寫下去的一個動力。

寫作中亦不免出現這樣一種悖論：在一種盲目的激情的驅策之下極有可能寫出好小說，寫出來之後也許會有這樣或那樣的毛病，但它就是與眾不同；等你寫得得心應手，沒什麼瑕疵可以挑剔了，卻發現自己的作品跟別人的相似度越來越高。也就是說，在你還沒弄明白怎麼寫的時候，你一不小心就把自己的獨異性寫出來了；等你把什麼都弄明白了，創新的欲望、寫作的激情也許就在不知不覺中慢慢消失了。而這種欲望與激情，便接近於我前面所說的真氣。

集子編訖，我慎之又慎地檢視了一遍，看看自己的作品裡面還保存著幾分真氣。感謝李敬澤先生對我的信任，也感謝人間出版社的厚愛。

丙申荷月　東君

東君小說創作年表

作品名稱	刊物（或出版社）
〈人．狗．貓〉（中篇小說）	《大家》二〇〇〇年第二期
〈群蠅亂舞〉（中篇小說）	《收穫》二〇〇一年第六期
〈拳師之死〉（短篇小說）	《收穫》二〇〇三年第一期
〈回煞〉（短篇小說）	《西湖》二〇〇五年第六期
〈昆蟲記〉（短篇小說）	《西湖》二〇〇五年第六期
〈官打捉賊〉（短篇小說）	《西湖》二〇〇五年第六期
〈仇人恭候著〉（中篇小說）	《江南》二〇〇六年第六期
〈荒誕的人〉（中篇小說）	《上海文學》二〇〇七年第十二期
〈風月談〉（短篇小說）	《大家》二〇〇七年第六期
〈鄉村騎士〉（中篇小說）	《飛天》二〇〇八年第五期
〈阿拙仙傳〉（中篇小說）	《十月》二〇〇八年第六期
〈黑白業〉（短篇小說）	《十月》二〇〇八年第六期
《樹巢》（長篇小說）	重慶出版社二〇〇八年十二月
〈子虛先生在烏有鄉〉（中篇小說）	《人民文學》二〇〇九年第一期
〈骰子擲下了〉（中篇小說）	《長城》二〇〇九年第三期

〈鼻子考〉（短篇小說）	《綠洲》二〇〇九年第十二期
〈恍兮惚兮〉（短篇小說）	《作品》二〇〇九年第二期
〈忘我書〉（短篇小說）	《十月》二〇一〇年第一期
〈述異記〉（中篇小說）	《人民文學》二〇一〇年第二期
〈蘇靜安教授晚年談話錄〉（短篇小說）	《作家》二〇一〇年第五期
〈張生是一條魚〉（短篇小說）	《文學界》二〇一〇年第五期
〈聽洪素手彈琴〉（短篇小說）	《人民文學》二〇一一年第一期
〈出塵記〉（短篇小說）	《花城》二〇一一年第一期
〈范老師，還帶我們去看火車嗎〉（短篇小說）	《作家》二〇一一年第十期
〈先生與小姐〉（短篇小說）	《大家》二〇一一年第三期
〈在肉上〉（中篇小說）	《江南》二〇一二年第六期
〈蘇薏園先生年譜〉（中篇小說）	《人民文學》二〇一二年第十一期
《恍兮惚兮》（短篇小說集）	浙江文藝出版社二〇一二年十二月
〈我能跟你談談嗎〉（短篇小說）	《十月》二〇一三年第三期
〈東甌小中之俠隱記〉（中篇小說）	《長城》二〇一三年第一期
〈他是何人我是誰〉（短篇小說）	《作家》二〇一三年第五期
〈不知所終〉（短篇小說）	《大家》二〇一三年第五期
〈東甌小中之錢雲飛考〉（中篇小說）	《人民文學》二〇一三年第十一期
〈東先生小傳〉（短篇小說）	《江南》二〇一四年第一期
〈東甌小中之異人小傳〉（短篇小說）	《上海文學》二〇一四年第二期
〈夢是怎麼來的〉（短篇小說）	《小說界》二〇一四年第三期

〈一條河流般孤寂的村莊〉（短篇小說）　《山花》二〇一四年第九期

〈談談這些年我們都幹了些什麼〉（短篇小說）　《作家》二〇一四年第十一期

《東甌小史》（中短篇小說集）　山東文藝出版社二〇一四年六月

《浮世三記》（長篇小說）　浙江文藝出版社二〇一四年十月

〈長生〉（短篇小說）　《江南》二〇一五年第一期

〈夜宴雜談〉（短篇小說）　《花城》二〇一五年第六期

〈某年某月某先生〉（短篇小說）　《十月》二〇一五年第六期

〈如果下雨天你騎馬去拜客〉（短篇小說）　《作家》二〇一五年第八期

〈約伯記第廿四章十八節〉（短篇小說）　《文學港》二〇一五年第八期

〈懦夫〉（短篇小說）　《人民文學》二〇一六年第一期

〈酒徒行傳〉（短篇小說）　《長江文藝》二〇一六年第三期

〈徒然先生穿過北冰洋〉（短篇小說）　《作家》二〇一六年第七期

〈我不知道她的名字〉（短篇小說）　《野草》二〇一六年第六期

《某年某月某先生》（短篇小說集）　花城出版社二〇一六年五月

人間 書訊

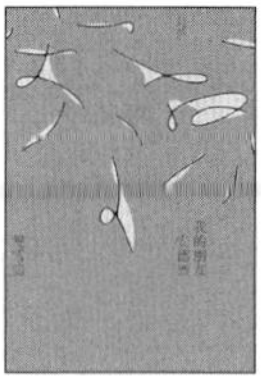

當代大陸新銳作家系列

13 世間已無陳金芳　石一楓著　二〇一六年九月出版

七〇後的石一楓被認為是踵繼王朔的「新一代頑主」，寫作上呈現著戲謔幽默的京味語言，敘述風格亦莊亦諧。本書收錄他的兩篇中篇小說〈世間已無陳金芳〉和〈地球之眼〉。前者透過農村姑娘陳金芳的命運，揭露我們這個時代最深刻的祕密，也透過陳金芳的遭遇，唱出一首全球化下失敗青年的黑色輓歌。後者則在探討人的成功與失敗問題，特別引人注意的是，圍繞著主人公安小男的遭遇所呈現出來的資訊時代的道德意識問題。

14 我的朋友安德烈　雙雪濤著　二〇一六年十一月出版

評論家祁立峰說，以奇幻小說《翅鬼》得到ＢｅｎＱ華文世界電影小說首獎的雙雪濤，本次在《我》裡收錄的短篇小說，更具純文學質量。故事以聲線清晰、節奏明快，突梯而無以名狀的情節，荒謬卻神來之筆的衝突，以及看似蔓衍出來無意義的角色，隱約指向了短篇小說最具文學性的沉重、純粹與荒涼。《我》書中的短篇大多以是少年成長作為題材，如少年成長小說特有的疏離與異化、破繭而出的必要之痛、欲說還休萌萌噠之性啟蒙……透過作者非常態非典型的故事拼貼，草蛇灰線，埋伏千里。就在他的那些簡潔乾淨，流暢而不多加雕琢的透明處，挖掘到了生活或人生最不可解的無限與雜質。

15 氣味之城　文珍著　二〇一六年十一月出版

大陸八〇後女作家文珍擅長用縝密樸素的情節和細膩舒緩的文字，刻畫現代大城市中平凡普通人的大情與小愛、青春與滄桑、愛欲與庸常。不管是〈銀河〉中那一對被一通通房貸催繳電話纏身的私奔出軌男女，或是〈安翔路情事〉中麻辣燙女孩和灌餅鋪男孩的愛情心事，或是〈氣味之城〉中在妻子消逝之後、渾身滿溢孤寂感的丈夫，或是〈我們夜裡在美術館談戀愛〉中那一對具有時代鴻溝的跨世代戀人，抑或是〈第八日〉中青春乾涸、肌黃如紙、內心荒無的八〇後少女，透過文珍的筆力和見微知著，描繪出一幅幅如同現代都市浮世繪般的生活與情感日常。

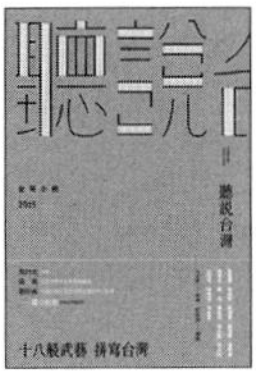

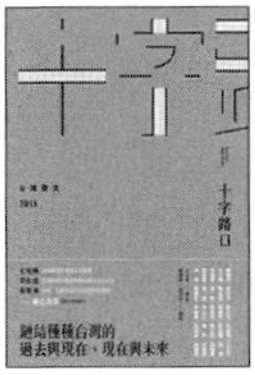

聽說台灣：台灣小說２０１５　袁瓊瓊、黃錦樹等人著　二〇一六年九月出版

十八般武藝、拼寫台灣

本年度小說集雖無法將整年度的作品一網打盡，但期望能為文學歷史、文化動態留下一些可能的線索，不論是在文化想像、思維偏好、族群關係上，其主要目標便是透過年度小說，呈現台灣的獨特風貌。袁瓊瓊〈以子之名〉寫犯罪者、受害者與遺族之間的漩渦課題。黃錦樹〈南方小鎮〉寫出華人移民族群及其文化、歷史的曲折軌跡。廖鴻基〈魷魚灘〉引導讀者探究台灣的社區營造與生態運動的詭異結合實況等等，藉十三篇的作品，希望讓台灣文藝成果、文化實況，讓更多人看見。

十字路口：台灣散文２０１５　郭強生、石計生等人著　二〇一六年九月出版

鏈結種種台灣的過去與現在、現在與未來

本書企圖在兩個軸線上展現過往一整年的散文寫作成績。其一在於文中所顯現、連結、對應、批判、牽纏的台灣社會，不論是族群、歷史、文化、還是政治災難、運動休閒，這些作品能夠為讀者展現出，或者引領讀者觀察到，台灣社會獨特的面向，呈現一幅又一幅，出自不同世代、不同族群背景、不同政治想像的作家，所繪製的台灣造景。其二，本書並不以所謂美文、文章流利、文字奇巧等等，作為編選的主要心法，相對地，在文字順暢的基礎上，能夠鏈結種種台灣過往的、現在的、未來的造景圖像，才是這本文選最根本的想望。

國家圖書館出版品預行編目(CIP)資料

聽洪素手彈琴 / 東君作. -- 初版. -- 臺北市：人間, 2016. 12
304面；14.8 x 21公分
ISBN 978-986-93423-7-7（平裝）

857.63　　105021158

聽洪素手彈琴

作者　東君
執行編輯　曾葯筑
校對　高怡蘋、曾葯筑
封面設計　蔡佳豪
內文版型設計　黃瑪琍
排版　仲雅筠

發行人　呂正惠
社長　林怡君
出版　人間出版社
台北市長泰街五十九巷七號
電話　（02）23370566
傳真　（02）23377447
郵政劃撥　11746473．人間出版社
電郵　renjianpublic@gmail.com
定價　三四〇元
初版一刷　二〇一六年十二月
ISBN　978-986-93423-7-7

印刷　崎威彩藝有限公司

總經銷　聯合發行股份有限公司
新北市新店區寶橋路二三五巷六弄六號二樓
電話　（02）29178022
傳真　（02）29156275